ANNA SORTINO

Anna Sortino es autora de historias juveniles protagonizadas por personajes con discapacidad, que viven sus vidas y se enamoran. Anna nació sorda y desde muy joven se convirtió en una apasionada de la representación de la diversidad en los medios. Es oriunda del área de Chicagoland y ha vivido en diferentes ciudades del país. La mayor parte de su tiempo libre la dedica a explorar la naturaleza con su perro o a acurrucarse a leer en el sofá con su gato. *Hazme una seña* es su novela debut. Puedes conocer más sobre su trabajo en AnnaSortino.com y en @AnnaKSortino.

Hazme una SEÑA

Hazme una SEÑA

ANNA SORTINO

Traducción de María Laura Paz Abasolo

VINTAGE ESPAÑOL

Esta es una obra de ficción. Los nombres, personajes, lugares y eventos son producto de la imaginación del autor o están usados de manera ficticia. Cualquier parecido con personas reales, vivas o fallecidas, establecimientos comerciales, sucesos o lugares, es fortuito.

Originalmente publicado en inglés bajo el título *Give Me a Sign* por G. P. Putnam's Sons, una división de Penguin Random House LLC, Nueva York, en 2023.

Primera edición: julio de 2025

Copyright © 2023, Anna Sortino
Derechos de traducción, KT Literary LLC y Sandra Bruna Agencia Literaria, SL
Todos los derechos reservados.

Publicado por Vintage Español®, marca registrada de
Penguin Random House Grupo Editorial USA, LLC
8950 SW 74th Court, Suite 2010
Miami, FL 33156

Traducción: 2025, María Laura Paz Abasolo
Copyright de la traducción © 2025, Penguin Random House Grupo Editorial

Ilustración de cubierta © 2023, Christina Chung

Penguin Random House Grupo Editorial apoya la protección de la propiedad intelectual y el derecho de autor. El derecho de autor estimula la creatividad, defiende la diversidad en el ámbito de las ideas y el conocimiento, promueve la libre expresión y favorece una cultura viva. Gracias por comprar una edición autorizada de este libro y por respetar las leyes del derecho de autor al no reproducir, escanear ni distribuir ninguna parte de esta obra por ningún medio sin permiso previo y expreso. Al hacerlo está respaldando a los autores y permitiendo que PRHGE continúe publicando libros para todos los lectores. Por favor, tenga en cuenta que ninguna parte de este libro puede usarse ni reproducirse, de ninguna manera, con el propósito de entrenar tecnologías o sistemas de inteligencia artificial ni de minería de textos y datos.
En caso de necesidad, contacte con: seguridadproductos@penguinrandomhouse.com.
El representante autorizado en el EEE es Penguin Random House Grupo Editorial, S. A. U., Travessera de Gràcia, 47-49. 08021 Barcelona, España.

Impreso en Colombia / *Printed in Colombia*

Información de catalogación de publicaciones disponible
en la Biblioteca del Congreso de los Estados Unidos

ISBN: 979-8-89098-299-5

25 26 27 28 29   10 9 8 7 6 5 4 3 2 1

Para mi gemelo, seis años más joven

NOTA

Para distinguir entre el habla y la lengua de señas, marqué en cursivas las instancias en que los personajes se comunican con señas.

No hay garantía de que se les dé acceso a la lengua de señas a los niños con pérdida auditiva. Existe una variedad de estilos de comunicación, como Sim-Com (comunicación simultánea de señas y habla), PSE (un híbrido de lengua de señas y gramática de la lengua) y SEE (idioma *verbatim*), así como dialectos regionales, en particular la lengua de señas afroamericana. Muchas señas no tienen contrapartes directas en una lengua.

Así, el fraseo en cursivas en esta novela no es una traducción literal de la lengua de señas: es la interpretación interna que hace Lilah de lo que se comunica con señas.

CAPÍTULO UNO

Nadie conoce mi sordera tan bien como yo. No existe una sola prueba capaz de meterse realmente en mi cabeza y comprender mi forma de experimentar el mundo. A los médicos, a los padres y a los extraños les gusta compartir sus suposiciones. Pero después de diecisiete años, yo misma sigo descifrándolo todo.

Mi cita anual con la audióloga es cada enero. Mi mamá y yo vamos en el carro, atravesando montículos de nieve para llegar hasta allí. No me deja ir sola porque no confía en que pueda encargarme de todo, y menos después de recibir mis calificaciones semestrales esta mañana.

—Acordamos que dejarías de usar el sistema FM siempre y cuando no bajaran tus calificaciones. —No es la primera vez que nos peleamos por este aparato inalámbrico que supuestamente debo usar durante las clases. Mi mamá se queda con la mirada fija al frente mientras maneja por la autopista, y yo tengo que torcer el cuello para leerle los labios—. ¿Te sientes orgullosa de sacar solo C, Lilah?

—De todas maneras, la mitad de mis maestros no se lo quieren poner —murmuro—. Es muy complicado.

—Entonces les tienes que recordar que se lo pongan. —Suspira y dice algo así como—: _____ detallado en tu programa.

—¿No está ahí? —pregunto, porque no estoy segura de haber escuchado correctamente.

—*Sí* está —repite mi mamá, girando su rostro hacia mí—. Así que tienes que usarlo. No lo compramos para que se quede en su caja todo el año.

Yo quería que la preparatoria fuera diferente, pero los últimos años han sido pesados. Cuando mis maestros usan el sistema FM, sus voces entran directamente a mis aparatos auditivos, con lo que sus palabras se escuchan más alto, pero no necesariamente con mayor claridad.

Todos esos arreglos esenciales hacen que llame la atención, cosa que odio. Entonces, en lugar de indicar que necesito subtítulos siempre que vemos un video, me quedo ahí sentada en silencio. No pesco casi nada de lo que dicen y repruebo el examen que viene después sobre el material. Encima de todo, los maestros me acusan de "hablar en clase" cada vez que intento pedirle al de al lado que me repita la tarea, después de que ya me costó mucho esfuerzo seguir la lección en primer lugar. Y saco otra mala calificación. Cada día es agotador.

—¿Y te has estado saltando las juntas con el de audición itinerante? —pregunta mi mamá.

Esas juntas... no son divertidas. Durante una hora a la semana me obligan a aprender cómo "abogar por mis necesidades", lo cual muchas veces se reduce a un recordatorio de sentarme en primera fila.

—¿Cómo se supone que saque mejores calificaciones si me sacan de la clase?

A mi mamá no se le ocurre qué contestar a eso. Aprieta los dientes y entra lentamente al estacionamiento del hospital cubierto de sal.

Esperamos a mi audióloga en el vestíbulo. Un niño pequeño con dos aparatos auditivos grandes corre de un lado a otro. Sus padres intentan ocultar el hecho de que me observan con atención. Estoy acostumbrada a las miradas, sobre todo aquí, ya que soy uno de los pacientes más grandes del centro infantil. Es posible que ese niñito y su familia nunca hayan visto a alguien de mi edad usando aparatos auditivos. Se preguntan cómo será para él cuando crezca. Cuando yo era niña, tampoco conocía a otras personas sordas más grandes.

Hasta que fui a un campamento de verano.

Mi audióloga nos conduce a la parte de atrás para mi prueba de audición y me siento en una silla de oficina colocada en medio de una cabina de sonido cerrada, de color gris oscuro. Es un espacio que no te habla particularmente de comodidad.

Para el observador externo podría parecer un cuartito extraño. En una repisa en la esquina hay un mono animatrónico que da miedo. Sus platillos cuelgan inertes pues solo lo usan cuando les hacen pruebas a los niños. La ancha puerta de metal a mi derecha se cierra y sella la habitación.

Preferiría estar sola. En cambio, mi mamá está sentada en una silla idéntica contra la pared del fondo, sosteniendo su bolso y mirándome en silencio. Dejo las manos quietas sobre mis muslos, aguantándome las ganas de tronarme los nudillos.

Mi audióloga, la señorita Shelly, una presencia alegre a lo largo de todos estos años, me pide que me quite los aparatos auditivos. Ahora descansan sobre un pañuelo desechable en la mesita lateral a mi izquierda. Sale de la cabina y toma asiento del otro lado, mirándome a través de una ventanita. Enciende el ruido de fondo, traqueteo de cosas estrellándose que supuestamente representan la vida cotidiana a mi alrededor, en lo que yo lucho por descifrar las palabras que dice en el micrófono en medio de ese caos.

—Di la palabra "beisbol". —Al principio, la voz de la señorita Shelly se escucha con suficiente volumen como para ganarle al ruido.

—¿Beisbol? —respondo, y mi voz suena extraña en mi garganta. Supongo que susurré la respuesta. La gente me dice que hablo muy fuerte, pero siempre que me enfoco en el volumen de mi voz, sale muy bajita.

Toso para aclararme la garganta preguntándome por qué me siento nerviosa. Esto es algo que he hecho cada año de mi vida. No es nuevo.

—Di las palabras *hot dog*.

—¡*Hot dog*! —Uuups, eso lo grité. Tengo que encontrar un lindo punto medio.

La silla me rasguña los muslos cuando me acomodo para relajar los hombros y mirar al frente. Pero mi audióloga coloca un sobre frente a su boca para que no pueda leerle los labios. Continúa bajando el volumen gradualmente hasta proyectarlo en un nivel que no es cómodo ni fácil de oír.

—Di la palabra "helado".

—Helado. —Aún me siento con la suficiente seguridad al repetir las palabras.

Pero se vuelve más difícil. La señorita Shelly aumenta el ruido de fondo y ya casi no distingo si aún está hablando. La ahoga el estruendo. Por la familiaridad de la prueba reconozco "Di la palabra _____", pero no alcanzo a entender el resto.

Arrugo la nariz y ladeo la cabeza a un costado. Definitivamente no capté esa. Fue... no. Se supone que debo adivinar lo mejor que pueda, pero ni siquiera se me ocurre una palabra que se parezca a lo que escuché. Siento un poco de frustración.

Están calificando mi audición, no a mí.

Este es el punto en una típica conversación cuando pronuncio mi palabra más socorrida "¿qué?" las veces que sean necesarias para que una persona logre comunicar su mensaje. Es mejor cuando la gente dice lo mismo con otras palabras para ayudarme. Entre más contexto tenga, más probable será que logre captar lo que no entiendo.

Sin embargo, en este momento no hay contexto, solo ruido de fondo y una palabra elusiva. Al menos esto es mejor que la prueba de frecuencia; juro que al final de esa ya imagino pitidos que no existen.

Me rindo y subo los hombros. A estas alturas del partido, ¿qué importa reprobar otra prueba?

La señorita Shelly continúa. Veinte palabras después, más o menos, por fin baja el sobre y me sonríe al apagar el ruido de fondo y volver a subir el volumen de su voz al máximo.

—Buen trabajo, Lilah. Seguimos.

Entra a mi lado de la cabina, su credencial laminada colgando del cuello, y coloca varias herramientas de diagnóstico en mis orejas y en mi cabeza. A lo largo de varias rondas de distintos exámenes, me aguanto las ganas de compararlo con una abducción extraterrestre.

Cuando todo termina, la señorita Shelly vuelve a entrar y nos guía fuera de la cabina hacia su consultorio, donde por lo general me toman impresiones para hacer nuevos moldes auriculares y ajustar los niveles de mis aparatos. Nos sentamos alrededor de una mesita de centro. Mi mamá acerca su silla para mirar con ella mis resultados. Yo me separo, un poco ansiosa, aunque todavía no hay ningún motivo para sentirme así. Se supone que mi pérdida de la audición, que he tenido desde que nací, no es degenerativa.

Mi mamá frunce el ceño mirando la impresión. Me apuro a ponerme los aparatos, pasándolos por encima y atrás de mis orejas. Usarlos me ayuda, pero nunca van a servir a la perfección. Lo que la gente no entiende es que cuando traigo puestos los aparatos auditivos hay varias cosas que no escucho de todas maneras. Y sin ellos, hay mucho que podría pescar solo con leer los labios y usar mi razonamiento deductivo.

Miramos detenidamente el audiograma y mi audióloga señala las líneas en zigzag que descienden hacia la mitad inferior de la gráfica. Los resultados de mi oído izquierdo y del derecho son muy parecidos, y hay una pérdida casi similar en ambos lados.

—Así que tenemos una pequeña disminución desde la última vez —explica seria la señorita Shelly, pero luego sonríe—. Yo no me preocuparía tanto.

—Otra razón más para que use las facilidades que da su escuela —dice mi mamá.

—Hay un nuevo FM que tal vez Lilah prefiera. —La señorita Shelly se estira hacia su escritorio para tomar un folleto y dárselo a mi mamá, ignorando otros folletos que mostraban diferentes marcas de aparatos auditivos o moldes de diversos colores—. ¡Miren qué bien se ve! Es elegante y moderno.

Pero no me importa. En lo que ellas comentan los pros y contras y el costo de un modelo más nuevo, quejándose de la falta de cobertura del seguro, yo me quedo mirando el audiograma. Siempre me he preguntado cómo se sentiría una pérdida adicional. No me siento triste. Si acaso, me molesta que no sea más significativa.

Esto tal vez les parezca raro a los oyentes. No puedo expresar realmente por qué me siento así, salvo porque sería agradable no estar atrapada en medio. O sea, si tuviera que elegir entre escuchar por completo o ser sorda por completo, no estoy segura de qué tan obvia sería mi decisión. Y es posible que si la pérdida fuera enorme, por fin mi familia se vería obligada a aprender lengua de señas. Me vería "lo suficientemente sorda" para que mis compañeros de clase comprendieran de verdad la necesidad que tengo de esas facilidades en la escuela, en lugar de juzgarme en silencio y cuestionarme. Porque ahora mismo saben que no escucho, pero tampoco cumplo con sus expectativas de sordera.

Es un espacio curioso, aquí en el medio.

Dado que ya estaba pendiente hacer un nuevo juego de aparatos auditivos, la señorita Shelly saca los materiales para crear nuevas impresiones de mis orejas. Me quedo quieta en lo que exprime la pasta rosa y fría en cada oreja. En unas cuantas semanas, vendré por los moldes y los procesadores cuando estén listos y ensamblados. Tendré que usarlos un rato hasta que mi cerebro se ajuste a la nueva tecnología y escuche el mundo a mi alrededor como estoy acostumbrada.

No me da vergüenza mi discapacidad ni nada por el estilo. Lo que me molesta es tratar de ser parte del mundo oyente. Ser constantemente la rara, la que siempre tiene que explicarse o adaptarse.

Se me ocurre un lugar donde no me siento así: Lobo Gris, un campamento de verano para sordos y ciegos. Dejé de ir después del octavo grado, pues irme todo el verano no encajaba en mis planes cuando empezó *high school*. Pero era un lugar único donde no necesitaba explicarle a nadie mi pérdida de audición, además de que fue mi introducción a la lengua de señas y a la cultura Sorda.

Empiezo a extrañarlo de verdad.

CAPÍTULO DOS

Dos meses más tarde, nos dejan salir temprano de la escuela un viernes para inaugurar las vacaciones de primavera. Mis amigas y yo estamos sentadas en una mesa de metal afuera de Mackie's, y disfrutamos el clima primaveral, que se siente extrañamente caluroso para los suburbios de Chicago. Recojo mi largo cabello con una liga morada. Estamos intentando decidir cómo empezar nuestras vacaciones, pero el hambre y la extenuación de una mañana llena de exámenes nos tienen estacionadas aquí para almorzar.

Kelsey le da una enorme mordida a su sándwich de pollo, poniendo una mano frente a su boca para terminar de hablar mientras sigue masticando.

—¿Qué? —pregunto, inclinándome hacia adelante. Ocasiones como esta me recuerdan cuánto mi oído se beneficia de mi habilidad de toda la vida de leer los labios.

—No —dice mi otra amiga, Riley—. Esa no.

Kelsey le da un largo trago a su agua y se mete el cabello rubio detrás de las orejas en un débil intento por hacer que la brisa no se lo siga volando a la cara. Todavía no repite lo que dijo. Casi no he tocado mi hamburguesa con queso y tengo que espantar un fastidioso mosquito que no la deja en paz. Me dirijo entonces a Riley y pregunto:

—¿Qué dijo?

A veces ayuda que alguien más me repita las cosas. Aun si no lo dicen más fuerte, puedo entender mejor si la persona se acerca a mí, enuncia con mayor claridad o sus labios me son familiares.

Pero Riley no hace eco exactamente de lo que dijo Kelsey. Se desabotona la camisa, la ata a su cintura para sentirse más fresca con solo su *top* y saca crema líquida de su mochila para suavizarse los nudillos blancos y resecos.

—Estamos tratando de decidir qué película ver. Hace demasiado calor para estar afuera.

Eso me queda claro. Lo que todavía no sé es qué opciones están considerando.

—¿Hay siquiera una función pronto? —pregunta Kelsey.

Ambas chicas sacan sus teléfonos para revisar los horarios, así que hago lo mismo, pero me distraigo con Instagram.

En medio de una crisis de identidad Sorda después de mi cita con la audióloga, recientemente empecé a seguir una tonelada de cuentas de lengua de señas para restaurar mis de por sí ya mermadas habilidades de comunicación. Por fortuna, recuerdo un montón de señas de mi tiempo en Lobo Gris, pero la realidad de lo mucho que me falta aprender todavía me empieza a golpear. Al menos, sé lo suficiente para determinar si una cuenta tiene un maestro sordo que sí se comunica fluidamente con señas o una persona no calificada que sí escucha y da malas lecciones.

Aun cuando recuerdo que el campamento de verano era un lugar donde recibían a toda clase de niños, puede ser difícil reconciliar eso con lo que he visto en internet: gente peleándose por el habla, las señas, la cultura, los aparatos y demás. En ocasiones, parece que lo único que sí sé es lo que *no* estoy escuchando. Podría pasar días navegando y viendo opiniones encontradas de personas dentro de la comunidad que debaten sobre semántica mientras me hundo cada vez más en el síndrome del impostor. La gente le da demasiado poder a las etiquetas y eso puede sentirse excluyente, ya sea intencional o no.

—Y qué tal algo como... —dice Kelsey—... la, ah...

—¿Qué? —pregunto otra vez. Mi boca salta a la palabra antes de que mi cerebro pueda descifrar que dijo "La, ah" y no "Li-lah". Sacudo la cabeza en respuesta a las miradas interrogantes de mis amigas—. Olvídenlo. Ustedes escojan. Solo que sea algo divertido.

—Okey, la de superhéroes —dice Riley.

Mi hamburguesa ya se enfrió, pero le doy unas cuantas mordidas más. Kelsey siempre se sienta delante con Riley en el carro, así que yo me subo atrás y miro por la ventana todo el camino, pues es imposible escucharlas encima del ruido del carro y de la radio.

En el Regal, Kelsey y Riley compran sus boletos. Cuando es mi turno, me acerco y digo:

—La misma que dijeron ellas.

El tipo en la taquilla asiente con la cabeza. Saco mi cartera una vez que se ilumina el precio en la pantalla de la caja registradora y deslizo el billete por debajo del vidrio. Me da el cambio y dice algo que no entiendo. Pero mis amigas ya se alejaron rumbo a la puerta y están viendo sus teléfonos.

—¿Qué dijiste? —le pregunto.

Repite lo que dijo, pero no puedo oírlo ni leerlo en sus labios porque está detrás de la pantalla de la computadora.

—Perdona, ¿qué? —Señalo mi oreja y luego el vidrio. Intento llamar la atención de mis amigas.

Kelsey se acerca.

—¿Qué pasa?

—¿Me puedes decir qué está diciendo? —pregunto, señalando hacia la ventana.

Pero el empleado pone los ojos en blanco, saca el boleto de la impresora y me lo entrega. Me hace señas, displicente, para que me vaya y lanza el recibo a la basura.

—Olvídalo —le digo a Kelsey en lo que entramos al cine. Por supuesto, se trataba del recibo. Debí haber usado mi básico "no, gracias" y agilizar las cosas para todos.

En la zona de comida, Kelsey se compra un Slushie y Riley pide Junior Mints. No quiero gastar más dinero, pero me muero de hambre y necesitaré palomitas para aguantar las siguientes tres horas de explosiones y diálogos indescifrables. De ninguna manera voy a rentar uno de esos horribles y pegajosos lentes de subtítulos que los cines ofrecen como excusa para no poner los subtítulos en la pantalla. Son lo último que quiero en mi cara cuando estoy con mis amigas. Y, de todas formas, la máquina casi nunca funciona.

En lo que esperan a que me compre algo de comer, Kelsey y Riley se topan con otros niños de la escuela, así que de nuevo no están conmigo para repetirme lo que diga la cajera.

—Unas palomitas medianas, por favor. —Le entrego el dinero a la chica detrás del mostrador, que entonces me pregunta algo.

—No, gracias. —Sonrío. No necesito el recibo, así que no voy a pasar por lo mismo otra vez.

Me da la espalda para llenar el bote y luego me lo entrega junto con el recibo. Me alejo y tomo un puñado de palomitas. Será tonta. Le dije que no a la mantequilla.

Me uno a mis amigas, demasiado molesta como para querer enterarme de qué están hablando todos, y además porque, al parecer, hay dos conversaciones distintas en el círculo.

Le doy un empujoncito a Riley con mi codo.

—Oye, ¿nos metemos?

—Sí, claro —dice, volteándose para llamar a Kelsey—. Vámonos. No me quiero perder los avances.

Riley y Kelsey van delante de mí y se sientan juntas, dejándome al final de la fila.

—¿Te importaría si me siento en medio? —Aún de pie, le ofrezco palomitas a Kelsey—. Puedo compartir.

—No, estoy bien —dice Kelsey, permaneciendo en su asiento entre Riley y yo—. Estoy llenísima.

Las luces se apagan y empieza el primer corto.

—¡Ah, sí! —Riley señala la pantalla, diciéndonos algo a Kelsey y a mí con mucha emoción.

Yo me hundo en mi asiento y me atasco de palomitas.

Algunas veces durante la película, llamo la atención de Kelsey y le pregunto: "¿Qué dijeron?", pero lo repite mirando la pantalla o lo murmura directamente en mi oído. Ninguna de las dos cosas funciona porque no puedo escucharla cuando mira hacia adelante ni le puedo leer los labios cuando los tiene contra mi oreja.

Ah, bueno, pues lo que sea. El superhéroe está salvando a todos. Al menos eso es obvio.

∼∼∼

—Estás muy callada —me dice Kelsey una vez que salimos del cine de vuelta a la luz del día—. ¿Estás bien?

—Ajá —digo, tratando de ignorar la fatiga que me causa el forzarme a escuchar. Estoy exhausta y lista para dormirme un rato—. ¿Quieren hacer algo la próxima semana?

—Claro —dice Kelsey—. Solo no puedo el lunes porque me voy a Chicago a la entrevista para la pasantía del verano.

—¡Cierto, casi se me olvida! —dice Riley—. Sería súper que te la dieran.

—Nah, es más que nada contestar teléfonos y hacer cosas así. —Por la forma como Kelsey habla del trabajo, debe ser un puesto súper. Recuerdo que lo mencionó antes, pero no logré pescar el nombre de la empresa—. Hay varias posiciones. Deberían aplicar las dos. Podríamos tomar el tren a la ciudad juntas todo el verano.

—Ojalá —dice Riley—, pero todavía no tengo ganas de meterme en esa vida de oficina. Estaré otra vez en la cafetería y dando clases de danza.

Nos detenemos enfrente del carro. Por un instante me pregunto si me dejarán el asiento del copiloto esta vez, pero las tres nos subimos en nuestros lugares de siempre. Cuando Kelsey enciende el motor, también se prende la música a todo volumen. Riley mira por encima del hombro para decirme algo.

—¿Qué? —pregunto—. ¿Pueden apagar la música un momento?

Riley baja el volumen.

—¿Crees que aplicarás para la pasantía?

Lo que en verdad quiero decir es que contestar teléfonos y tomar pedidos de café suena como tareas imposibles para mí. En cambio, digo:

—En realidad, podría ver si puedo encontrar trabajo como consejera en un campamento de verano al que iba...

Mmm, no sé de dónde salió eso. En gran parte lo dije para no tener que explicarles a mis amigas por qué no quiero aplicar para la pasantía, pero podría haber algo ahí.

—Ay, qué divertido. ¿Y qué clase de campamento es? —pregunta Kelsey—. A mí me encantaba el campamento de teatro.

—Bueno, es como..., ah, un campamento para sordos —digo, nerviosa por cómo reaccionarán.

—¿Un campamento para gordos? —suelta Riley así nada más.

—No... —digo, pasándome los dedos por el costado de la cabeza para revelar uno de mis aparatos auditivos morados—. Sordos.

—Siempre se me olvida que traes esas cosas —dice Riley—. O sea, es que no suenas sorda. ¿Sabes? ¿Has visto... —hace un gesto hacia un costado de su cabeza y ya sé qué es lo que va a decir— una de esas cosas para la cabeza que, como que te arreglan el oído? ¿Por qué no te consigues uno?

—¿Un implante coclear? No. —No tengo la energía para explicar más—. Así no es como funcionan.

—Pero, bueno, será divertido —interrumpe Kelsey, probablemente sintiendo mi irritación por la respuesta de Riley—. Sería genial pasar el verano entero afuera. Prométeme que tendrás un romance.

—No sé... —digo, divertida con la posibilidad.

—Te vamos a extrañar todo el verano —dice Riley—. Vamos a tener que ponernos al corriente de un montón de cosas cuando _____.

No escucho el resto, pero capto la idea. Seguro, me voy a perder las fiestas en la piscina y las pijamadas. ¿Tener que andar soportando una cosa tras otra con tal de sentirme incluida? Ajá, *eso* no lo voy a extrañar. Volver a Lobo Gris sería más fácil, por lo menos en términos de accesibilidad.

Mis amigas vuelven a subir el volumen de la música y nos vamos. No me queda más que mirar por la ventana otra vez.

Veo los árboles pasar, preguntándome aún de dónde salió esta idea de ser consejera, pero me voy sintiendo más segura a cada minuto. Tengo ganas de practicar mi lengua de señas. Y alejarme de mi familia un rato estaría bien, sobre todo porque mi mamá cree que debería estudiar durante las vacaciones para subir mis calificaciones el próximo año.

Pero ¿se sentirá raro volver a Lobo Gris después de tanto tiempo? Es un campamento bastante pequeño. ¿Se acordará alguien de mí? Mis consejeros parecían mucho más grandes y superbuena onda, aunque probablemente tenían más o menos la misma edad que tengo yo ahora.

La idea merece por lo menos una búsqueda en Google para ver si están contratando.

CAPÍTULO TRES

Okey, no han actualizado la página de Lobo Gris desde 1990. Jamás he visto un sitio web tan viejo, literalmente. Solo tiene una página de inicio con el nombre del campamento, la dirección y un teléfono.

Agh, no quiero tener que lidiar con una llamada. ¿Cómo es posible, en serio, que todavía no hayan incluido un formulario de contacto? Podría pedirle a mi mamá que llamara por mí, pero ¿cómo se vería eso? ¿Yo aplicando para un trabajo, pero pidiéndole a mi mamá que hable por mí? Alguien necesita arreglar esta página como que ayer.

Me doy por vencida y me pongo a buscar en Instagram, donde le he estado poniendo más atención a las publicaciones de la gente con la que fui al campamento. Personas que no he visto en años, como Ethan, que fue consejero por primera vez en mi último verano en Lobo Gris, hace tres años. Cuando veo su foto sosteniendo en alto una camiseta polo de empleado, me detengo para leer el pie de foto que anuncia que lo acaban de promover a subdirector este verano.

Ay, me siento rara mandándole un mensaje, pero *sí* quiero buscar trabajo en el campamento, y tal vez me pueda ayudar. ¿Qué es lo peor que podría pasar? Lo más grave que podría hacer es ignorar mi mensaje si no tiene idea de quién soy. Pero recuerdo que era muy amigable y extrovertido, así que vale la pena intentarlo.

> **Lilah:** ¡Hola, Ethan! ¡Felicidades por tu nuevo trabajo! Probablemente no te acuerdas de mí, pero yo solía ir a Lobo Gris, y la verdad quería saber si hay alguna posición abierta como consejera este verano. No vi nada en la página web.

Le doy Enviar. Hora de buscar en Google unas cuantas lecciones de lengua de señas y enfrentarme a la realidad de qué tanto me acuerdo. Los idiomas son algo que "o lo usas o lo pierdes", y la lengua de señas es igual. Momentos después encuentro una serie de videos para sordos autodidactas en YouTube y me alivia darme cuenta de todo el vocabulario que sí recuerdo. Me echo a la carrera las primeras lecciones, pues ya me siento segura del alfabeto, los colores, los números, los miembros de la familia y demás.

Estoy viendo un video, practicando, cuando sale una notificación.

Ethan: Claro que me acuerdo de ti. ¡Nos encantaría tenerte de vuelta! Y sí…, necesitamos presupuesto para actualizar esa página. ¿Cuál es tu correo? Se lo paso a nuestro director del campamento, Gary. Pronto empezaremos a buscar gente.

—Sí, sí, sí —me digo a mí misma en lo que tecleo y le mando rápidamente mi dirección de correo. ¡Esto va tan bien! En serio no esperé que mi plan funcionara con tanta facilidad.

Lilah: ¡Muchas gracias! Y felicidades de nuevo :)

~~~~

Durante las semanas siguientes, me la paso refrescando mi correo todo el tiempo. Queda menos de un mes de clases y mis amigas ya organizaron sus planes para el verano. Mi mamá se quedó con la idea de que voy a ir a un curso de verano para mejorar mis calificaciones. No les he contado a mis padres nada de Lobo Gris todavía porque, bueno, ¿siquiera apliqué para el trabajo? Todo lo que hice fue darle a Ethan mi dirección de correo. No ha habido ninguna clase de entrevista y el verano ya está a la vuelta de la esquina.

Hasta ahora me he aguantado las ganas de mandarle otro mensaje a Ethan porque podría parecer un poco desesperada. Si no me han contactado a estas alturas, es posible que no planeen hacerlo. ¿Quién soy yo para perderme varios años del campamento y creer que puedo volver como si nada y tener trabajo? Si Ethan se acuerda de mí, también sabe que no dominaba la lengua de señas. ¿Será ese uno de los requerimientos para el puesto?

Tal vez me ilusioné demasiado con ser consejera este verano.

Ya sea que consiga este trabajo o no, quiero mejorar mi lengua de señas. Así que pongo los videos de las lecciones otra vez. Ya he llegado a un punto en que la mitad de las señas me son familiares y la otra mitad son nuevas para mí. O sea, cuando se trata de señas para el clima, me sé perfectamente las palabras que usamos en el campamento, como "lluvia", "viento" o "rayo". Pero nunca antes he visto "huracán", "terremoto" o "sequía".

Mi hermano de once años se deja caer en el sillón junto a mí, todavía con la camiseta y los zapatos del partido de futbol que jugó en la mañana.

—¿Qué estás haciendo? —pregunta Max, limpiándose el sudor que le gotea del cabello castaño corto hacia la nuca bronceada.

—Iiiu, vete a bañar. —Arrugo la nariz.

Max se queda mirando el video de vocabulario pausado en mi pantalla.

—¿Necesito...?

—¿Qué? —Me volteo hacia él.

—¿Necesito aprender esto?

Mi hermano tiene la misma clase de pérdida auditiva que yo, aunque uno de sus oídos tiene dificultades más severas. Pero tenemos padres que escuchan y, como a la mayoría de los demás niños sordos y con sordera parcial, nos criaron con el objetivo de pasar por personas que sí escuchan. Hasta donde sabemos, nuestra pérdida auditiva es genética, aun cuando al parecer no hay antecedentes familiares de sordera. Pero nosotros no tuvimos ninguna enfermedad en la niñez ni lesiones en la cabeza. Simplemente nacimos escuchando menos.

—Si quieres. —Me encojo de hombros. Max nunca ha ido a Lobo Gris, así que su exposición a la lengua de señas ha sido todavía menor que la mía. En lugar de clases de lengua de señas, Max y yo pasamos por años de terapia de lenguaje. Que está bien, supongo. Pero, ¿por qué no las dos?—. Yo aprendí mucho cuando fui al campamento para sordos.

—¿Ahí aprendiste? —repite para confirmar que escuchó correctamente.

—Ajá.

Mi hermano asiente, frunciendo el ceño.

—No sé. ¿Te tienes que ir todo el verano?

—Bueno, son dos meses. Queda tiempo todavía para estar aquí.

—No mucho... —Tuerce los labios hacia arriba, pensando, lo más probable, en sus amigos y los deportes que suelen llenar sus vacaciones.

—¿Por qué? —le pregunto—. ¿Quieres ir al campamento?

Iba a ser lo mío este verano, pero supongo que no es el fin del mundo si mi hermano también está ahí. Sobre todo porque si aprende lengua de señas, será más fácil aplicarla en casa.

—¿Te gustó ir? —me pregunta—. ¿O fue como ir a la escuela y te tienes que aprender un montón de cosas?

—¡Max, es divertido! Hay un lago y una piscina y un montón de cosas que hacer afuera. Yo digo que te gustaría.

—Súper. No sé, tal vez. Le preguntaré a mamá. —Finalmente se va y, por fortuna, el olor se va con él.

~~~

Estoy sola en casa el sábado en la mañana, intentando enfocarme en una lección particularmente difícil de lengua de señas sobre la estructura gramatical de la oración. Tengo que verme ocupada cuando mis padres lleguen a casa del partido de futbol de Max. De lo contrario, me pedirán que me vaya a estudiar para los finales. Pero, por supuesto, me distraigo a cada rato en las redes sociales.

Mi teléfono suena con una notificación justo antes de que mis padres y Max entren por la puerta. No hay manera de que sea lo que espero que sea... Es un correo, y no puedo creerlo cuando leo de quién es.

```
Gary@CampGrayWolf.com
Sábado, 25 de mayo, 9:46 a. m.

Querida Lilah:

¡Perdón por escribirte tan tarde! Ethan te
nominó como consejera junior este verano y
nos encantaría que nos acompañaras. ¿Puedes
empezar el entrenamiento el 1.ro de junio?
Los campistas llegarán a partir del sábado
```

9 de junio y se quedarán hasta el sábado
27 de julio, y por lo general pasamos un día
limpiando y luego celebramos.

Hay una remuneración semanal de $250, que
sabemos que no es mucho, pero obviamente la
comida y el hospedaje son gratis. ¡No incurres
en muchos gastos cuando disfrutas de la
naturaleza en el campamento de verano!

Dime qué te parece.

Gary
Director, Campamento Lobo Gris

Tengo que releer el correo varias veces para superar la sorpresa. ¿Me dieron el trabajo? Casi había descartado la posibilidad. Tengo que estar ahí en una semana, al día siguiente de que acabe la escuela. ¿Estoy lista? Ojalá tuviera más tiempo para repasar mi lengua de señas.

—¿No tendrías que estar estudiando para tus finales? —me pregunta mi papá, acercándose al sillón y mirando la pantalla de mi *laptop*.

—En realidad... —digo, notando el escepticismo en su rostro—. Bueno, sí. Tengo que estudiar. Pero... acabo de conseguir un trabajo para este verano.

—¿Un trabajo? —grita mi mamá desde la cocina—. ¿Qué trabajo? Ibas a ir a clases en las vacaciones.

—No quiero ir a esas clases... —Bajo la vista de nuevo al correo para confirmar una vez más que es real antes de decirles a mis padres—. Es para ser consejera junior en Lobo Gris. Será todo junio y julio.

—Mmm... —dice mi mamá. No parece ser lo que esperaba. Pero sé que le está dando vueltas en su cabeza—. Sí te quedarían unas cuantas semanas de agosto para preparar el nuevo año escolar.

—Seguro, supongo —digo. Unas cuantas semanas es mejor que todo el verano de tarea—. Entonces, ¿puedo ir?

—Sí. —Mi mamá me lanza una mirada pícara—. Y Max me acaba de preguntar si podría ir este año, así que lo mandaremos, ahora que puedes echarle un ojo.

—Bien —concuerda mi papá—. Teníamos la intención de mandarlo desde hace tiempo.

—Está muy ocupado en junio —dice mi mamá—. No estaba segura de si funcionaría, pero ahora que estarás trabajando ahí, probablemente estén abiertos a recibirlo tarde.

¿De alguna manera mi nuevo empleo gira en torno a Max? Da igual, mientras me dejen ir.

—Tengo que estar ahí el próximo sábado.

—Qué rápido. Pero está bien, nos organizamos. —Mi mamá asiente con la cabeza—. Me da mucho orgullo que hayas encontrado trabajo.

—Sí, bien hecho —añade mi papá—. Estoy seguro de que la vas a pasar de maravilla.

—Sí, sí —digo, quitándole importancia, pero llena de alivio.

Puedo ir a ser consejera, juntarme con gente de la universidad. Les mando un mensaje a mis amigas para compartirles la emoción.

Ya me empiezo a sentir un poco abrumada. Claro que me sé el alfabeto en lengua de señas al derecho y al revés. Soy bastante buena con los números y todavía me acuerdo bastante del vocabulario relacionado con el campamento, lo suficiente para, ojalá, poder platicar sobre el menú de la comida, las actividades programadas o el clima. Pero no lo manejo con la suficiente fluidez como para expresar temas complejos como los sueños y las metas o la vida y el amor..., el tipo de cosas de las que probablemente querré hablar con los demás consejeros alrededor de la fogata.

Pero me dieron el trabajo, así que deben creer que estoy calificada. Solo tengo que dejar de lado este insidioso síndrome del impostor que me hace dudar... ¿Y si me cuesta el mismo trabajo estar en el mundo sordo que en el mundo que sí escucha?

CAPÍTULO CUATRO

Nunca he manejado tan lejos yo sola, pero las tres horas hasta el campamento en la frontera entre Illinois y Wisconsin se pasan como si nada. A mis padres les preocupaba que este viejo Civic lograra llegar, y me recordaron varias veces que encendiera el carro periódicamente durante el verano o era posible que no lograra prenderlo para poder volver a casa.

Pero nada de eso me preocupa en lo que escucho a todo volumen la música y disfruto la luz del sol calentándome los brazos desnudos.

El GPS me dice que el campamento está a unos cuantos minutos más, pero es casi imposible encontrar el pequeño letrero de bienvenida en el bosque al costado del camino. De hecho, me paso de mi destino y tengo que dar una vuelta en U toda apurada. Entro despacio por el largo camino de tierra y me acerco al campamento sintiendo mariposas en el estómago. Es una entrada nada ceremoniosa, solo una mancha de grava y unos cuantos vehículos estacionados. Pero yo sé qué me espera del otro lado del sendero que atraviesa los árboles. Se me pasan los nervios al ver a Ethan esperándome.

—¡Lilah! —grita, los brazos extendidos en lo que me estaciono y salgo del carro, sonriendo de oreja a oreja.

—¡Hola, Ethan!

—Creciste como un pie entero desde la última vez que te vi, y eso no es decir mucho porque sigues siendo pequeñita. —Ethan me taclea en un abrazo. Yo sonrío, al haber casi olvidado cómo los sordos tienden a hacer un montón de comentarios sobre la apariencia.

Es un alivio inmenso ver una cara familiar en un lugar familiar. Ethan ha estado en el campamento desde siempre, subiendo de nivel. También se ve más grande y absolutamente en su elemento. Es latino, bajito y musculoso, y trae puestas unas medias amarillo claro con un patrón de gigantescas caritas felices que le llegan hasta las rodillas. Su camiseta dice "Orgullo Sordo" deletreado con señas, y su cabello castaño oscuro, largo y enmarañado cae sobre sus dos aparatos auditivos plateados.

—Es genial volver —digo—. De los que conozco, ¿alguien más regresa este año?

—Mmm, ¿alguna vez conociste a Natasha? Tenemos a varios excampistas entre los empleados.

—¿Quizás? —Encojo los hombros, mirando a una niña pálida y con pecas que acaba de pararse junto a Ethan. Trae puesta una camiseta negra de manga larga a pesar del calor. No puedo recordar por qué me parece vagamente familiar.

—Oh, ella es Mackenzie —la presenta Ethan—. Es una de nuestras nuevas consejeras este año.

—*Tú eres L-i—h, ¿cierto?* —dice usando señas.

—Sí. —Asiento con la cabeza. Solo alcancé a ver un amasijo de letras que empezaban con *L* y terminaban con *H*, pero asumo que deletreó mi nombre.

—Está haciendo su especialidad en interpretación —añade Ethan, contestando la pregunta que sabe que está en mi mente—. ¿Y todavía usas la lengua de señas que aprendiste aquí?

—*Tal vez me acuerde de algo* —seño para su agrado, ya que fue él quien me enseñó mucho de lo que aprendí en aquel entonces. Es un buen inicio..., pero también practiqué esa oración una y otra vez en mi cabeza de camino para acá.

—*Perfecto*.

Los dos sacamos mis cosas del carro y nos dirigimos al campamento.

—¿No había un arco de bienvenida? —Señalo hacia el camino que lleva a la entrada. Antes había allí un tablón de madera muy alto con un lobo gris gigantesco; una pintura de aspecto amigable que miraba a todos los que pasábamos por debajo.

—Lo tuvimos que quitar el año pasado —dice Ethan con tristeza—, después de la gran tormenta.

Sin el letrero, ahora parece que el lugar tiene una entrada mágica secreta, donde altos árboles siempre verdes rodean una pasarela de madera desvencijada que cruza un pequeño riachuelo. Hasta la temperatura cambia conforme nos acercamos al agua, aunque probablemente se lo debemos a la sombra y la brisa fresca. El camino de tierra frente a nosotros se extiende hasta bifurcarse en el claro, formando un círculo que abraza el perímetro entero del terreno de Lobo Gris y el campo abierto, y después se divide hacia las cabañas, el comedor, el granero para bailar, la piscina y el lago. Todo es lo mismo... pero diferente. El lugar se ha ido deteriorando, pero su encanto permanece.

Limpio el sudor de mi frente, contenta de no tener que cargar mis cosas mucho más. Mackenzie va caminando junto a nosotros. Saluda con la mano para llamar mi atención.

—¿*A dónde vas a la escuela?* —seña extremadamente despacio, articulando las palabras con sus labios—. ¿*Una escuela para sordos?*

—Una regular —le digo a Mackenzie, sin poder señar porque estoy cargando cosas—. Por ahora, solo puedes hablarme. Mover los labios de forma exagerada arruina un poco mi capacidad de leerlos. Y no siempre uso lengua de señas, así que no tienes que hacerlo. —Tal vez sea un poco grosero de mi parte decirlo, pero puede que le sirva la explicación—. Al menos cuando estés hablando conmigo —aclaro.

—Ya veo —dice y seña, finalmente usando su voz. Después de una pausa, habla de nuevo y lentamente para seguir el paso de sus manos. Yo me vuelvo hacia ella para verle los labios—. Pero siempre es mejor usar señas para que los demás alrededor puedan ver y unirse a la conversación si quieren. De la misma manera que otras personas que escuchan se pueden unir hablando.

Frunzo el ceño.

—Yo no escucho.

Mackenzie no hace caso de esto y sigue caminando detrás de Ethan.

—Pensé que casi todos aquí usarían señas. Pero muchas personas hablan. —Ocupa un momento sus manos arreglándose las trenzas pelirrojas.

Estoy segura de que alguno de sus profesores le vendió este trabajo de verano como una gran manera de practicar. Está presumiendo su lengua de señas, que quizás apenas está aprendiendo. Te garantizo que son muchas más clases que las que alguien como yo, con una pérdida auditiva, haya tenido oportunidad de tomar.

—Bueno, los nuevos tenemos que estar unidos —dice y seña.

Respiro hondo para no corregirla otra vez y decirle que no soy nueva aquí. Necesito practicar, pero Mackenzie no es mi compañera ideal.

Ethan percibe mi frustración y me ofrece una sonrisa cómplice, llegando en mi rescate.

—Lilah fue campista aquí durante muchos años. Y ojalá vuelva más.

—Eso sería genial —digo, preguntándome por su uso de la palabra "ojalá". ¿No es garantía convertirse en consejero senior después del puesto junior? Tal vez sea después de tener una entrevista como tal o algo.

—Bueno —dice Mackenzie y seña—, ya que eres consejera junior, espero que te asignen a mi grupo. Así podemos aprender juntas. Es una lengua tan bonita. Y es tan especial poder ayudar a personas sordas.

—Mmm, ajá —digo, aliviada de haber llegado a las cabañas.

—Cuando tengas un rato, métete en mi canal de YouTube —añade Mackenzie—. Practico e interpreto canciones.

Agh. ¡Por eso me pareció conocida! Es una de esas personas que sí escuchan y hacen videos de lengua de señas. Vi como diez segundos de uno y de inmediato supe que no debería usarlo para estudiar. Por su absurda cantidad de seguidores, dudo que otros se hayan dado cuenta de lo mismo.

Hago como que no la escuché y sigo a Ethan a una de las cabañas chicas de madera roja, donde puedo dejar mis maletas. Si empaqué demasiado fue con la idea de sobrevivir el verano con un mínimo de viajes a la lavandería.

—¿No había más cabañas antes? —le pregunto a Ethan.

Asiente.

—Perdimos una el año pasado. Se cayó el techo durante el invierno después de una megatormenta de nieve. Ya se había dañado mucho por el viento, así que era una causa perdida. Ya no se inscriben tantos, así que tenemos que organizarnos con una cabaña menos.

Como es el inicio de la temporada, está un poco mohoso el lugar. Rápidamente elijo una de las literas de arriba que está desocupada.

—Todos los consejeros se quedarán aquí durante el entrenamiento —explica Ethan—. Nos repartiremos entre las cabañas una vez que lleguen los campistas.

—Perfecto. —Asiento con la cabeza. Así que por eso hay tantas camas tendidas.

Ethan toma un cargador de teléfono de su litera, pero Mackenzie se le acerca apresurada y le toca el brazo, a pesar de que él ya la estaba mirando.

—¿Sí? —pregunta Ethan.

—Lo siento, se me olvida —dice Mackenzie y seña—. ¿Cuál es tu seña personal?

—Tengo dos —dice Ethan y seña—. Mi seña usual es como una *E*. —Hace la demostración, agitando la letra en un giro animado cerca de su cabeza—. Por mi cabello y lo emocionado que estoy a veces. Pero en el campamento nos gusta tener palabras relacionadas con el verano, pues no todos los campistas que llegan tienen una seña personal.

—Por eso se me olvidó. Tienes dos —dice Mackenzie y seña—. ¿Cuál es la del campamento?

—Medias —dice y seña Ethan—. Porque... —Ethan levanta su pie y presume sus medias de color amarillo brillante.

—Yo todavía necesito una seña personal. Para el campamento o en general. —Mackenzie hace una pausa, claramente esperando que Ethan capte la indirecta. Pero como nadie dice nada, se vuelve hacia mí—: Te la tiene que dar una persona sorda.

—Ya lo sé —digo y seño, tratando de mantener mi tono neutral.

—Lilah ya tiene la suya —dice Ethan.

—Cierto... —Sonrío, recordando—. ¿No me la diste tú?

—¿Cómo se me pudo olvidar? —dice—. Cata.

Me inundan los recuerdos.

—Cata. —Sostengo mi pulgar contra la nariz y doblo mis dedos índice y del medio dos veces. Me encanta. No hay manera de confundirse con esta seña, contrario a cuando estoy escuchando y alguien susurra "la, ah" y asumo que es mi nombre.

—¿Por qué esa seña, Lilah? —pregunta Mackenzie.

—La primera vez que vino al campamento, traía encima muchas catarinas. Señal de buena suerte. —Sonríe—. Abreviamos catarina a "cata" y se le quedó. —Mira su reloj—. Bueno, te dejamos para que desempaques. Mackenzie y yo te esperamos afuera, y de ahí nos vamos juntos al comedor para cenar.

Abro el zíper de mi mochila y lanzo todo lo no esencial encima de mi litera para que sea más ligera y la pueda usar todo el verano. Mi vieja y desgastada JanSport morada, que pronto estará llena de artículos de primeros auxilios, incluida una Otterbox a prueba de agua para los aparatos auditivos, es ahora un orgulloso símbolo de mi nuevo estatus de consejera junior. Meto mi botella de agua, decorada con calcomanías, en el bolsillo lateral.

Escaneo el lugar buscando dónde poner mi maleta. Pero no hay mucho espacio para dejar cosas en el piso, y menos después de que puse mi canasta vacía de la ropa sucia en la única esquina libre. Alzo la maleta para ponerla a los pies de mi cama, dudando cuando me quedo a medio camino, a la altura de mi cabeza, porque no soy lo suficientemente alta para empujarla hasta el final. No fue la decisión más inteligente.

El piso de madera cruje bajo mis pies y siento cómo la maleta se empieza a resbalar de la cama. Estoy a punto de soltarla cuando llegan a mi rescate un par de brazos, empujándola para subirla a la litera. Me doy vuelta esperando ver a Ethan o a Mackenzie, pero es otra persona.

Un chico más o menos de mi edad está ahí de pie con una gorra azul de beisbol y una camiseta de los Cachorros que le queda a la perfección. Parece que pertenece al *dugout* de algún equipo, aunque su gorra tiene una *L* cursiva que no reconozco. Se asoma un pequeño mechón de rizos en su frente. Su piel es de un moreno cálido, y sus ojos oscuros y amables están fijos en mí. Está ahí de pie, con las manos juntas y listas para señar, y lleva un brazalete tejido en la muñeca, tal vez del verano pasado.

Se me acelera el corazón y no estoy segura de si es por cargar la maleta o por darme cuenta de quién me ayudó.

—Gracias —digo, sin aliento.

—*De nada* —seña. Apunta a algo encima de mí y seña otra cosa.

Me quedo inmóvil. Quiero señar para contestarle, pero no estoy segura de qué me está preguntando exactamente. Se encoge un poco de hombros, consciente, lo más probable, de que no entendí, y me rodea para tomar su mochila de su cama, que está directamente debajo de la mía. ¡De todas las camas que pude haber elegido...! Por lo menos así no podrá oírme roncar en la noche.

—*¿Eres nueva este año?* —Esta vez articula las palabras un poco, y sé que es solo por mi beneficio.

—Ah, no. —Le ruego a mi cerebro que recuerde algo, lo que sea, de la lengua de señas que practiqué—. Hace mucho tiempo estuve aquí —digo y seño—. Como campista.

—*Espera...* —Inclina la cabeza a un lado. Sus maravillosamente expresivas cejas comunican mucho de lo que quiere decir al elevarlas e inclinarse hacia mí—. *Creo que me acuerdo de ti. Cata, ¿no?*

—Guau —digo y seño—. ¡Sí! ¿También fuiste campista aquí? —Estoy segura de que lo recordaría.

—*Sí, y luego* _____ —seña. No logro entender la mayor parte de su respuesta, pero levanta la mano de su pecho a su cabeza, indicando que es más alto ahora—. *Tal vez me veo diferente.*

—Oh, sí, bien —digo y seño, asintiendo en lo que mi cerebro sigue tratando de procesar a toda velocidad más de lo que señó él.

—*¿Bien?* —Alza las cejas otra vez y hay un brillo travieso en sus ojos.

—Bien, de que también me acuerdo de ti —digo y seño rápidamente, maldiciendo mi limitado vocabulario y sintiendo cómo se me pone el rostro cada vez más rojo. Miro hacia abajo a sus tenis gastados con agujetas verdes, llenos de lodo seco.

—*Soy* _____ —seña.

—Lo siento —digo, esperando que mi frustración y mi falta de vocabulario no me hagan ver como alguien que se disculpa demasiado—. *Otra vez, por favor.*

Sonríe y deletrea con paciencia su nombre otra vez.

—*I-s-a-a-c.*

—*L-i-l...* —Pero me tiembla la mano y me equivoco, mezclando las letras. Cierro la mano en un puño, hago una breve pausa y empiezo de nuevo—. *L-i-l-a-h.*

—*Nombre en señas del campamento: Araña* —añade Isaac, señando con una muñeca cruzada encima de la otra para semejar una criatura de ocho patas—. *Como...* —Hace el gesto de lanzar una telaraña, una clara referencia a Spider-Man.

—¡Tus amigos y tú siempre ganaban todos los juegos! —digo, olvidándome de señar, pero él lee mis labios y asiente con entusiasmo. Sí, recuerdo a un pequeño grupo de niños más o menos de mi edad que siempre estaban haciendo deportes. Sacudo la cabeza, sonriendo—. ¿*B-a-t-man también?*

Asiente y señala hacia mí emocionado.

—¡*Sí!* —Me muestra la seña—. *Bat. También es consejero aquí.*

—*Excelente.* —Sigo sonriendo ridículamente—. Pensé que nadie aquí se acordaría de mí —digo.

Mira mis labios con una sonrisa.

—*Nah.*

Nos quedamos mirándonos un momento, reconciliando a los niños que solíamos ser con las personas que somos ahora. Sigue de pie junto a mí, lo suficientemente cerca para que pueda percibir el aroma cítrico de su camiseta recién lavada, que ya tiene un toque de la humedad del exterior y rastros de humo de fogata, bloqueador solar y pasto recién cortado. Su aroma me da calma. Supongo que estar tan cerca de la gente se vuelve algo natural en el campamento. Los que son extraños al inicio de la temporada se pueden volver mejores amigos para el final. Si bien esta interacción no estuvo tan libre de baches como yo hubiera querido —mi dominio de la lengua de señas no impresionó a nadie—, es cuestión de tiempo que pueda, espero, conversar mejor con él. Tengo todo el verano.

—¿*Vamos a comer?* —Señala con la cabeza la puerta de la cabaña.

—Sí, Ethan dijo que ya era casi hora de la cena —digo, tomando mi mochila. Caramba, olvidé responder con señas otra vez. No puedo seguir haciendo esto. La idea es aguantar, aun cuando no me sepa todavía la palabra para algo.

Isaac y yo salimos hacia la cabaña donde Ethan y Mackenzie están esperando, y todos empezamos a caminar hacia el comedor. Isaac se gira y camina hacia atrás para mirarnos de frente mientras seña:

—*¿Qué hay para cenar?*

—*No tengo idea. ¿Tal vez pizza?* —seña Ethan.

En lugar de ir por el perímetro, cortamos a través de una gran área verde para tomar una ruta más directa hasta el comedor. Nos movemos juntos en semicírculo para que todos estemos visibles para la conversación, una necesidad tanto para señar como para leer los labios. Cositas como esta me traen recuerdos de mi tiempo como campista en Lobo Gris. Estoy encantada con la gran cantidad de señas que puedo entender, aun si se trata nada más de conversaciones sencillas. Ta vez estar practicando sí hizo una diferencia.

—*Sí, ojalá pizza* —seña Mackenzie.

—*Igual.* —Me uno a la conversación, lista para demostrar mis habilidades con la lengua. Lanzo otra seña que logro conjugar de memoria—. *Estoy muy hambrienta ahora.*

Esto no desata el coro de reacciones de "igual" que había esperado. Isaac echa la cabeza hacia atrás, apretando los ojos mientras su boca está abierta en una carcajada silenciosa.

Ethan tiene una sonrisa divertida.

—¿Estás segura de que eso era lo que querías decir? —dice y seña.

Mackenzie hace una mueca.

—Qué incómodo. —Mackenzie se inclina cuando seña, meneando su cuerpo de un lado a otro mientras sube y baja tres dedos extendidos con cada mano.

Me vuelvo hacia Ethan, desesperada por una explicación, pero en cambio Isaac llama mi atención, todavía limpiándose las lágrimas de la risa con la otra mano. Llamar la atención para un sordo no es como un hola casual. Es más bien como extender la mano para golpear la mesa y llamar la atención de alguien: flexionas la muñeca hacia adelante para golpear el aire horizontalmente cuantas veces sea necesario hasta lograr que la otra persona te mire.

Me quiero tapar la cara que está muy roja, pero necesito dejar visible mi boca.

—¿Qué? ¿Nadie más tiene hambre? —pregunto con las manos descansando en las correas de mi mochila, sintiendo ahora aprehensión de señar.

Isaac levanta un dedo de su mano izquierda, llevando su mano derecha hasta el pecho, donde hace la seña de la palabra "hambriento", pasando la forma *C* lentamente hacia abajo, desde la base de su garganta. Mantiene la mano izquierda extendida con un solo dedo levantado para enfatizar que es un único movimiento.

Yo subo los hombros sin estar segura de a dónde quiere llegar, porque se ve similar a lo que acabo de hacer, así que lo hace de otra manera. Hace la seña como yo, moviendo su mano de arriba hacia abajo del pecho más de una vez. Sacude la cabeza para decir *no*, arqueando las cejas.

—Ah, ¿o sea que hice mal la seña? —pregunto.

—Está bien —dice Mackenzie y seña—. Yo también he cometido ese error.

Genial. Una vez más miro a Ethan con ojos suplicantes.

—Si haces la seña de "hambrienta" así —explica Ethan—, significa que estás excitada sexualmente.

—¿Qué? —Espero haberlo oído mal. ¿En serio acabo de señar que estoy excitada?

Isaac se acerca a mí y aprieta el dorso de mi mano. No, no es un gesto romántico, aunque su acto de todas maneras hace que sienta un escalofrío por la espalda. Las interacciones entre personas sordas pueden ser muy táctiles. Hay mucho contacto físico para llamar la atención y enfatizar ciertos aspectos de la conversación. En lo que caminamos, Isaac mueve mi mano de mi garganta a mi pecho una vez, asintiendo para decir *sí*. Me suelta y repite la seña contra su pecho múltiples veces, negando vehemente con la cabeza.

—Ya... veo dónde me equivoqué. —Mi vergüenza se convierte en enojo cuando me doy cuenta de que Mackenzie interpretó lo que dije como una señal para Isaac. No tendría que ser así—. *Lo siento*.

Mackenzie me alcanza.

—Está bien —dice y seña—. Todos cometemos errores cuando estamos aprendiendo.

—Yo ya me cansé de aprender. Quiero señar fluidamente —digo, manteniendo las manos cruzadas contra mi pecho—. Ya debería saber.

Nos estamos acercando al comedor. Bajo la velocidad y reviso mi teléfono para no entrar junto a Mackenzie. Ethan e Isaac conversan. Isaac mete la mano en su mochila y saca un Fruit Roll-Up, metiéndose casi todo a la boca para poder seguir señando con Ethan mientras come. Está a punto de meter la envoltura en su bolsillo cuando se vuelve y me ve.

—¿*Todavía hambrienta?* —Arquea las cejas. Es todo lo que se necesita para que regrese toda la sangre a mi rostro. Niego con la cabeza. Isaac inclina su cabeza y abre mucho los ojos en una mirada tierna de cachorrito apenado—. *Lo siento, no fue gracioso.*

—Está bien. —Golpeo mi pecho con mi pulgar, segura de saber esta seña.

Isaac se inclina hacia mí con los ojos muy abiertos.

—¿*Amigos?*

—Sí —digo, asintiendo—. *Amigos.*

Camino más rápido para seguirle el paso al grupo, pero me escondo del otro lado de Ethan. Me da vueltas la cabeza. Ya conversé suficiente por hoy.

CAPÍTULO CINCO

Esta noche solo hay una mesa larga puesta en el centro del comedor. Somos un grupo pequeño de diez, así que todos tomamos sillas plegables de las que hay apiladas a lo largo de la pared y nos apretujamos. No hay comida en la estación de bufé. El chef del campamento llegará en unos cuantos días. En cambio, hay una charola de sándwiches de supermercado y bolsas de papas fritas en la barra, cerca de una garrafa de Gatorade llena de agua.

—¡Bienvenidos a la semana de entrenamiento, consejeros! —Un hombre se acerca corriendo al frente del lugar, mientras aplaude. Ethan lo sigue, parándose a su lado para interpretar—. Para los que todavía no me conocen, mi nombre es Gary. Este es mi segundo año en Lobo Gris.

Gary se ve... pues... como un Gary. Es maestro de ciencias en *high school* y tiene el cabello corto y canoso. Lleva puesta una camiseta teñida y pantalones caqui, una especie de uniforme. Durante los siguientes diez minutos, Gary señala lo que podemos esperar del entrenamiento y también de cuando lleguen los campistas. Puede que me pierda —o no— un poco lo que dijo al final, deseosa ya de empezar a comer.

—Para recapitular, el entrenamiento cubrirá seguridad, familiarizarnos con el lugar y recordatorios de juegos y actividades.

Gary es un contraste absoluto con Ethan, que está interpretando con menos entusiasmo de lo que lo haría si los campistas estuvieran aquí, pero todavía con suficientes expresiones faciales. Son tan distintos. Uno es viejo y el otro joven. Uno escucha y el otro es sordo. Uno es reservado y el otro desborda energía. Gary es delgado y tiene la barba desaliñada, mientras que Ethan es musculoso y trae el cabello atado en un chongo alto.

—Y el refugio para las tormentas está aquí, en el sótano del comedor —dice Gary, concluyendo su discurso—. Tengo que señalar una cosa más, ahora que ya dejamos de lado los procedimientos usuales para el verano. Como quizás sepan, o no, yo soy el tipo al que los campamentos contratan cuando las cosas no van muy bien por una u otra razón. —Seguro el comentario recibió un montón de expresiones de preocupación porque de inmediato aclaró—: Lo que tenemos es un simple problema de presupuesto.

Eso tiene sentido. Lobo Gris nunca fue un campamento moderno, pero sí se ve más descuidado de lo que pensé que se vería. Y no estoy segura de cómo alguien podría enterarse de este lugar con una página web tan desactualizada. Pero ¿de dónde entra el dinero? Cualquier niño con lo que califique como una pérdida de visión o audición puede asistir, y todo es gratis, razón por la que mis padres me pudieron mandar de niña.

—En esencia —dice Gary—, la fuente original de financiamiento se acabó con los años más rápido de lo que se procuraron fondos adicionales. Vamos a necesitar nuevas ganancias para mantener todo a flote.

¿Mantener todo a flote? Por fin vuelvo a Lobo Gris, ¿y es posible que sea el último verano? Qué mal momento. Este es el trabajo más amigable para sordos que probablemente tendré en la vida. Y hay tantos niños que deberían experimentar este lugar.

—Obviamente, no queremos tener que cobrarles a los campistas —intercede Ethan.

—Exacto —dice Gary—. La cosa todavía no es tan grave. La mesa directiva y yo hemos estado viendo soluciones. Una de ellas es atraer a algunos nuevos benefactores.

Isaac agita la mano y hace una pregunta que Ethan le comunica a Gary.

—Bueno, ¿y eso exactamente qué significa para nosotros este verano? ¿Algo va a cambiar de inmediato?

Gary sabe que debe mirar directamente a Isaac al responder, e Isaac mira del uno al otro, alternando entre Gary y la interpretación de Ethan.

—Este año debería ser similar al verano pasado. Pero, como saben, hemos cortado un montón de las actividades típicas, como los viajes ocasionales fuera del campamento.

Alrededor de la mesa, todos asentimos solemnemente, comprendiendo. Supongo que eso significa que no tendré oportunidad de ir a cabalgar en un futuro próximo.

Gary intenta subirnos los ánimos.

—Vamos a recaudar dinero para que el campamento no solo siga existiendo, ¡sino que pueda prosperar otra vez!

Quiere tranquilizarnos, pero yo me quedé con "mantener todo a flote" y "no solo siga", pues sugieren que las cosas están, de hecho, bastante mal.

—Daré unos cuantos recorridos a lo largo del verano a estos potenciales benefactores, pero nada que interrumpa nuestra rutina usual. Ah, es posible que hagamos una comida en algún momento. Pero en general pueden hacer como que no están ahí. —Asiente y revisa su portapapeles—. Sí, creo que ya podemos empezar a cenar. —Levanta la vista hacia nosotros—. ¿Alguna pregunta?

Nuestro grupo sigue digiriendo la noticia, demasiado hambriento para pensar en nada.

—Muy bien, Ethan les entregará sus asignaciones de grupo. Lean los perfiles completos de los niños para identificar cualquier requerimiento alimenticio y otras necesidades. Tienen mi teléfono, el de Ethan y el de todos los demás. Yo estoy acostumbrado a los clásicos *walkie-talkies*, pero por obvias razones es mejor si aquí usamos teléfonos para tener opciones y poder comunicarnos. Escríbanme o llámenme si hay alguna emergencia. Ah, y también tienen el teléfono de su amable enfermera.

—Sí. ¡Hola a todos! —dice la enfermera del campamento, jovial y ya mayor. Está sentada en la cabecera, cerca de

Gary—. Reconozco a muchas caritas sonrientes. Me dará mucha emoción poder conocerlos mejor cuando tengamos nuestro primer entrenamiento de primeros auxilios y RCP.

Me sorprende que por fin haya una enfermera con conocimiento de lengua de señas. Honestamente, debería ser un requisito para el puesto, pero, hasta donde yo sé, es la primera.

—¡A comer! —dice y seña Ethan—. Después de cenar, tienen el resto de la noche libre.

Mackenzie alza ambas manos al aire para empezar un aplauso en lengua de señas.

—Ay, me encanta esto —dice y revolotea los dedos en el aire en silencio, en una celebración demasiado entusiasta.

Ethan me entrega un paquete con los perfiles de mis campistas. Dado que soy consejera junior, me emparejan con alguien que tenga más de dieciocho y, por supuesto, resulta ser el nuevo miembro del equipo, Mackenzie... Yupi.

~~~

Mientras cenamos, los dos consejeros sentados junto a mí se presentan como Bobby y Simone, respectivamente.

Bobby es un antiguo campista con escasa visión. Tiene una mancha de bloqueador solar cerca de una de sus cejas. Aun así, su intento por cubrir su palidez no tuvo éxito. Ninguno de nosotros pasó mucho tiempo en exteriores hoy, pero su piel se enrojeció muy rápido. Trae su bastón doblado y guardado en el bolsillo exterior de la mochila, al parecer porque lo usa, más que nada, en la noche. Pero por lo que ya vi en la cena, a pesar de sacarle por lo menos un pie de altura a Simone, Bobby prefiere tomarla del brazo cuando necesita guía.

Bobby es el epítome de los colores contrastantes con una camiseta morada y *shorts* naranja, pero Simone domina la moda deportiva casual y está vestida de pies a cabeza con lo último de Old Navy. Es negra y está estudiando para trabajar con niños ciegos y con poca visión. Mackenzie y ella son las únicas dos consejeras este verano que no tienen una pérdida auditiva ni de visión.

—No sé cómo me siento con eso de que hay gente ajena vagando por el campamento —dice Bobby. Le da una mordida a su sándwich y permite que se caiga casi toda la lechuga a su plato.

—¿Es algo que de entrada debamos decirles a los padres? —pregunta Simone.

—Seguro Gary ya lo pensó. Tenemos que mantener seguros a los niños. ¿Tú qué piensas, Lilah? Tú que eres la niña residente de aquí —bromea Bobby.

—No mientas, tengo dieciséis. —Pero no me lo tomo muy en serio. Me divirtió el intercambio entre Simone y Bobby, y me da gusto que me halen con tanta facilidad a la conversación.

—Pero aún no tienes dieciocho, así que no mentí, ¿no? —dice Bobby—. No contestaste mi pregunta.

—No sé... O sea, si la gente quiere ver para qué van a donar su dinero, está bien, supongo. —Pero entonces imagino un pelotón de cuatro viejitos dando vueltas en un carrito de golf, como si hubieran pagado por un safari, dando clic tras clic para tomar fotos de cerca con sus teléfonos—. Okey, sí podría parecer muy raro.

Simone concuerda.

—Ajá —le dice a Bobby—. Depende totalmente.

—¿No podría haber otra forma de atraer dinero? —pregunto—. ¿En línea o algo? Claro, después de ver lo vieja que está la página web, sería todo un reto tecnológico.

—Sí, este lugar necesita _____ —dice Simone.

—¿Qué dijiste? —pregunto.

—Este lugar necesita desesperadamente dinero —repite, un poquito más fuerte—. Los sueldos podrían ser más altos. Yo estuve a punto de tener que tomar otro trabajo este verano.

—Pero no se atrevería —dice Bobby, dándole un empujoncito en el brazo a Simone. Bobby se voltea hacia mí—. Este asunto del dinero es quizás la razón de que no promovieran a Ethan. —Hace una pausa, señalando con la cabeza hacia donde los demás están sentados—. No hay oídos llamados *Gary* cerca, ¿cierto? Te pondré al corriente de nuestro drama de pretemporada desde el verano pasado.

Miro alrededor. Nuestro director del campamento y la enfermera ya terminaron de comer y están platicando cerca de la puerta.

—Todo bajo control. ¿Qué pasó?

—No sé si estabas lo suficientemente grande la última vez que estuviste aquí como para saberlo, pero antes no teníamos un subdirector. Crearon el puesto para Ethan, en lugar de dejarlo ser director, porque "preferían tener a Gary aquí".

—¿No podían ser codirectores? —pregunto.

—Es lo mismo que yo pensé... —interviene Simone.

—Okey, pero Lilah, ¿te acuerdas del beisbol de bíper? —pregunta Bobby, yéndose por una tangente.

—Auch —digo—. Cómo olvidarlo.

Es un juego obviamente pensado para ciegos, pero los que no somos ciegos nos tenemos que cubrir los ojos para jugar. Quien esté en la posición del cácher observa el lanzamiento y usa una vara larga para darle la señal a los bateadores sordos cuando lanzan la pelota. El campamento está enfocado en la accesibilidad, que en ocasiones puede llegar a niveles ligeramente irracionales en nombre de una competencia divertida.

—Voy a destruir a todos mañana en el juego. —Bobby sonríe—. Traje suficientes pañuelos.

—Creo que está un poco inclinado a tu favor tener en el campo a un montón de sordos con los ojos vendados, pero te dejaremos disfrutar esta victoria —digo.

—Más vale que tengan listas las compresas frías... —interrumpe Bobby.

Simone lo toma del brazo.

—Nah, cambia esa.

—Pero es mi favoriiiiiiiiita —Bobby arrastra la palabra.

¿De qué están hablando?

—Ahora no puedo de todas maneras. —Bobby levanta los dedos, embarrados de la mayonesa del sándwich.

Me esfuerzo en oírlos por encima del alboroto y el eco del comedor, y me doy cuenta de que Bobby puso música.

Simone pone los ojos en blanco y mete la mano en el bolsillo de Bobby, sacando el teléfono para cambiar la canción. Claramente hay cero límites respecto al espacio personal entre los dos, pero no logro descifrar si también percibo una vibra como de pareja o no. Casi por instinto, miro hacia el otro lado de la mesa y mi mirada se detiene en Isaac. Toda la comida ha estado teniendo una conversación a toda velocidad con otros dos consejeros, señando con una sola mano. Debe ser muy obvio que lo estoy mirando, porque se vuelve y me mira directamente. Sonríe, y yo desvío los ojos de inmediato.

—¿Podrías subirla, ya que estás en eso? —le pido a Simone.

—Claro —dice, ajustando el volumen hasta el punto exacto donde puedo escuchar más la música sin que opaque su voz ni la de Bobby. Se recuesta en la silla, que casi se voltea con el peso de su mochila colgada en el respaldo.

—¡Guau! ¿Qué traes ahí? —pregunto.

No sé por qué querría cargar algo tan pesado todo el día. Todo lo que nos piden que tengamos es una linterna, un botiquín y una caja Otterbox a prueba de agua para guardar los aparatos auditivos durante las actividades de natación.

Simone agarra la mochila y la lanza debajo de la mesa.

—Unos cuantos libros. Ya casi termino uno, pero tengo dos más para escoger cuál leer después.

—Oh. ¿Son en Braille? —pregunto.

—Sí, para practicar mi lectura —confirma—. Son enormes.

—Y son *sucios* —añade Bobby.

—Cállate, Robert —dice Simone, pero su boca se curva en una pequeña sonrisa—. No tiene nada de malo leer romance, y menos durante el verano. Son muy divertidos.

—Oigan, la cena no estuvo mal, ¿no? —digo, queriendo cambiar el tema—. Recuerdo haber comido muchos nachos fríos.

—Ajá, por eso hacemos viajes a la tienda —dice Simone— o a Mackie's o a Freddy's.

—¿Los consejeros salen, digamos, todas las noches? —Hay tanto de esa parte del campamento, lo que pasa después de horas, que quiero explorar.

—Ay, no. —Simone le da un trago a su botella de agua, dejándome en suspenso—. Literalmente, son como veinticinco minutos para llegar a cualquiera de esos lugares.

—Solo tenemos de las nueve y media a las doce —dice Bobby—. Si no nos asignan nada.

—Tiene sentido —digo.

—Y tampoco es como que ganamos lo suficiente para gastar dinero todo el tiempo —dice Bobby.

Sí. Si quiero volver y trabajar como consejera senior el próximo verano —es decir, si todavía hay un Lobo Gris al que volver—, definitivamente voy a necesitar ganar un poco más de dinero para no irme a la universidad con una cuenta de banco vacía.

~~~

—Hola, chica —dice y seña Mackenzie, deteniéndose cerca de mí en lo que relleno mi botella de agua. Se baja las mangas de su camiseta, que enrolló para la cena. Todos los demás se están alistando para salir del comedor—. ¿Qué vas a hacer en la noche?

—Todavía no sé. —No sé qué hacer en el campamento sin una agenda estructurada minuto a minuto y un horario para dormirnos temprano—. ¿Y tú?

—Voy a aprovechar el resto del atardecer. —Señala hacia afuera—. Ya que tenemos tiempo libre en la semana de entrenamiento, pensé hacer un montón de videos extra para publicar, en caso de que los siguientes dos meses se compliquen mucho.

—¿Videos?

—¡Para el canal de YouTube del que te hablé! Tengo que mantener contentos a los patrocinadores, ¿sabes? —Me indica con la cabeza que me haga a un lado para que pueda llenar su botella de agua—. ¿Te gustaría ser invitada en uno? Podríamos hacer una canción divertida sobre el verano. Te puedo enseñar todas las palabras.

—*No, estoy bien* —seño, y me alejo indiferente.

¿Cuánto ganará con toda esa basura que hace? Apesta que alguien como Mackenzie gane dinero, mientras que a los creadores sordos les cuesta mucho tener vistas. No se me ocurre ninguna razón para querer aparecer en el canal de Mackenzie alguna vez. No quiero que la gente asuma que mi habilidad —ni cerca de ser perfecta— con la lengua de señas significa que soy otra de esas personas que escuchan y tratan de usar la lengua de señas para llamar la atención.

—¡Ey, consejera junior! —Ethan saluda para atraer mi atención. Me siento aliviada, creyendo estar a punto de ser incluida en algún plan esta noche, pero entonces veo la cubeta de agua jabonosa junto a él—. Tengo tu primer encargo —dice—. *Es hora de ponerte a trabajar.*

—Supongo que para eso estoy aquí —digo, imitando la seña que él hizo—. *Trabajo. Trabajo. Trabajo.*

Ethan se pasa la mano por la cara. Camino hacia él y tomo la cubeta.

—Lilah…

Alzo las manos, exasperada.

—¿Ahora qué?

—Esto es "trabajo". —Hace la demostración de la seña. El puño derecho golpea encima del izquierdo, formando una pequeña X—. Esto… —agrega, repitiendo la seña como la hice yo antes, una X más grande y más vertical, con las muñecas juntas— es "besar".

Genial. Cometo otro vergonzoso error. Ethan golpea el suelo con el pie y sigue haciendo la seña, moviéndose de una manera ridícula basada vagamente en movimientos de TikTok. No sé si estoy lista para tanto entusiasmo en el campamento de verano.

Pero Isaac sí.

Sale de la nada junto a los amigos con los que estaba cenando y se une a Ethan, aun cuando no tienen ni la menor idea de por qué este empezó a bailar. Hay mucha energía, emoción y personalidad en la lengua de señas, y claramente esto se traduce en la forma en que se mueven, sus ganas de ocupar espacio… No es solamente aprender vocabulario y gramática, sino cómo dejar libres mi expresión y mis movimientos.

Me río para ocultar que me da pena y corro a terminar de recoger cualquier basura que queda en la mesa para que no me halen a bailar. Ya me avergoncé delante de Isaac hoy. No necesita ser testigo de mi falta de coordinación también.

Me hago a un lado. Estoy a punto de meter la mano en la cubeta para sacar un trapo y limpiar, cuando alguien me toca el hombro.

Es Isaac. Se quita la gorra de beisbol y pasa los dedos entre los rizos sueltos, luego hace una linda seña de "hola" y apunta hacia la puerta. Algunos ya se van, probablemente de vuelta a las cabañas, excepto los dos amigos de Isaac, que lo están esperando en la entrada. Isaac seña algo, pero es muy rápido.

—*Lo siento. Despacio, por favor* —seño.

Asiente y seña otra vez, más despacio. También cambió el orden de lo que intenta expresar. De todas maneras, solo entiendo una palabra.

—¿Lago? —pregunto, repitiendo la seña. Pero sigo sin poder encontrarle sentido al resto, lo cual asume por mi mirada de concentración.

Cambia a deletrear con los dedos.

—*B-r-e.*

Qué tontería. Sé qué letra es cuando la veo, pero estoy tan concentrada en identificar cada una, que para cuando llega al final no puedo recordar lo que acabo de ver para unirlo todo en una sola palabra. Así que mejor sonrío, asiento y me alejo.

Pero Isaac insiste. Agita el brazo para llamar mi atención, sacudiendo la cabeza con los ojos entrecerrados. De inmediato me arrepiento de lo que acabo de hacer. Está indicando que estuvo mal, y con toda razón. No puedo creer que intenté mi jugada de "sonreír y asentir" justo aquí. Estoy acostumbrada a hacerlo con las personas que escuchan, concluyendo conversaciones que no puedo seguir, pero estoy segura de que la gente que escucha se lo hace a Isaac todo el tiempo cuando no pueden entender lo que trata de comunicar, tal y como acabo de hacer yo.

—Perdón —digo y seño—. Estoy cansada. Fueron muchas señas hoy. Apenas estoy aprendiendo.

Isaac sacude la cabeza para tranquilizarme.

—*Está bien.*

Deletrea la palabra otra vez, pero ahora estoy frustrada y molesta conmigo misma, porque Isaac tiene que esforzarse así para intentar hablar conmigo. Es tan lindo y tan dulce, pero yo solo puedo hablar con él con una comprensión casi casi de kínder.

—Ahhhh —digo, sacudiendo teatralmente la cabeza y mirando al cielo. Si fuera cualquier otra persona, no me sentiría tan desesperada. Pero tengo tantas ganas de comunicarme con Isaac mejor, que sí me desespero—. *Lo siento. Practicaré toda la noche. Soy pésima.*

Pero Isaac se ríe. No de mí, sino conmigo. Levanta una mano. No de una forma severa, porque sus dedos están relajados y ligeramente curvos. Simplemente me pide que espere.

Agita los brazos tratando de llamar la atención de sus amigos, pero están mirando hacia otro lado. Entonces Isaac alza un pie y da un pisotón. Eso hace que levanten la vista. Isaac les pide que se acerquen.

La chica blanca tiene un implante coclear azul claro que descansa atrás de su oreja y se fija al costado de su elegante cola de caballo rubia. El chico negro, con una gorra de los Medias Blancas, asiente para saludar. Lo más probable es que tenga una pérdida auditiva similar a la de Isaac, ya que no usa su voz y no trae ningún aparato.

—*Ella es L-i-l-a-h* —seña Isaac a sus amigos—. *Cata*.

Seña otras cosas demasiado rápido para que yo lo siga, y por fortuna la chica empieza a interpretar.

—Yo soy Natasha —dice con un fuerte acento sordo—. Y él es Jaden.

—*Flor y Bat* —interviene Isaac con sus señas personales para el campamento. Rápidamente le pide a Natasha que me diga algo.

—Tenemos una tradición el primer día de la semana de entrenamiento —dice—. Nos vamos al lago en la noche.

—Qué divertido —digo.

Isaac y Jaden asienten con fuerza. Jaden seña algo que más o menos entiendo, pero Natasha ya lo está interpretando para mí de cualquier forma.

—Pero no hasta que oscurezca. ¿Vienes?

—Okey, puede que sí —digo y seño. Seguro la voy a pasar bien, pero ¿por qué estoy tan emocionada?

—*Es genial* —seña Isaac—. *Hay una buena sorpresa, lo prometo*.

Natasha empieza a repetir, pero no puedo esperar para responder y mostrarle a Isaac que sí sabía lo que estaba diciendo.

—*¿En serio, una sorpresa?* —sonrío—. Okey, okey.

—*Solo _____ por ahora* —seña Isaac.

—Mataremos el tiempo —dice Natasha, muy observadora, dándose cuenta de qué entendí y qué necesitaba que me aclarara. Pero su voz es inexpresiva, como si en verdad no le importara estar interpretando esto. Algunas personas sordas eligen "apagar su voz" y señar principalmente, aun si en ocasiones hablan. Si esto es lo que Natasha prefiere, es un poco injusto que esté actuando como nuestra intermediaria en este momento solo porque tiene un implante. Ojalá todos pudiéramos señar y ya.

Los tres se dirigen a la puerta, señando entre ellos sobre algo, sin incluirme. Dudo que Natasha me esté excluyendo a propósito, pero es difícil no sentir que te dejan de lado.

—Necesito terminar de limpiar primero. Los alcanzo —le grito a Natasha, las manos colgando impotentes a mis costados.

—Okey —dice indiferente.

Cuando Isaac se vuelve para ver por qué no los estoy siguiendo, Natasha le seña algo. Una parte de mí espera que ofrezca quedarse conmigo. Pero ¿y eso cómo sería sin un intérprete cerca? Isaac se despide con el brazo y sigue caminando con sus amigos.

Además, yo solo entorpecería su conversación. Puedo ver que Isaac cambia a una construcción oracional más basada en el español cuando se comunica conmigo, que es más fácil de seguir porque todavía no estoy muy familiarizada con la gramática de la lengua de señas. Pero cuando Isaac, Natasha y Jaden usan la lengua de señas me pierdo; pesco palabras aquí y allá, pero aún no comprendo todo por completo. Quiero llegar a su nivel lo más rápido posible.

Me apuro limpiando la mesa, mirando hacia abajo y con el brazo estirado lo máximo posible para alcanzar su otro lado. No escucho cuando se abre la puerta lateral, pero alcanzo a ver que se mueve con el rabillo del ojo. Un tipo que parece unos cuantos años mayor que yo entra y empieza a rebuscar ente los sándwiches que sobraron. No estuvo en nuestra junta de empleados. Gary o Ethan hubieran mencionado que llegaría alguien más después.

—¿Qué estás haciendo? —pregunto.

—Perdón por asustarte —dice. Hay algo raro en su voz.

—¿Vas a trabajar aquí el verano? —pregunto. Claramente no es uno de los consejeros.

—Sí. Solo vine por algo de cenar.

Tiene una estatura promedio y ojos azules. Su cabello rubio peinado hacia atrás está húmedo, igual que las sandalias que trae puestas, que dejan un rastro de agua en el piso de madera. Pero lo que no puedo evitar notar es que no lleva camiseta debajo de su chaqueta abierta. Le cuelga una cadena de oro sobre el pecho, encima de dos tatuajes.

—Eh... —Sacudo la cabeza y lo vuelvo a mirar a la cara—. Pero ¿no eres consejero?

—No, trabajo en _____ . —Señala la ventana a sus espaldas y sigue preparándose un plato. No puedo recordar el diagrama del campamento lo suficientemente bien como para tener idea de hacia dónde señaló, y no pude escuchar la palabra que dijo.

—¿Qué? —pregunto, inclinando un poco la cabeza.

—¿Qué? —repite con expresión levemente ofendida, pero no sé por qué—. ¿Y a ti qué?

—Bueno, no te oí... —digo, impactada por su cambio de comportamiento—. Ya sabes, porque estamos en un campamento para sordos.

—Ah, perdón, no pensé que fueras sorda. Nunca había conocido a alguien sordo. —Se apoya contra la barra y le da una mordida a su sándwich—. Y deberías decir "disculpa", por cierto.

—¿Disculpa?

—Exactamente. En lugar de "qué". Es menos agresivo, pero bueno, eres de Estados Unidos.

—Ya veo... —A pesar del malentendido, sonrío divertida con su regaño en broma. Pero no alcanzo a escucharlo lo suficiente para discernir su acento—. Y claramente tú no. ¿Qué te trae por aquí?

—El programa de campamentos de Estados Unidos. Soy de Inglaterra. El plan es trabajar en Lobo Gris y luego recorrer el país cuando termine.

—Interesante. —No sabía que ese programa fuera popular. Honestamente se siente como algo salido de una película, traer a un lindo británico al Medio Oeste—. ¿Y cuál es tu trabajo exactamente?

—Salvavidas. —Deja su comida en la mesa que acabo de limpiar, luego hala dos sillas de la pila que hay contra la pared.

¿Una de esas es para mí? No me importaría quedarme un rato y conocer más al salvavidas, pero quedé en encontrarme con los demás consejeros.

—Me gustaría quedarme, pero me tengo que ir —digo, señalando la silla vacía.

—Es para mi compañero. —Mira hacia la puerta lateral justo cuando un segundo salvavidas entra. Está metiendo un cuaderno en su bolsillo trasero y alcanza a ver la comida—. ¡Ben! Oye, hermano, te tardaste horas. Ya me comí lo mejor de lo que quedaba.

Se me pone la cara roja. Me da tanta pena haber asumido que la silla era para mí.

—Claro, ¡son dos! —digo, levantando mi mochila en lo que doy un paso atrás.

—Lo siento, si quieres te traigo una silla —me dice el salvavidas, volviéndose para mirar a Ben.

—No, en serio, está bien —digo, de camino al exterior—. Nos vemos.

Y nos veremos en el lago o en la piscina o quizás después del trabajo. Ni siquiera sé su nombre, pero estoy segura de que él sería el elegido por Kelsey para un romance en el verano.

Me grita, así que volteo.

—¿Me dijiste algo?

—Sí. —Me sonríe con paciencia—. Quería decir que soy _____.

—¿Qué dijiste? —Me inclino hacia adelante y luego sonrío—. ¿Disculpa?

Él se ríe y... ay, guau, ¿me guiñó el ojo?

—No te preocupes —dice más fuerte—. Subiré el volumen. Solo digo que me llamo Oliver.

—Gracias. —Me sonrojo de nuevo, metiendo los pulgares en las correas de mi mochila—. Yo soy Lilah.

—Un placer conocerte, Lilah.

Encuentro ciertas barreras de comunicación tanto en la lengua de señas como en el español. Pero al menos me es más familiar navegar el mundo de los que hablan.

—Ah, oye —digo—, si están buscando qué hacer, todos vamos a estar en el lago más tarde. —Señalo con la cabeza a Ben, que se está sentando—. Ambos, por supuesto.

—¿Ah, sí? —Oliver, un poco alarmado, se vuelve hacia Ben para ver si sabía del plan. Oh, supongo que los salvavidas tienen que estar en el lago siempre que haya alguien allí. Ben solo encoge los hombros y Oliver se vuelve hacia mí—. Está bien. Ahí te vemos, Lilah.

—Okey. ¡Adiós! —Me despido con la mano y salgo corriendo del comedor, divertida por lo rápido que me desconcierta un acento británico. En serio, ¿un salvavidas británico guapo? Kelsey y Riley se morirían de celos. No puedo esperar para mandarles un mensaje más tarde. Hay tanto que no esperaba cuando decidí volver a Lobo Gris.

CAPÍTULO SEIS

En la cabaña, Bobby, Simone y Mackenzie están descansando, revisando sus teléfonos después de un largo día. Asumí que Isaac y sus amigos estarían aquí, pero supongo que nunca se me ocurrió preguntar dónde estarían antes de que fuera la hora de ir al lago. Así que me subo a mi cama y me pongo a ver las redes sociales.

Y, en efecto, tan pronto como oscurece, Simone y Bobby se levantan. Simone se acerca a mi litera y me pregunta:

—¿Quieres un aventón? Nos vamos a llevar el carrito de golf.

—Definitivamente. —Solo hay un carrito y Gary suele ser el que lo maneja. Me bajo de la litera mirando las cosas de Isaac. Porque Isaac va a dormir a escasos pasos de mí esta noche. ¿Cómo es que casi lo olvido?

—Les daré una pista sobre esta tradición en el campamento —nos dice Simone a Mackenzie y a mí—. Pónganse traje de baño.

Ya planeaba cambiarme, dado que Isaac me avisó que iríamos al lago, pero Mackenzie se ve en *shock*.

—¿Qué es? —pregunta.

—Apúrense a cambiarse. No se preocupen, no las veré —bromea Bobby, desdoblando su bastón de camino a la puerta.

Mackenzie y yo nos cambiamos rápidamente y los encontramos afuera de la cabaña minutos después.

—¿Nadaremos en la noche? —pregunta Mackenzie—. ¿Es seguro?

—Está bien, lo hacemos cada año —dice Bobby—. Preocúpate más de que yo vaya a manejar.

Simone y yo nos reímos, pero luego compartimos una mirada incrédula al ver a Mackenzie correr hacia el volante. Bobby y Simone saltan a la parte de atrás, así que me quedo en el asiento del copiloto.

Nuestro carrito va a toda velocidad, brincoteando sobre el camino de grava y sorteando los baches que aparecen dentro del poco alcance de los faros, hasta llegar al lago, en las afueras del campamento.

—No bajes hasta la playa —indica Simone, inclinándose hacia adelante desde el asiento de atrás para señalar un punto a lo lejos—. Párate ahí.

—¡Ya era hora! —grita Ethan. Está esperándonos en el centro del puente alto que conecta con la otra mitad del lugar a través del lago, junto con Isaac, Natasha y Jaden.

Ya está oscureciendo, pero no hay necesidad de guardar silencio. El campamento es nuestro ahora y podemos hacer todo el ruido que queramos. Se suele tener la idea equivocada de que una reunión entre sordos se da en silencio, pero eso no podría estar más lejos de la realidad. En el campamento, subimos el volumen de todo al máximo.

—¿Están listos? —pregunta Ethan, todavía gritando—. ¡Vamos a saltar del puente!

—¿Esa es la sorpresa? —Me bajo del carrito de golf, soltando una carcajada nerviosa al acercarme para mirar por encima del barandal. No es tan alto como había pensado, pero sigue siendo una buena caída.

Mackenzie no se ha movido del asiento del conductor.

—Nop. No lo haré.

—Está bien. Puedes guardar los electrónicos. —Ethan resguarda sus aparatos auditivos en su mochila.

—¿Vas a brincar con nosotros, Lilah? —pregunta Simone.

—Ehm... —Todos los demás, aparte de Mackenzie, ya están esperando en sus trajes de baño. Simone me toma de la mano y la aprieta. Isaac asiente y sonríe—. Okey, okey —digo y seño.

Me quito la ropa y me saco los zapatos. Luego retiro mis aparatos auditivos. La noche es todavía más oscura sin ellos. Más silenciosa, obviamente. El ruido a mi alrededor se redujo a un rumor. Y turbio además, como si ya estuviera bajo el agua. No solo bajó el volumen, también la claridad del sonido. Por lo general, esto me hace sentir vulnerable. Aislada. Sin un sentido literalmente, me agarro de lo que sea para tratar de llenar los huecos, en especial cerca de otras personas.

Pero no ahora. No me siento limitada; me siento audaz. No pasa seguido que mis oídos tengan la oportunidad de respirar. Ya no puedo oír el crujido siniestro del viejo puente ni el silbido del viento en la noche. También apagué la voz en mi cabeza diciéndome que debo tener miedo. Me inclino hacia esta ausencia de temor y doy un paso hacia el puente. Los tablones de madera se sienten ásperos y fríos bajo mis pies.

Ethan es el primero en subirse y sentarse encima de la viga. El puente debió haber hecho algún tipo de ruido cuando Ethan se subió porque Bobby grita:

—¡Espérenme todos! Alguien que me guíe.

Como soy la que está más cerca, me aproximo a Bobby y le pregunto:

—¿No eres... básicamente... completamente ciego en la oscuridad?

—¡Básicamente completamente! —Extiende su mano—. Tu brazo, por favorcito.

Abro mi codo y Bobby se agarra de mí. Nunca he guiado a nadie antes, pero estoy copiando la forma en que Simone lo asistió hace un rato. Doy varios pasos y dejo a Bobby con Simone.

Mackenzie grita algo, todavía subida en el carrito de golf.

—En serio estás _____.

—¿Qué? —Simone sube los hombros. Leo algo en sus labios sobre que su trabajo es "guiar a los ciegos".

—¿A su muerte? —chilla Mackenzie.

Mientras tanto, Ethan se lanza. Escucho rastros de sus gritos mientras va encantado hasta abajo, pero no oigo el chapuzón. Corro a la orilla para inspeccionar el agua abajo, donde veo anillos formándose como ondas de sonido.

La cabeza de Ethan se asoma de nuevo en la superficie. Fiu.

—*¿Qué están esperando?* —seña, pateando frenéticamente con los pies bajo el agua para poder mantener ambas manos afuera.

A mis espaldas, el carrito de golf hace temblar el puente. Mackenzie pisa el acelerador a fondo y se va por el sendero hacia la playa, llevándose nuestra principal fuente de luz. Todo lo que nos queda es la luna llena.

—*¿Buena sorpresa?* —Isaac camina pegado al barandal hasta llegar a mí. Asiento, pero mi cuerpo se estremece. Arquea las cejas, interrogante—. *¿Nerviosa? ¿O es frío?*

—Las dos —digo y seño lo mejor que puedo con las manos temblorosas.

Ambos nos inclinamos a mirar el agua. Isaac se pega más a mí y me pasa un brazo por los hombros: un abrazo iluminado por la luna. Si yo antes pensé que estaba nerviosa cerca de él, nada que ver con cómo me siento ahora. Tal vez no escuchó el jadeo que se me escapó cuando su piel hizo contacto con la mía, pero sin duda pudo sentir mi pecho subir y bajar.

—*Podemos esperar y ver como se lanzan primero* —seña con la mano libre, indicando hacia sus amigos. Natasha y Jaden llaman su atención para que se les una, señando a toda velocidad, y yo espero que el calor de Isaac se aparte, pero no se mueve—. *Vayan ustedes. Yo la ayudo.*

Se refiere a *mí*.

Natasha y Jaden se toman de la mano y saltan juntos, gritándole a la noche.

Bobby está ahora de pie en el segundo barandal del puente, intentando pasar su pierna por encima.

—¿Estás lista, Simone? —Simone da un paso hacia atrás y luego hacia adelante. No sé si está más nerviosa por él o por ella—. Bueno, ¡me voy a dejar caer! —Bobby abraza la superficie del barandal con casi todo su peso del otro lado, listo para dejarse caer al agua—. ¡Socorro, Simone, ayúdame! —Su voz se pierde en su caída hacia el lago.

Simone se sube lentamente al barandal.

—Él es el que está en el equipo de natación —dice fuerte y claro, haciendo los gestos con una mano para mayor claridad todavía. Luego se aprieta la nariz y salta. De inmediato encuentra a Bobby y le pasa los brazos alrededor. En cuestión de segundos, Bobby nada hasta el enorme trampolín inflable anclado al fondo, donde los demás están reunidos.

—¿*Lista*? —pregunta Isaac. Sus profundos ojos café son grandes y curiosos. Puedo sentir su aliento en mi mejilla cuando me aprieta el hombro para darme ánimos. Aparece de pronto una sonrisa en mi rostro. Puedo hacerlo. Tal vez incluso me dé la mano.

Asiento levemente, tocándome las orejas una vez más. Necesito confirmar que sí me quité los aparatos. Obviamente, percibo la diferencia, pero es un tic nervioso que tengo siempre que me voy a lanzar a una piscina, meterme a la ducha o saltar de un puente.

Isaac se trepa sin esfuerzo alguno al barandal. Extiende la mano y me ofrece ayuda para subir. Y luego no me suelta.

Lee las emociones en mi rostro como el experto que es. Alza sus cejas gruesas, preguntando si estoy lista. Aprieto su mano, articulando la palabra "sí".

Él cuenta:

—*Tres, dos, uno* —y nos lanzamos hacia la oscuridad.

Tan pronto como estamos en el aire, la adrenalina supera mi miedo. Pero dura muy poco y luego atravieso la superficie del lago chapoteando. El agua con olor a pescado se me mete a la nariz. Nos separamos, pero Isaac me encuentra. Floto hasta la superficie, escupiendo al salir. Mi cabello es una maraña empapada.

Isaac se queda a mi lado mientras parpadeo para sacar el agua que me hace arder los ojos, así que me aparto, pero él me rodea hasta quedar frente a mí.

—*¿Estás bien?*

—*Estoy bien* —respondo lentamente, cuidando no salpicarme la cara al señar. Contengo el aliento y meto la cabeza en el agua para desenredar mi cabello y quitármelo de la cara.

—*¿Contenta de haber saltado?* —Isaac sube sus gruesas cejas.

—*Sí* —seño, delirante, la adrenalina todavía recorriendo mi cuerpo—. *Tenía miedo, pero me ayudaste mucho. No quiero, eh...* —Busco la seña—. *Perderme, ¿p-e-r-d-e-r-m-e?* —Él asiente. Me encanta que llene los huecos por mí—. *No quiero perderme nada solo porque tenga miedo.*

—*Entiendo. Me da gusto poder ayudar.* —Me pasa un brazo por la cintura para mantenerme a flote.

—*Gracias* —seño, dolorosamente consciente de lo mucho que se parece a la seña de aventar un beso. Y consciente de que estamos tan cerca uno del otro, que si yo fuera alguien que coqueteara con seguridad, podría inclinarme hacia él y darle un beso en la mejilla.

Pero no logro hacerlo. Solo nadamos juntos hasta los demás.

Es extenuante patalear todo el camino hasta el trampolín flotando entre el iceberg inflable y las plataformas planas con forma de lirio. Isaac y yo subimos la escalera y nos unimos a los demás. Me recuesto, dejando que me salpique el agua que sube de abajo del inflable. Las estrellas se ven muy brillantes en el cielo cuando estás tan lejos de la ciudad. Subo la vista, admirándolas, lista para quedarme dormida justo donde estoy. Este va a ser un verano increíble.

~~~

Llevamos ya un rato en el trampolín cuando Simone se endereza de forma casual y nota algo a la distancia. Mira hacia la playa y luego le dice algo a Bobby.

—¿Qué? —pregunto, siguiendo su mirada. Alguien está gritando y no es Mackenzie, aunque sigue esperando ahí, en el carrito de golf—. ¿Qué pasa?

Simone sube la voz.

—Que nos vayamos del lago —transmite—. Seguro son los salvavidas.

Ups. Sí, invité a Oliver y a Ben a venir. Asumí que estaríamos en la playa o algo así, no haciendo algo que va en contra de las reglas. Entrecierro los ojos en la oscuridad y los veo a los dos quitarse las chaquetas. Cada uno toma una boya roja y se mete al agua.

Los demás consejeros se sientan también.

—¿*Quién es?* —pregunta Jaden.

Isaac y Natasha sacuden la cabeza, pero Ethan les explica.

—Los salvavidas —dice y seña.

—¡Nos invaden los ingleses! —grita Bobby. Es el único que sigue recostado sobre su espalda en el trampolín.

Leo los labios de Simone que murmura:

—Este año están guapos...

Los salvavidas nos alcanzan. Ben sube la escalera y se queda parado en el último peldaño, imponente ante el grupo.

—Bueno, _____ —grita. Tiene un acento denso. Corta la última parte de las palabras y eso dificulta todavía más que lo entienda—. _____ problemas si nos _____ horas.

—¿Y si ustedes se quedaran? —pregunta Simone. Bobby sacude la cabeza.

—¡Lo siento! —grita Oliver desde el agua. Dice otra cosa bajito y hace que Simone suelte una risita.

—Okey. —Bobby se endereza tan rápido que el trampolín entero se mueve en el agua—. ¿Saben qué? ¿Por qué no nos dan un minuto y ya nos vamos a la playa? —grita todavía más fuerte, su tono severo—. ¡Nos están echando, oigan!

Ben sacude la cabeza, confundido por el arranque de Bobby.

—Bueno, adiós. —Se lanza en un clavado al agua para reunirse con Oliver. Los dos flotan en sus boyas, pero no se alejan.

—¿Qué quieren? —dice Natasha y repite con señas, mirando directamente hacia mí porque Ethan ya saltó al agua.

—*Los salvavidas dicen que nos tenemos que ir* —seño lentamente, sin estar segura de cómo se dice "nos están echando"—. *Este no es...*

Pero mientras contemplo qué palabras tengo en mi arsenal para formular una mejor explicación, Natasha me interrumpe.

—Solo habla, te leo los labios.

Auch. Lo estaba intentando.

—Los salvavidas nos están echando —digo, las manos sobre los muslos. Busco los ojos de Isaac, pero Jaden y él ya están de pie. Saltan del trampolín, echándose un clavado al agua.

Simone se ofrece para ayudar a Bobby a bajar, pero él la ignora y se va a gatas hasta la orilla de la plataforma, pasando por encima de mis piernas.

—¡Perdón! —grita—. Sería capaz de encontrar el camino si Simone no me hubiera cambiado por sus novios nuevos.

—Oye —dice Simone, poniendo los ojos en blanco—. Shhh, te van a oír.

Bobby se arroja al lago, esperando que Simone salte tras él. Bobby siempre bromea de todo, pero ¿está genuinamente celoso? Creo que escuché que dijo "novios nuevos". ¿Eso quiere decir que él es el novio de Simone? ¿O lo era?

—¿Dónde estás? —pregunta—. ¿Por qué nadie se echa al agua?

—¿_____ ayuda? —dice Oliver. Los salvavidas patalean hasta llegar a Bobby.

—No, yo puedo nadar —dice—. Mejor que ustedes. Lo único que pasa es que no sé para dónde está la playa.

—Ya voy —dice Simone. Hay un rastro de exasperación en su voz.

Cuando todos llegamos a la orilla, Mackenzie nos está esperando. Tiene el ceño fruncido y aprieta con fuerza el volante del carrito de golf, probablemente sintiéndose excluida.

Simone guía a Bobby hasta la playa, pero él suelta su brazo tan pronto como puede seguir la voz de Mackenzie hasta el carrito de golf, al que se sube para que lo lleve de vuelta. Simone lo sigue y se sienta junto a él. Parece que están teniendo una conversación muy seria.

El resto de nosotros tomamos nuestras mochilas. Jaden y Natasha se dan empujones para llegar primero al carrito, pero Jaden le gana.

—*Nos vemos* —le seña a Natasha, enseñándole la lengua mientras los cuatro se alejan a toda velocidad hacia las cabañas.

Yo me limpio la arena húmeda de los pies y me pongo los zapatos para seguir el sendero con los demás hasta las cabañas. Envuelta en mi enorme toalla de playa, traigo la mochila colgada de un hombro. Tengo las orejas todavía muy húmedas como para ponerme los aparatos. Busco a Isaac, pero Oliver se me acerca.

—Oye, en serio, perdón por _____ —dice. No logro escuchar el resto de lo que dice. Así que me giro para verlo de frente. Lo que no veo es la raíz de un árbol inmenso, así que me tropiezo, aleteando con los brazos…, pero Oliver me atrapa antes de caer. De todas maneras, no es tan vergonzoso como estamparme en una señal de tráfico caminando en la calle mientras intento mirar y hablar con alguien, cosa que me ha pasado más veces de las que quisiera admitir. Pero esto definitivamente se le acerca.

—Gracias... —Después de una pausa incómoda, recupero el equilibrio y empezamos a caminar otra vez—. Perdón, no te estoy mirando los labios por alguna cosa rara. Estoy tratando de leerlos para saber qué estás diciendo porque no escucho nada ahora...

—Ya veo —dice, y añade más cosas que no logro comprender, aun cuando parece hacerlo más lento y con más volumen. Tiene la mano extendida y lista en caso de que me tropiece de nuevo.

—Perdona —digo, señalando mi boca—. Con el acento y todo lo demás, los labios no ayudan mucho. Pero sería genial que pudiéramos conversar luego, cuando te pueda oír.

Asiente comprensivo y me toca el hombro.

—Está bien —dice. Luego aprieta los labios como haciendo puchero, se despide con la mano y me deja para reunirme con los demás consejeros. Él se va en dirección a la playa a encontrarse con Ben.

Yo me paro un momento para dejar que me alcancen los demás del equipo. Apenas alcanzo a ver a Isaac, que camina hacia mí y mira de reojo a Oliver al pasar de largo. Luego Isaac se acerca a Natasha, extiende su toalla y se envuelven ambos con ella mientras Natasha tirita de frío.

Eh, okey. ¿Están juntos? Ella se inclina para descansar la cabeza en el hombro de Isaac.

Isaac se vuelve y me mira, probablemente preguntándose por qué los estoy mirando fijamente, así que me apuro a alcanzar a Ethan para no quedarme ahí parada, incómoda.

Ethan encendió la lámpara de su teléfono, pero en lugar de iluminar hacia el camino frente a nosotros, la sube para que podamos vernos las caras.

—¿A qué hora tendremos que levantarnos mañana? —pregunto, alzando los brazos para amarrarme el cabello húmedo.

—¿Levantarnos? —repite Ethan. Asiento con la cabeza—. Probablemente ¿a las siete? —dice y seña—. Así que pon tu alarma a esa hora.

—¿Alarma? —confirmo, y es su turno de asentir—. Chispas, no traje despertador.

La alarma de mi teléfono no suena lo suficientemente alto y sus vibraciones no son lo suficientemente fuertes para que pueda confiar que me despierte, así que por lo general dependo de que mis padres me saquen de la cama cada mañana, lo que no va a ser sostenible cuando me vaya a la universidad en un año. Ni siquiera se me cruzó por la mente meter un despertador cuando empaqué para el verano. Cuando fui campista, los consejeros nos despertaban todas las mañanas… ¿Y ahora qué?

—¿No trajiste uno? —pregunta Ethan. Los dos nos aseguramos de comprender lo que el otro está diciendo, pues ninguno de los dos trae puestos los aparatos auditivos, pero parece estar echándome un poquito en cara el error—. Alguien se puede asegurar de que te despiertes. Yo tengo puesta mi alarma de terremotos, y también algunos de los otros consejeros.

Agh, esto me hace sentir como una niñita que necesita depender de otra gente en la mañana. Y con mi suerte, probablemente será Mackenzie la que me despierte todos los días, sobre todo ahora que me asignaron a su grupo. Ya de por sí actúa como si supiera miles de cosas más que yo.

No puedo pensar en nada que me frustre más ahora mismo, hasta que miro a un lado y veo a Isaac y a Natasha caminando juntos, acurrucados debajo de la misma toalla.

CAPÍTULO SIETE

Mackenzie estira la mano y me aprieta el tobillo. Sacudo el pie y gruño:

—Ya desperté.

Pero miro a través de los barrotes de la litera y, tan pronto como se aleja, me vuelvo a dormir con el brazo colgando de la orilla.

Algo me toca los dedos. Abro los ojos y me encuentro a Isaac mirándome desde la litera de abajo. Me toca la mano de nuevo antes de enmarcar su cara para hacer la seña:

—Despierta.

Él ya se vistió, se bañó y todo. Solo está descansando en la cama, esperando a que el resto nos preparemos para empezar el día. Me ruedo en la cama, arreglándome rápidamente el cabello y limpiándome las comisuras de los ojos. ¿No se acostó Isaac igual de tarde que yo? ¿Será uno de esos atletas intensos que se despiertan temprano a correr, sin importar nada?

Isaac extiende el brazo a lo largo de la pared y se asoma su mano haciendo la seña:

—¿Lista? ¿Sí? ¿No?

Estiro el brazo más allá del colchón.

—*No* —seño, cerrando los dedos con fuerza. Pero me toma la mano, moviendo mis dedos con suavidad hasta formar un puño y la seña *sí*. Cuando me suelta, seño *j-a-j-a* antes de quitar la mano de su alcance.

Esto es demasiado contacto. Es casi como coquetear, ¿no? No puede ser mi imaginación. Paso la vista por la cabaña hacia Natasha, que no nos está poniendo atención en lo absoluto. Está ocupada saltando sobre Jaden para despertarlo. Yo espero que la caminata desde el lago anoche no fuera nada más que Isaac y Natasha siendo buenos amigos. No estoy celosa de Natasha... No creo. Es solo que tiene un estilo de señar increíble y es la consejera que más me intimida porque claramente le molesta cuando los hago perder el ritmo de la conversación.

Alguien da un pisotón en el suelo y suelta un fuerte chiflido para llamar la atención mientras prende y apaga las luces. Ethan está todo encorvado en la entrada de la cabaña, junto a un Gary muy despierto. Me arrastro hasta mi mochila al pie de la cama para sacar mis aparatos auditivos.

—Al parecer se desvelaron todos —dice Gary mientras Ethan interpreta—. Arriba, consejeros. Hoy toca RCP y primeros auxilios. Por suerte para ustedes, nuestra enfermera viene un poquito retrasada para empezar el entrenamiento.

Después de veinte minutos en los que todos nos alistamos, nos encontramos en el interior del comedor, donde pegaron los muebles contra la pared. En el piso hay unas cuantas estaciones con equipo de entrenamiento para primeros auxilios y RCP. Los salvavidas entran rápidamente para tomar algo de desayunar de la barra de cereales y los saludo con la mano.

Ethan grita, agitando los brazos:

—¡Todos en pareja!

Simone y Bobby ya están juntos. Lo mismo Natasha y Jaden..., lo que quiere decir que Isaac todavía necesita una pareja. Me volteo y nuestros ojos se encuentran. Y me sonríe dulce, pero entonces Mackenzie le toca el hombro para pedirle que trabaje con ella. Se gira para irse con ella, dejándome sola.

—¿Cuál es la seña para c-u-r-i-t-a? —dice Mackenzie y seña para Isaac.

Él le demuestra la seña para "vendaje", la cual repite Mackenzie, moviendo la mano en la dirección equivocada. Me siento aliviada cuando Isaac le demuestra la seña él mismo, en lugar de tomarla de la mano para guiar la corrección, como hizo conmigo. Tal vez la forma como me ayudó anoche quiere decir que... ¿le gusto? No estoy imaginando todo lo que pasó anoche en el lago, ¿o sí? En serio, estoy analizando de más este asunto.

—Eh, bueno... —digo, caminando hacia el frente, donde se encuentran de pie Ethan, Gary y la enfermera del campamento—. Supongo que sobro yo.

—Nop —dice Ethan, dando un paso hacia mí—. ¡Eres la suertuda que será mi pareja!

Y resulta que sí soy la más suertuda, porque Ethan sabe lo suyo. Mientras que todos los demás se pelean con el botiquín, Ethan ya me puso un cabestrillo perfecto en el brazo. Es casi suficiente para ayudarme a ignorar el hecho de que Mackenzie va a pasar todo el día sentada cerca de Isaac y poniéndole vendas.

—Esto es... como... profesional —digo, admirando su técnica para ajustarlo.

Ethan sonríe.

—Soy un maestro. He hecho tantos de estos. —Levanta dos vendas de entrenamiento reutilizables—. ¿Quieres uno en la muñeca también?

Estiro la mano, emocionada.

—¿Debería estar nerviosa? ¿Pasó algo el verano pasado?

—Ah, me refiero a las tantas sesiones de entrenamiento que he hecho. Le pido a Dios que nunca tenga que usar estas técnicas en la vida real. Honestamente, en el campamento no pasa de una astilla o un rasguño. Nada que unas pinzas y una curita no puedan arreglar, pero es bueno estar preparado. —El vendaje se ve bien a lo ancho de mi palma, y es un buen descanso de lo mucho que he trabajado la muñeca ahora que estoy señando tanto—. Ah, y un niñito perdió un diente. O sea, *lo perdió* lo perdió. Probablemente se lo tragó.

—Iiiu.

—Sí, y fue muy difícil convencerlo de que el hada de los dientes no visita campamentos, pero que le dejaría una linda sorpresa en casa.

He estado tan preocupada por poder comunicarme con los campistas, o por si les caeré bien, que se me olvidaron otras cosas como heridas o que extrañen su casa. No necesito trabajar en mis habilidades lingüísticas solamente, también necesito ser una figura de autoridad capaz de reconfortar a los niños chiquitos.

—Ay, perdón —grita Mackenzie y le seña a Isaac al darse cuenta de que no se puede comunicar si tiene ambas manos envueltas en vendajes. Él sube los hombros y se recuesta en el piso. Cruza los brazos sobre el pecho, como una momia, y cierra los ojos para tomar una siesta durante lo que queda del entrenamiento.

~~~

—¿Todavía tienes la marca de esa tercera base en la cara, Lilah? —Bobby bromea en lo que nos acomodamos en el comedor para cenar antes de ver los últimos videos del entrenamiento de primeros auxilios.

—Ya puedes dejar de recordárselo —dice Simone.

Tuvimos un descanso en la tarde y jugamos beisbol de bíper. Definitivamente hice trampa y me subí la venda para ver la pelota y poderle pegar, pero mi visión seguía obstruida. La forma de anotar es hacer contacto con una bolsa larga inflable en primera o tercera base. Yo anoté una carrera con una colisión de cara, pero ¿a qué costo? Más duro y es posible que necesitara primeros auxilios de Ethan.

—Todavía me arde —admito. Desenvuelvo mi sándwich y le doy una gran mordida—. Ehm... —digo, pensando en voz alta.

—¿Qué? —Bobby siempre está buscando una exclusiva.
—Me estaba preguntando si debo preguntarte algo. —Simone, Bobby y yo somos los únicos sentados a la mesa. Todos los demás todavía están comiendo, rellenando sus botellas de agua de la garrafa naranja de Gatorade o fueron a hacer una escala al baño—. A ti te gusta el chisme, ¿verdad?

—Así me llamo —dice con la boca llena de pan italiano—. ¿Y bien? —pregunta impaciente.

Yo intento pensar cuál sería la forma más casual de preguntarle, aunque ha estado en mi cabeza todo el día.

—¿Natasha...? —murmuro.

—No está saliendo con Isaac —dice Bobby, un poco más fuerte de lo que a mí me gustaría.

—¿Qué? No era...

—Seguro que sí. Aunque no puedo ver, lo veo todo. Recuerda eso. —Hace una pausa dramática. Simone asiente para darle énfasis—. Estoy bastante seguro de que le gusta Jaden. El verano pasado, él tenía novia, pero ya rompieron. En el otoño, Natasha irá a la universidad donde él está, así que...

—¿Cómo te enteraste de todo esto? —pregunto—. Seguro no los escuchaste decir nada porque casi siempre señan.

—Me lo dijo un pajarito.

Simone pone los ojos en blanco.

—Es Ethan. Siempre se le salen las cosas en voz alta cuando tienen conversaciones intensas en lengua de señas.

—Además, Natasha era consejera junior el verano pasado, y Jaden ya tenía dieciocho y era consejero senior —continúa Bobby—. Así que esa podría ser una de las razones, pero ¿a quién le importa? Hay que romper las reglas.

—¿Las reglas? —pregunto. Nunca se me ocurrió pensar que estaría prohibido, digamos, salir con el personal senior siendo junior. Técnicamente, sigo estancada en una zona gris. Siempre en medio de todo. ¿O será que salir es algo que no se permite en general mientras estemos trabajando aquí? No hay manera de que impongan eso.

—Lo siento, Lilah. Eso quiere decir que tampoco puedes salir conmigo —dice Bobby.

—Shh —digo—. No dije...

Simone narra su reacción esta vez para que Bobby sepa.

—Estoy subiendo los ojos. Solo para que no te pierdas mi reacción a esto.

—No puede haber una regla en contra de andar —digo— porque, o sea, ustedes dos son...

Podías cortar el silencio con cuchillo. Los dos de pronto sintieron mucho interés por su cena.

—¿Oh? —me apresuro a rectificarlo.

—Fuimos el verano pasado —contesta Simone—. Pero yo no estaba segura de volver.

—Entonces, ¿este verano no? —pregunto.

—Está por verse —dice Bobby.

Claramente aquí hay una historia que no conozco, así que mejor me salgo de inmediato de esta conversación. Por suerte, Simone me gana y cambia el tema.

—Pero no hablemos de nosotros. —Simone se inclina hacia mí y baja la voz. Le agradezco que mantenga su boca visible, en lugar de inclinarse hacia mi oído—. Esta conversación claramente es sobre Isaac.

—Shh —digo de nuevo, apenada— ¿Es muy obvio?

—¿Por qué se tardaron tanto en llegar al trampolín anoche? —pregunta Bobby, arrastrando las palabras muy lentamente—. Ustedes fueron los últimos.

—Cuidado, Bobby, que ya está al rojo vivo, fundiéndose con la silla. —Simone toma un trago de agua. Yo hago lo mismo, esperando que esos traguitos disminuyan el flujo de sangre a mis mejillas—. Sí, llega un punto en el verano donde a la gente le gusta tener pareja.

—Yo les voy a ustedes dos —dice Bobby, golpeando la mesa por si acaso, atrayendo las miradas de varias personas.

—En serio, te lo suplico, para —digo, ahora que otros, es decir, Isaac, nos observan con curiosidad.

—Ey, yo solo quiero hablar de amor —dice Bobby, pero afortunadamente no le añade nada más que sea incriminatorio, hasta que dice—: No se te olvide invitarme a la boda.

—Okey, ahora sí te estás adelantando —digo.

—Cuando los consejeros ligan es por siete semanas o setenta años. —Le da otra mordida casual a su sándwich—. Simone, ¿cuándo dijeron Amy y Brandon que se van a casar?

—¿Son pareja? —Me acuerdo de ellos. Amy era muy entusiasta y Brandon... un poco raro, si soy honesta.

—Septiembre —dice Simone, ignorando mi pregunta.

—¿Nos vamos mi invitada y yo en un solo carro? —le pregunta Bobby a Simone.

—Yo tengo mi propia invitación —dice ella.

—Espero no tener que encontrar una nueva pareja antes de la boda....

—Está bien —digo—. Disfruten su drama de la boda. Ahora, en serio, ¿podemos hablar de cualquier otra cosa? —añado, después de hacer contacto visual con Isaac por accidente, otra vez. Siento alivio cuando me sonríe de vuelta, así que empiezo una conversación cualquiera.

—*Largo día* —seño hacia el otro lado de la mesa—. *Al fin a cenar.*

—*Al fin.* —Su boca articula un "¡uff!" y hay un destello en sus ojos—. *Tengo mucha hambre.* —Hace la seña lentamente, y sé que cien por ciento se está burlando de mí. Seguro dejé una buena primera impresión.

Sin duda, Simone y Bobby estaban exagerando con las reglas de Lobo Gris sobre las relaciones. En cualquier caso, podría no ser algo que promuevan, pero no que esté absolutamente prohibido. Es decir, quizás se trate de mantener las cosas fuera del horario del campamento, en lugar de exhibirse delante de los niños. Eso lo puedo entender, pero eso también quiere decir que la cantidad de tiempo que tendré para interactuar con Isaac está a punto de recortarse bastante una vez que lleguen los campistas.

CAPÍTULO OCHO

La semana de entrenamiento se está yendo muy rápido, y estoy física y mentalmente exhausta. Han sido muchas más horas de las que esperaba aprendiendo protocolos de seguridad. Pero también ha habido descansos para repasar juegos y actividades en exteriores, durante las cuales busqué la oportunidad de estar siempre junto a Isaac. Ni cuenta me di y ya es sábado, y casi es hora de la última junta de empleados para cerrar la semana de entrenamiento. Los campistas llegan mañana.

Seguimos esperando que todos lleguen al comedor. Yo entré antes porque tuve que ir al estacionamiento a revisar mi carro, pero ¿dónde están los demás? El director Gary está sentado solo en una mesa en un rincón, haciendo anotaciones en un revoltijo de papeles que tiene enfrente. Me indica con la mano que me acerque a hablar con él.

—¿Calificando exámenes? —pregunto de pie, indecisa. ¿Para qué me pidió que viniera?

Se ríe con mi broma aburrida y señala con la cabeza la silla vacía frente a él.

—Hazme compañía un momento.

Me siento, pero él no dice nada más. En cambio, voltea una de las hojas y frunce el ceño.

—¿En qué estás trabajando? —pregunto—. No estoy en problemas, ¿o sí?

Hurgo en mi cerebro buscando algún motivo por el que deba estar ahí. ¿De pronto se dio cuenta de que no estoy calificada para este papel? ¿De alguna manera acabé reprobando el entrenamiento de primeros auxilios? Juro que estaba poniendo atención. Bueno, en casi todo. Algunos de esos videos en serio eran muy largos. ¿O acaso Simone y Bobby me delataron porque me gusta un consejero, y Gary quiere apagar ese fuego antes de que se convierta en una situación que viole potencialmente las reglas? Okey, eso podría ser ilógico.

—¿Qué? Oh, no. Nada de eso —dice Gary—. Todo lo contrario, de hecho. —Tacha algo en un papel y escribe lo que parece ser mi nombre junto a la palabra "viernes"—. Estoy ordenando las asignaciones de las guardias. Este año es complicado porque, como subdirector, Ethan está de guardia en las noches, en lugar de tener asignado un turno en específico. De por sí va a haber dobles turnos y se van a alternar algunas guardias, así que básicamente nos falta un consejero para una de las noches entre semana.

—Ya veo... —Pero en realidad no sé a dónde va con esto.

Gary levanta la vista.

—Es poco convencional, y ya te dimos demasiadas responsabilidades como consejera junior, pero ¿te importaría cubrir una de las rondas semanales?

—Ay, claro. —Subo los hombros—. ¿Qué tendría que hacer exactamente?

—Mientras los campistas están aquí, tenemos dos personas de guardia desde que anochece hasta el fin de turno de los consejeros, a medianoche. En esas horas, el resto ya queda libre. Tú te quedas en la fogata o en la cabaña del personal, pero la idea es que des vueltas para ver si hay alguien por ahí vagando o que quiera ir al baño..., esa clase de cosas.

—Tiene sentido.

—Pero es solo vigilar. Si algo grave llega a pasar, me buscas a mí o a Ethan.

—Suena bien. —Asiento, contenta de tener más responsabilidades.

—Gracias, Lilah. Te pongo los viernes. Y tu pareja será... —Empieza a buscar en su agenda otra vez, justo cuando Isaac cruza las puertas abatibles del comedor—. Ah, sí, claro, Isaac. Sí, está bien. Estarán los dos juntos. ¿Se lo puedes decir?

—¡Sí, claro! —Salto de mi asiento, ya temiendo el hecho de que voy a tener que deletrear la conversación—. Oye, Isaac —digo y seño—. Tengo que decirte... —Caramba, no me acuerdo de la otra seña. Ya me la sé, estoy segura. Agh—. Algo —digo.

Él asiente, quitándose la gorra de beisbol y metiéndola en su mochila mientras se sienta a la mesa y hala una silla para que me siente junto a él. O sea, ¿que es probable que me quede sentada junto a él durante la cena? Uff, respira hondo, Lilah. Escondo la cara pateando mi mochila abajo de la mesa y me acomodo la cola de caballo antes de girarme hacia él. Mi pierna roza por accidente su rodilla, pero él no se aparta.

—Gary —empiezo, señalando hacia atrás, al director— me pidió que te dijera —digo y seño—. Viernes en la noche. G-u-a-r-d-i-a… —Controlo el movimiento de mis muñecas antes de doblarlas demasiado y volver a hacer la seña de "besar"—. Conmigo.

Tiene el codo apoyado en la mesa, un dedo presionando su mejilla, y se recuesta en el respaldo de la silla, observándome divertido.

—*¿Comprendes lo que dije?* —articulo las palabras, mis labios aguantándose las ganas de reír por la forma como Isaac me mira en este momento, pero estoy señando con más confianza.

—*Las señas que hiciste* —corrige, todavía con esa sonrisa—. *Sí. Viernes en la noche estamos de guardia.*

—*Guardia.* —Repito la seña, aprendiéndomela de memoria—. Okey, bien.

¿Así que todos los viernes en la noche estaremos Isaac y yo solos en la fogata al centro del círculo de cabañas, acurrucados cerca del calor de las llamas y bajo la luz de la luna? Digo, ¿qué tan seguido salen los campistas a mitad de la noche? Yo nunca lo hice. Solo necesito ponerme al día con algunos temas de conversación para que no estemos ahí sentados nada más, en un silencio incómodo, parecido a como estamos ahora...

—Bueno, y... —digo, las manos frente a mí, inútiles.

—*Nuestra primera cena con el* _____ —ofrece Isaac, señando con lentitud.

—¿El cocinero? —digo y seño, repitiendo sus movimientos, y él asiente—. *¡Espero que sea bueno!* —Ándale, Lilah. Piensa. Tienes que ser capaz de hablar de algo más interesante—. *¿Y estás listo para los campistas mañana?*

Sacude la cabeza afirmativamente.

—*Será divertido.*

Y, sin más, llegan sus amigos. Natasha y Jaden se sientan del otro lado de la mesa e Isaac platica con ellos a una velocidad real. Yo me excuso para rellenar mi botella de agua y cuando vuelvo Mackenzie ya se sentó a mi lado.

—Perfecto, Lilah —dice y seña—. ¡Podemos practicar juntas cómo hacer señas con una sola mano mientras comemos!

—*Ajá, fantástico* —seño en respuesta, sin entusiasmo, todavía con mi botella de agua en la mano izquierda.

Me paso toda la cena sentada junto a Isaac, pero sintiéndome tan lejos de él.

~~~

Con el ajetreo de todos lavando platos y apilando sillas a lo largo de la pared, no me doy cuenta de que alguien me está llamando hasta que siento que tocan mi hombro.

—Hola, Lilah. —Oliver está ahí parado, vestido de manera casual, con pantalones deportivos y una camiseta blanca sencilla, y trae una bolsa colgada de un hombro—. Odio molestarte, pero ¿trajiste el carro?

—Eh, sí. Traje mi carro. ¿Qué necesitas?

Todos los consejeros ya están saliendo del comedor para volver a las cabañas y pasar el resto de nuestra última noche antes de que lleguen los campistas. Tenía la esperanza de que hubiera otra tradición similar a la del lago entre el personal de Lobo Gris, pero parece que no.

Cuando Simone se acerca a espaldas de Oliver, articula en silencio:

—¡Uy, dale!

Oliver mira por encima de su hombro y luego de vuelta a mí, buscando una explicación, pero solo me río y lo ignoro.

—Entonces, ¿decías?

—Cierto. —Junta las manos—. Ben y yo nos estamos quedando sin cosas para el baño y demás que pensamos tendría más sentido comprar aquí. ¿Crees que puedas darnos un aventón a una tienda hoy en la noche?

—Seguro... ¿Qué tal ahora? Antes de que oscurezca. *—¡Mi primer viaje fuera del campamento!*

—Perfecto, mil gracias. —Oliver se gira y le grita a Ben, que está en la estación de lavado, tirando su pastel de carne en el bote de basura más cercano—. ¿Ya estás listo?

—¡Maravilloso! Vámonos —dice Ben. Tan pronto como los tres salimos del comedor, añade—: Y, por favor, ¿podríamos buscar otra cosa de comer? Estuvo espantoso.

Me acompañan a las cabañas para sacar mis llaves y mis lentes de la maleta. Isaac está sentado en su cama revisando su teléfono, que tiene conectado a la pared.

—*¿A dónde vas?* —pregunta cuando ve que saco las llaves del carro.

—*A la tienda. ¿Quieres venir?*

—*Seguro* —seña, siguiéndome al exterior de la cabaña, donde sus amigos están sentados alrededor del círculo de la fogata, aunque todavía no han encendido el fuego—. *¿Puedo invitar a Natasha y a Jaden también?*

—Oh, es que solo caben cinco en mi carro —digo, levantando la mano para indicar el conteo.

Isaac no me está mirando cuando le digo esto, pero ve a Oliver y a Ben esperándome afuera de la cabaña. Sacude lentamente la cabeza.

—*Está bien. Será otra noche.*

—Oh —digo al verlo alejarse—. Okey.

Oliver se inclina hacia adelante y saluda con la mano para llamar mi atención.

—¿Nos vamos?

—Sí, déjame revisar la ruta antes de que perdamos esta minúscula rayita de señal. Creo que hay un Super Mart un poco lejos, pero hay una farmacia y un Mackie's unos minutos antes.

—Perfecto —dice Oliver, echando por encima de mi hombro una mirada rápida al mapa en el teléfono—. Lo que tú digas.

En ese momento, me siento aliviada de que mis padres me obligaran a limpiar el vejestorio que tengo de carro antes de irme al campamento. Ya no es superconfiable; por lo general, solo lo uso para ir y venir de la escuela, así que no puedo ser la única que haga todos los viajes este verano, pero estoy segura de que por unas cuantas salidas no habrá problema.

Me pongo los lentes, ya que me he pasado casi todo el tiempo aquí sin mis usuales lentes de contacto. Dejo que Ben conecte su teléfono al estéreo para que pueda poner su música, sobre todo para evitar que me juzguen por mi selección de música al azar. Platican casi todo el camino a la tienda, y hago lo mejor que puedo por leerles los labios con el rabillo del ojo o a través del espejo retrovisor, pero la mayor parte del camino me quedo en silencio y los dejo hablar.

En poco tiempo, Oliver y Ben encuentran lo que necesitan en la farmacia, pero cuando cruzamos la calle en el carro hasta el estacionamiento de Mackie's, ninguno de los dos se quiere bajar.

—Pasemos por ahí —dice Oliver desde el asiento del copiloto, señalando el autoservicio.

—Es que... —digo juntando las manos, y noto el impulso repentino de expresarme con señas—. No puedo escucharlos bien.

—No pasa nada, yo te ayudo —insiste Oliver.

Manejo con cuidado por la curva del autoservicio y me acerco a la bocina. En cuanto me detengo, comienza la mezcolanza de ruidos a mi izquierda, que Oliver entiende perfectamente. Se inclina sobre el compartimento de en medio para responder, pero está demasiado lejos del micrófono para que el empleado lo escuche.

—Lo siento, solo déjame _____. —Oliver se arrima todavía más, pone la mano en mi brazo, mientras yo me pongo de perfil para quitar mi cara del camino. Después de pedir lo suyo, nos pregunta a Ben y a mí qué queremos. Me da cierto alivio dejar que alguien más se encargue de las interacciones sociales por mí.

—*Nuggets* de pollo —le susurro.

Él transmite el mensaje, la misma mezcolanza de sonidos responde algo y Oliver se gira hacia mí otra vez. La siguiente pregunta es exactamente la razón por la que lo dejé hablar por mí.

—¿Salsa? —me pregunta.

—Agridulce. —Mi cara está demasiado cerca de la suya, así que me pego todavía más al asiento.

Mientras damos la vuelta para llegar a la ventanilla, Oliver se apoya otra vez en su asiento.

—¿Mackie's es mejor aquí?

—Probablemente peor, me imagino —digo.

Me pregunto qué están haciendo los demás consejeros. Sería una noche perfecta para hacer s'mores alrededor del fuego o algo por el estilo. Pero los salvavidas y yo nos comemos nuestra comida rápida de camino a Lobo Gris para que no se enfríe.

—¿Y te gusta trabajar aquí? —me pregunta Oliver después de aparcar en el estacionamiento del campamento. Al caminar entre los árboles, Ben se está terminando el resto de su malteada, pero inclina la cabeza para apoyar la curiosidad de Oliver.

Asiento con la cabeza.

—Nada se compara con estar en exteriores todo el verano. ¿Fueron a algún campamento de niños?

—No realmente. Esta clase de cosa no es igual en el Reino Unido, ¿me explico? Nunca hay suficiente sol —bromea Oliver.

—¿En serio? —pregunto—. Supongo que entonces se la pasan corriendo por los castillos.

Es posible que se riera genuinamente de eso —o de mí—, pero es una risa tranquila y agradable. Le tengo que poner mucha atención a su boca porque su acento es difícil, en particular cuando no hay mucha luz. Él me sonríe y se pasa los dedos entre el cabello.

—Bueno, en realidad sí hay un castillo en mi pueblo...

—¿En serio? —No puedo imaginar cómo sería vivir junto a algo que no sean campos de maíz.

—No es nada impresionante —añade Ben—. Hay por lo menos dos mil en todo el país.

—¿Has ido alguna vez? —pregunta Oliver.

Inclino la cabeza, insegura de qué me preguntó.

—¿A dónde? ¿A Inglaterra? —pregunto, y Oliver asiente—. No, no he ido. Pero sería lindo viajar y tal vez estudiar en el extranjero algún día. —¿Qué tan accesibles son los viajes al extranjero? Es probable que tenga que averiguarlo sobre la marcha.

—Definitivamente. Pásame tus datos y te doy los míos. Nos puedes buscar a Ben y a mí si alguna vez estás por allá, y te mostramos el lugar.

Sonrío y le doy mi teléfono a Oliver.

—Útil también para este verano. Tal vez necesite un salvavidas la próxima vez que me meta al lago a deshoras.

Él sonríe.

—Por supuesto, la seguridad ante todo.

Me siento sorprendentemente cómoda con él. Me atrevería a decir que incluso un poco coqueta. En la escuela soy esa chica rara y callada que algunos saben que usa aparatos auditivos y otros no. Pero aquí ya se exhibió el elefante en el cuarto desde el día uno. Me puedo presentar a mí misma como yo quiera.

CAPÍTULO NUEVE

—Lilah, por favor ayuda a Mackenzie con la inspección de piojos —me dice el director Gary desde detrás de la mesa de bienvenida, garabateando algo en su portapapeles. Ya es domingo al fin, y después de mudar nuestras cosas a las cabañas que tenemos asignadas hoy en la mañana, ahora estamos sudando bajo el sol de la tarde, esperando a que lleguen los niños.

—¿Con qué? —pregunto asqueada.

—Ah, sí. —Gary se mete la pluma atrás de la oreja y me señala—. Me doy cuenta por tu expresión de que sí me escuchaste. —Señala la puerta trasera abierta de la camioneta del campamento, donde Gary acomodó los suministros—. Toma otra silla. Será más rápido con dos personas.

Arrugo la cara todavía más, pero obedezco y voy por una vieja silla plegable que se tambalea toda. No se quiere desdoblar, sin importar cuántas veces la patee y me pare en el tubo de abajo. Isaac está de pie cerca de la mesa de bienvenida, ayudando a Natasha y a Jaden a organizar las camisetas de Lobo Gris de los niños, pero viene a ayudarme.

—¿*Me dejas probar?* —me pregunta Isaac.

—Por favor —digo y seño.

En dos patadas, la silla está abierta junto a la de Mackenzie. Isaac se vuelve para mirar la estación y luego me dedica una mirada compasiva.

—*P-i-o-j-o-s*.

—Puaj —digo, poniendo cara de asco otra vez.

—*Espero que no encuentres nada, cero, ni un solo p-i-o-j-o* —seña con todavía más énfasis.

—*Yo también.* —Me agarro el cabello para hacerme una cola de caballo alta y bien apretada, deslizando una de las ligas moradas que traigo en la muñeca para asegurarla.

—*¿No hubo camiseta?* —me pregunta.

Isaac trae *shorts* caqui y su camiseta polo gris del campamento que tiene un lobito enfrente y la palabra CONSEJERO en la parte de atrás, en letras grandes y gruesas. Como empleada junior, yo también debería tener una camiseta así, pero Ethan se disculpó antes conmigo porque no había suficientes y me dejó con la versión para los campistas: una camiseta gris con el logo grande enfrente. Por lo general, los consejeros solo usan el uniforme los días que dejan y recogen a los niños para que los padres puedan identificar al personal fácilmente. Pero de todos modos me siento excluida.

Suspiro, negando con la cabeza.

—*Tengo una idea. Un segundo.* —Se va hacia la mesa de bienvenida por su mochila y saca un rollo enorme de cinta gris—. *Voltéate.*

Muerde la cinta con los dientes y la rompe en pequeños pedazos. Yo me paso el cabello a un lado y dejo que la pegue en la parte de atrás de mi camiseta. Pasa la mano con suavidad por mi espalda para asegurarse de que quede bien pegada. Una vez que termina, saca su teléfono y toma una foto para enseñarme. Escribió la palabra CONSEJERO.

—*Es perfecta* —seño, mirando la foto, y luego, con cuidado, me toco la espalda para sentir la parte de atrás de la camiseta—. *Gracias.*

—*Por nada.*

—¡Lilah! —grita Mackenzie, llamando mi atención con la mano—. Necesito enseñarte qué estamos buscando —dice y seña.

—*Buena suerte.* —Isaac se estremece y se aleja.

Mackenzie apenas terminó de explicarme cómo peinar el cabello y buscar en el cuero cabelludo, cuando llegan varios carros descargando niños emocionados con sus sacos de dormir. Dos hermanos se detienen para que les revisemos el cabello. Me pongo un par de guantes de plástico cuando uno se sienta frente a mí. Los niños tienen el pelo rapado, así que me siento bastante confiada de que lo que estoy examinando no tiene nada, pero Mackenzie mira por encima de mi hombro para confirmar. Si va a hacer control de calidad, ¿para qué estoy aquí? Yo feliz de dejar que lo haga sola.

Otro niño chiquito está muy platicador durante todo el proceso, acribillando a Mackenzie con preguntas.

—¿Dónde están tus aparatos?

—Ah, yo no los necesito —dice ella—. Pero los tuyos están geniales.

—Pero tampoco eres ciega —dice el niño—. ¿Por qué estás aquí?

Yo reprimo una risita ante la brusquedad del niño.

—Soy intérprete de lengua de señas —dice Mackenzie pensando en un futuro muy lejano.

—¿Por qué quieres ser eso? —pregunta él.

—Mi mejor amiga es CODA[1] —dice Mackenzie y seña con su mano libre—. Ella no es sorda, pero sus padres sí, así que sabe lengua de señas. Yo no sabía qué quería estudiar en la universidad hasta que la conocí.

El niño parece satisfecho con esta respuesta porque se gira entonces a preguntarme a mí.

—¿Eres nueva? No te recuerdo.

—Yo... —Pero ya viene otra oleada de campistas y se empieza a formar una fila delante de nosotras—. Lo siento, amiguito, es momento de ir a buscar a tu consejero.

Mackenzie les seña a todos los que entran en nuestra estación, cosa que agradezco porque quiere decir que yo solo debo añadir: *Hola, mi nombre es L-i-l-a-h. Seña personal, Cata.* Pero algunos campistas son más insistentes que otros y tratan de señar más conmigo, asumiendo que eso les ayudará a comunicarse mejor. Yo odio tener que depender de

---

[1] Child of Deaf Adult, en español: HOPA, hijos/as oyentes de padres sordos.

Mackenzie cuando me quedo corta, pero me da gusto poder señar para responder por mi cuenta.

Siempre que una de las niñas que llega a nuestra estación es parte del grupo de Mackenzie, me lo hace saber, ya que yo también estaré trabajando con ella.

—Ella seguro es otra de las nuestras.

—*Mi nombre* _____. —La niña seña en lo que se sienta en mi silla. Pero en lugar de deletrear su nombre, pasa directo a la seña personal.

—*Como d-u-l...* —empieza Mackenzie, pero la niña la corta y repite la seña—. Okey, su nombre es Dulce —dice Mackenzie y seña—. Así que esa también es su seña personal.

—Qué lindo —digo, mientras paso de un lado a otro sus trenzas para revisarle la cabeza. Parece tener nueve o diez años, el rango de más edad de nuestro grupo, que abarca de siete a diez años.

Ethan y Gary toman turnos para escoltar a los campistas a las cabañas. Se acomodan y juegan algo en lo que esperan a que los demás lleguen, por ejemplo, "pato, pato, ganso", que en nuestro caso es más como "toque, toque, empujón". En esta versión, los niños no tienen que intentar escuchar ni leer los labios de la persona que camina alrededor del círculo.

—¡Terminé! —digo y seño, terminando con Dulce.

—*¡Gracias!* —Se levanta de la silla, pero no se va. Dulce me seña algo, pero me quedo en blanco. Repite lo que quiere decir, golpeando el suelo con un pie. Vi la palabra "consejera".

—Sí, Mackenzie es tu consejera —digo y seño, adivinando lo más que puedo.

—No —dice Mackenzie, interviniendo—. Está preguntando por ti.

—Ah, okey. —Asiento—. *Consejera junior. Estaré ayudando en tu grupo.*

—*Súper.* —Dulce sonríe y se va corriendo.

Al fin, después de una tarde larguísima y calurosa, la llegada de los campistas se detuvo. El estacionamiento está de nuevo vacío, a excepción de los vehículos de algunos miembros del personal y la enorme camioneta de Lobo Gris.

Ethan se levanta de la mesa de bienvenida y se acerca con el portapapeles de Gary.

—Solo falta una. La última de su grupo. Es famosa por llegar tarde todos los años. Le daremos otros diez minutos, y si no llega para entonces, Gary la puede recibir después.

Esperamos. Mackenzie está a punto de dejarse caer en una de las sillas plegables, cuando una camioneta grande entra rechinando las llantas en el estacionamiento. Ethan mira su reloj.

—Le quedaba un minuto.

En lugar de saludar a los de la camioneta, regresa a la mesa y se sienta junto a Gary.

Un hombre en pantalones de camuflaje y una camiseta sin mangas se baja del lado del conductor, mientras que una jovencita salta del lado del copiloto, apretando una bolsa militar entre los brazos. El padre, supongo, hala un saco de dormir gigantesco, para un adulto, de la cabina de la camioneta. Mackenzie se acerca a saludarlos, pero solo alzan la cabeza levemente en forma de saludo y se van directo a la mesa.

—¡Hola, Blake! —dice Ethan y seña, saludando a la campista.

Pero el papá de Blake lo calla con un gesto.

—Ni te preocupes, trataremos con este de aquí. —Señala a Gary—. Ella no necesita nada de esa lengua de señas. Para eso tiene los aparatos en las orejas.

Blake asiente con la cabeza, de acuerdo con su papá. Ethan aprieta los labios, pero deja que Gary se encargue del papeleo. Elegir comunicarte con señas o no puede ser una preferencia personal, pero este padre debería dejar que su hija decidiera por sí misma. Mis padres nunca quisieron aprender la lengua de señas, pero por lo menos nunca estuvieron en contra de que yo la aprendiera.

—Por aquí —Mackenzie llama a Blake para que haga una parada con nosotras y la revisemos.

—Ay, más te vale no tener piojos. No me hago responsable por ti el resto del verano, ¿me oíste? —dice el hombre, y luego levanta la vista hacia Mackenzie.

Esta es, sin dudas, una manera de ponerlo: no me agrada este tipo.

Blake se sienta y pasa su cabello rubio hacia atrás, revelando unos aparatos auditivos verde militar, con cubierta de camuflaje. Un poco avergonzada por su papá, sube los hombros a manera de disculpa.

—¿Algún otro permiso que tenga que firmar? —pregunta el papá de Blake en la mesa de bienvenida—. ¿Para los paseos a caballo y no sé qué más?

Gary se aclara la garganta.

—En realidad, no vamos a hacer actividades fuera del campamento este verano.

—Pues qué robo —refunfuña el papá, pero no se queja más. Y qué bueno, porque la verdad es que no está pagando nada. Aunque solo traiga a Blake al campamento para tener niñera gratis, me da gusto porque así ella puede experimentar la cultura Sorda. Cuando yo era niña, mis consejeras eran mis modelos sordos a seguir. Es mi turno ser esa persona para Blake.

Después de darle luz verde en la revisión de los piojos, Blake se despide de su papá con la mano y nos sigue a Mackenzie y a mí para unirse a su grupo.

~~~

Nuestra cabaña es un acogedor rectángulo de madera con literas de un extremo al otro, justo lo suficiente para que duerman seis campistas, Mackenzie y yo. Las adolescentes y preadolescentes de Simone y Natasha comparten el edificio ligeramente más grande junto a nosotras.

Varias niñas en nuestro grupo se reencuentran con entusiasmo, emocionadas de estar de vuelta. Dos más son recién llegadas y parecen un poco nerviosas, revisando sus camas con cuidado una vez más. Me doy cuenta de que esto es lo más limpia que se verá la cabaña en todo el verano.

Estoy recostada en mi litera, echando un vistazo rápido a mi teléfono, cuando alguien grita.

—¿Qué estás diciendo? —grita Blake—. ¡Solo habla!

Blake y Dulce están paradas una frente a la otra, junto a la litera pegada a la esquina. Mackenzie intenta distraer a las demás niñas, pero todas están mirando la discusión.

Las manos de Dulce vuelan. Tiene los dientes apretados. Nunca pensé que vería a esta tierna niña tan enojada, mucho menos con esa furia en los ojos al mirar a Blake. Por otra parte, Blake se ve indignada. Se sienta en la cama, todavía abrazando el inmenso saco para dormir. Su maleta está a sus pies, junto a las bolsas de Dulce.

Dulce se inclina hacia delante, todavía señando, y Blake aparta las manos de Dulce de un manotazo.

—¡Blake, no pegues! —Mackenzie salta para detener a Dulce, que ya se le iba encima a Blake.

—No le pegué —dice Blake—. Tenía que quitármela de enfrente.

—No —continúa Mackenzie—. No toques a nadie de esa manera. Nunca. O llamamos a tus padres y te vas a tu casa.

—No es mi culpa —dice Blake, los puños apretados a sus costados—. No sé qué está diciendo.

Mackenzie respira hondo.

—¿Lilah, podrías? —Señala a Blake con la cabeza mientras se agacha para señar con Dulce.

Cierto, necesito ayudar a calmar esta situación de alguna manera. ¿Se supone que debo regañar a Blake? Me pongo en cuclillas junto a ella.

—¿Qué está pasando?

—Estaba en mi cara, siendo supermolesta —chilla Blake—, y no me dejaba en paz.

—Estaba diciendo —Mackenzie se dirige a nosotras— que estás sentada en su cama.

—No, no es cierto. Yo escogí esta cama —dice Blake.

—Sus cosas ya estaban ahí —dice Mackenzie y seña, indicando las bolsas—. Pero la litera de arriba está libre, así que puedes dormir ahí.

—No, no es justo. Yo no quiero esa. —Blake se cruza de brazos—. Solo la prefieres porque es sorda.

Mackenzie suspira.

—Ella llegó primero. Todas vamos a intentar llevarnos bien y pasarla bien, ¿okey?

—Las literas de arriba son súper —ofrezco, esperando ayudar de alguna manera—. Esa de ahí es mía. ¿Ves? Estaremos juntas.

Blake arruga la cara. No quiere perder la pelea, pero le interesa la nueva cama.

—Bueno. —Se levanta y me lanza su saco de dormir. Es pesado, pero me apuro a subirlo al colchón antes de que cambie de opinión—. Pero solo porque me hablas normal.

—Yo... —Pero no se me ocurre cómo corregir de manera constructiva su comentario, aunque debo hacerlo porque tengo un público de campistas ahí paraditas en el otro extremo de la cabaña—. Yo apenas estoy aprendiendo también —digo y seño—. Podemos practicar juntas.

—No me interesa. —Blake se cruza de brazos otra vez—. Mi consejera del año pasado nunca me obligó a aprender. Ojalá estuviera aquí.

Auch. Ser un buen modelo a seguir para Blake va a ser más difícil de lo que pensé.

—No tienes que aprender si no quieres —digo y seño, ignorando cómo pone los ojos en blanco cuando empiezo a mover las manos—. Pero es genial saber más y más señas, así que tal vez te guste también.

Mackenzie y yo nos miramos, y ella hace una mueca de dolor. Levanta su reloj y conjura una voz alegre.

—¡Parece que es hora de romper el hielo!

CAPÍTULO DIEZ

Todo el día siguiente nos la pasamos buscando la mejor manera de mantener a Blake y a Dulce separadas. Desafortunadamente, esto quiere decir que Blake se la pasa conmigo. Preferiría interactuar con los demás campistas y mejorar mi lengua de señas, pero a Blake se le ha metido en la cabeza que ella es demasiado buena como para señar y se rehúsa a siquiera intentarlo.

Ni siquiera es la única de nuestro grupo que no sabe lengua de señas. Pero cuando Mackenzie dirigió durante el desayuno una miniclase de lengua de señas básica, con la asistencia de Dulce y dos campistas más, Blake fue la única que no quiso repetir las señas.

Llegamos a la cena, con la esperanza de que el grupo se una más durante nuestra actividad nocturna en el lago. Blake me está tirando de la manga, tratando de llamar mi atención de nuevo, pero estoy distraída con los pitidos que escucho en mi oreja derecha. Batería baja.

Me quito los dos aparatos auditivos y los dejo encima de la mesa. Busco en mi mochila las baterías de repuesto. Las tengo guardadas en una cajita en forma de reguilete, en un bolsillo rectangular. Halo la pestaña del otro lado del cartón, girando la tapa para que caigan dos baterías nuevas en la palma de mi mano. Con estas, ya solo quedan dos más en la cajita. Hago una nota mental de rellenarla con las provisiones que tengo en mi maleta. Las baterías pueden durar más o menos una semana, así que cambio las dos al mismo tiempo; de lo contrario, mi vida se interrumpiría constantemente. Arranco la tira anaranjada de cada una de las baterías y abro los compartimentos de mis aparatos auditivos para hacer el cambio.

—¿A dónde vas? —Blake entra en pánico cuando me levanto para tirar las baterías viejas.

—Ya vuelvo. —Miro por encima de mi hombro al alejarme y noto lo asustada y sola que parece sentada ahí con el grupo. Tal vez debió haber pensado en eso antes de alienar a la cabaña entera desde el primer día.

Mackenzie y yo juntamos a las campistas y caminamos con los demás grupos hasta el lago para los juegos nocturnos y para presentarles formalmente a los salvavidas. Ben y Oliver también trabajan en la piscina, pero pasaremos la mayor parte del tiempo con ellos en el lago, ya que tenemos más cosas que hacer ahí, con grandes juguetes inflables que escalar y de dónde saltar hacia el agua, canoas que sacar más allá de la zona de natación y una pequeña playa donde jugar en la arena.

Ethan les pide a todos que tomen asiento en la gran fogata que queda justo afuera de la reja de entrada al lago. Es un área claramente pensada para reuniones mucho más grandes que nuestro grupo de poco más de treinta. ¿Lobo Gris alguna vez fue lo suficientemente grande como para llenar todos estos asientos? Sería genial tener eventos aquí todo el año. ¿Se le habrá ocurrido a Gary rentar las instalaciones fuera de la temporada de verano?

El grupo de Simone está compuesto por las tres niñas más grandes, que son ciegas o de poca visión. Dos van agarradas de los brazos de Simone y la tercera va aferrada a su mochila. Ella las guía hasta arriba del círculo para que se sienten cerca de Ethan y de los salvavidas. Las niñas tienen su propia forma de navegar, pero en este momento se están divirtiendo agarradas de su consejera. Al pasar, Simone me dice con una sonrisa pícara:

—Se quieren sentar cerca de los acentos...

Pero Phoebe, la campista que se guía por la mochila de Simone y trae lentes negros cuando ya está oscuro, se burla:

—Los podemos oír perfectamente bien desde lejos. No hace falta tenerlos más cerca.

Yo me río. Por la forma como el sol se esconde ya en el horizonte, tengo que forzar mis ojos a través del reflejo del agua para ver a Ethan, Oliver y Ben. Los salvavidas traen su traje de baño estándar rojo con camisetas grises de cuello redondo. Casi todos los días llevamos a los campistas ya sea a la piscina o al lago, si no es que a los dos, pero me pregunto qué harán los británicos en su tiempo libre.

Cuando todos encuentran un asiento, Ethan ulula y levanta las manos.

—Atención —dice y seña—. Sé que estamos emocionados, pero es necesario concentrarnos antes de empezar los juegos de playa de esta noche. Aun si no vamos a nadar, estaremos mucho tiempo en el lago, así que es importante que nos sepamos las reglas. —Se hace a un lado y les indica a los salvavidas que hablen.

—Bien —dice Ben, pero se vuelve para mirar a Ethan—. Si yo solo, entonces tú _____.

Ethan asiente, ya interpretando lo que Ben dice.

—Continúa —interviene Oliver.

—Soy Ben —continúa—. Y este sujeto impaciente es Oliver. Nosotros seremos sus, eh, salvavidas este verano. Las reglas son... Perdón, ¿quieres que hable más lento? —se dirige a Ethan—. Es decir, ¿me pueden oír o necesitas _____?

Ethan asiente para indicarle a Ben que siga hablando, sonriéndole alegremente para ocultar la molestia en sus ojos. Cuando el intérprete lo hace bien, no es necesario hablar más despacio. Oliver se vuelve hacia donde estoy yo y me ofrece una sonrisa de disculpa. Me muerdo el labio para mantener una expresión neutral. Después del comentario de Simone de la otra noche, no puedo dejar de pensar que Oliver es guapo, aunque de una manera en la que "no es exactamente mi tipo, pero...".

Oliver releva a Ben después de tanto titubeo.

—Es bastante simple. No se corre en la playa, a menos que estemos específicamente jugando algo en la playa, como esta noche. No se metan al agua, a menos que los salvavidas estén presentes. —Ya tiene bastantes admiradoras para este momento. Las dos niñas risueñas que están con Simone toman turnos para susurrarse cosas en la oreja. Oliver se da cuenta y me sonríe de nuevo, siguiendo con su letanía de las reglas—. Si van a ir más allá de la zona acordonada del lago, tienen que usar chaleco salvavidas. De hecho, si no son muy buenos para nadar, deberían usar chaleco salvavidas en todo momento, estén donde estén en la playa.

Después de repasar las reglas, Ethan les recuerda a los salvavidas algunas señas básicas que les enseñó durante la semana de entrenamiento, sobre todo "no" y "detente". Al fin nos dejan ir y los campistas descienden a la playa.

Isaac llama la atención de Ethan, que les pregunta algo a los salvavidas. Luego Oliver corre de vuelta al cobertizo de su propia cabaña y regresa empujando una silla de ruedas de playa. La mantiene firme en lo que Isaac ayuda a uno de sus campistas a pasarse de su silla usual a la otra silla, con ruedas más grandes y mejor equipadas para la arena. Isaac inclina la cabeza para agradecerle a Oliver y luego se va deprisa.

En la playa, Ethan nos divide a todos en equipos y empiezan los juegos.

~~~

La cuerda me rasguña las manos. ¿Por qué no podríamos usar guantes cuando juguemos al tira y afloja? Las carreras de relevos con las que empezamos eran más lo mío.

Ethan intentó formar seis equipos uniformes, pero por supuesto Blake decidió que tenía que estar en mi equipo, así que uno de los niños más grandes tomó su lugar. No quiero decir que somos el equipo más débil, pero casi todos somos pequeños. Y el otro equipo, donde está Isaac, fácilmente nos va a arrastrar por encima de la línea de meta.

—¿Alguien está halando siquiera? —grita Bobby, unos cuantos pies atrás de mí. A él le tocó estar parado en el lazo al final de la cuerda, tratando de hacerse para atrás, pero se resbala en la arena.

—¡Ah! —grito cuando Bobby me hala el cabello por accidente.

—¡No quiero perder! —grita Blake, pataleando.

—¡Hala entonces! —le grito en respuesta.

Hace frío en la playa. La mayoría de los campistas trae chaqueta, pero yo pensé que mi camiseta de manga larga sería suficiente. Junto con los *shorts,* no es el estilo más abrigador, pero es mi conjunto favorito para el verano. Por lo menos está protegiéndome los brazos de las quemaduras de la cuerda.

Mi equipo avanza una pulgada a la vez. Con cada tirón, mis manos se resbalan dolorosamente. Queda más o menos un pie para que nuestra marca cruce la línea de en medio, con lo que se decidiría nuestro destino perdedor. Ethan está de pie, esperando para declarar al ganador.

Pero la cuerda se afloja y me tambaleo hacia atrás. De alguna forma mi equipo logró ganar unos cuantos pasos.

—¡Guau! ¿Quién se volvió Hulk? —grita Bobby—. ¡Tenemos una oportunidad!

Isaac soltó la cuerda y ahora corre hacia nosotros. Se mete entre Bobby y yo y empieza a halar a favor de nuestro equipo.

—¿Qué estás haciendo? —grito, volviéndome para mirar a Isaac.

Él solo sonríe y me indica con la cabeza que siga mirando hacia adelante.

—¡Vamos, equipo! —ruge Bobby, meneando la cuerda para darle más intensidad.

Aguantamos y ganamos un poco de distancia, pero mis manos están ardiendo. No puedo más. Tengo que soltar la cuerda, y levanto los brazos a la brisa fresca.

Nuestros oponentes dan un tirón fuerte justo en ese momento. Mi equipo sale volando hacia adelante y cruza la línea mientras la cara de Isaac hace contacto directo con mi codo. Chocamos y nos caemos al suelo.

Estoy cubierta de arena. Tengo cúmulos de arena húmeda por todas partes. Se me metió en los shorts, en el cabello, se me pegó a la cara. Escupo unos cuantos granos que tengo pegados en la comisura de los labios.

El otro equipo celebra su victoria y todos se hacen a un lado para que empiece la siguiente competencia. Isaac inspecciona con cuidado su frente, que está rojísima. Se pone de pie, me ofrece una mano para levantarme mientras se soba un lado de la cara con la otra.

—Lo siento mucho —digo y seño antes de aceptar su mano, pero me sobresalto porque me arde la piel rasguñada de las palmas con el contacto.

Oliver se baja de su asiento.

—Ey, ¿necesitan hielo?

—¿*H-i-e-l-o?* —le seño a Isaac, haciendo una mueca de dolor al formar las letras con mis manos quemadas.

Isaac asiente y sigue a Oliver al interior de la estación de salvavidas. Yo quiero ir con él, pero Blake me agarra del brazo y Natasha se adelanta.

—Ven conmigo —ruega Blake, halándome hacia la valla, donde el resto de nuestro equipo ya encontró un asiento.

—Eh, en un minuto. Déjame ir a ver cómo está Isaac. —Si el dolor en mi codo es indicio de algo, en serio le duele la cabeza.

Vuelven bastante rápido, con Isaac sosteniendo una bolsa de plástico con hielo contra su frente, en lo que Natasha da varias vueltas alrededor de él, fijando la bolsa a su cabeza con varios pies de plástico autoadherible.

Oliver viene directo hacia mí, cargando algo en una de sus manos.

—Ten, toma esto —dice, extendiendo el brazo y dejando unos cuantos cubos de hielo en mis palmas.

—Ahh, qué frío. —Un escalofrío recorre mi espalda.

Oliver toca mi hombro y dice algo que no comprendo.

—Perdón, ¿qué dijiste? —pregunto—. ¿Disculpa? —añado, con una sonrisa pícara.

—Fue toda una colisión —repite con una sonrisa—. ¿Asumo que estás bien?

—Sí, gracias. —Levanto mis manos juntas en agradecimiento.

—Muy bien, de vuelta al trabajo. —Regresa para subirse a su silla de salvavidas. Ben ya ocupó su lugar, así que los dos se sientan juntos en la amplia silla.

Acompaño a Blake con las demás campistas.

—Espera aquí. Prometo que no me tardo.

Entierra los pies en la arena y suspira. Parte de mí empatiza con Blake, pero me gusta pensar que siempre estuve mucho más abierta a la experiencia del Campamento Lobo Gris de lo que Blake se ha permitido hasta ahora. Esperemos que después de unos cuantos días se adapte y se calme.

Muevo los cubos de hielo de un lado a otro entre mis manos y atravieso la playa para llegar adonde se encuentra Isaac. Está apoyado en la valla, apartando a Natasha, mareada todavía por darle vueltas con el plástico. Isaac se estira y arranca el plástico de la caja.

—*Te ves como...* —Natasha extiende ambos brazos y camina como el monstruo de Frankenstein. Isaac pone los ojos en blanco.

Natasha supuestamente siente algo por Jaden, pero me duele admitir que Isaac y ella harían una bonita pareja. Probablemente solo tienen una dinámica cómoda de hermanos, pero ¿y si Natasha está más bien en un triángulo amoroso entre Isaac y Jaden? Solo porque a ella le interese Jaden no quiere decir que Isaac no quiera nada con ella. O sea, ¿no es alguien con quien Isaac querría estar? ¿Alguien que no tendría barreras de comunicación?

Los interrumpo, pero necesito disculparme. Isaac solo estaba tratando de ayudar a mi equipo y ahora tiene una bolsa de hielo pegada a la cabeza. Natasha ignora el hecho de que estoy parada junto a ella y asegura el extremo suelto del plástico.

Isaac se asoma por detrás de Natasha, empujando la bolsa hacia arriba para que no le caiga enfrente de los ojos, y hace un gesto burlón.

—¿*Vuelves por más?* —Me imita, levantando el codo hacia atrás.

Me muerdo el labio y me encojo de hombros. Suelto el hielo y me seco las manos en los *shorts* antes de hacer la seña:

—*Perdón*.

Debí haber pensado mejor mi disculpa para que se me ocurriera usar otras señas. Podría hacer la seña de la palabra "okey" y levantar las cejas en interrogación, pero no se siente lo suficientemente sincero. No quiero hablar nada más y hacerlo cargar con el peso de tener que leer mis labios... Sería lo peor.

No quiero que se malinterprete: leer los labios es útil. De hecho, por lo general tengo que estar mirando la boca de alguien para "escucharlo". Pero no es para nada confiable. No es el proceso mágico que ves en la televisión.

Cuando leo la pronunciación de la gente, uso la forma de su boca para suplementar los fragmentos de palabras que escucho. Al combinarlos, tengo algo que se asemeja a la oración dicha, pero muchas veces quedan huecos, así que no me queda más que adivinar y hacer suposiciones para cubrir esas partes en blanco. En ocasiones, aclarar una sola palabra es suficiente para poder resolver todo el rompecabezas. Pero básicamente estoy jugando a Sherlock Holmes todo el día, todos los días. Es agotador. Y para nada es la manera en que me quiero comunicar con Isaac.

—¿*Estás bien?* —seño.

Isaac de inmediato pone su pulgar en el pecho.

—*Está bien. Estoy bien.* —Pero en su actual estado de envoltorio, se ve todo menos bien—. *En serio* —añade, y luego gesticula hacia Natasha—: *Ella solo* _____.

Reconozco la seña, pero no la ubico.

—*De nuevo, por favor.*

Isaac seña las letras lentamente.

—*B-r-o-m-e-a. Bromear.*

Asiento con la cabeza, entendiéndolo a la primera, pero me mira con escepticismo, sin estar seguro de que puede confiar en que haya entendido.

Natasha se me queda mirando. Isaac le seña rápido la palabra "preocupada", pero no creo que sea eso. Le insiste para que interprete lo que me dijo a mí con señas.

—¿Cómo es posible que no entiendas? Está haciendo señas totalmente en español —dice Natasha por lo bajo, quizás asumiendo que no la escucharía, pero me hace sentir todavía más intimidada por ella. Natasha suelta un suspiro y traduce—: Dice que fue un accidente. Y que no te preocupes por nada, porque yo puedo ser un poquito exagerada con estas cosas. —Y se va de vuelta hacia donde están los campistas.

—¿*Me puedes ayudar?* —pregunta Isaac, quitándose el plástico—. *No lo necesito. Está helando.*

—*Seguro.* —Me estiro para desenvolverlo y tengo que acercarme todavía más a él. Me apoyo contra la valla a su lado.

Isaac está sentado en el peldaño de en medio, sus ojos perfectamente alineados con los míos. Me estiro hacia él para deshacer el vendaje alrededor de su cabeza. Solo nos separan unas cuantas pulgadas. Estoy haciendo todo lo posible por mirar en cualquier dirección menos a hacia él. Me sonrojo cuando Isaac me mira fijamente. Observa mis manos y las toma para inspeccionarlas, articulando la palabra "auch".

—*¿Seguro estás bien?* —pregunto.

—*Perfecto ahora.* —Sonríe, limpiando la condensación en su piel—. *Tú debiste ser mi compañera de primeros auxilios.*

Me río, y esta vez las señas para responder me llegan con facilidad, ahora que mi confianza está creciendo:

—*Pero Mackenzie lo sabe todo.*

—*Es verdad.* —Isaac deja salir una risita silenciosa, subiendo los ojos al cielo.

Mackenzie se aseguró de que todos supieran que ya se había certificado antes en primeros auxilios y RCP. Y luego estoy yo, tratando de hacer lo mejor que puedo y siendo la causa del cien por ciento de las lesiones que han ocurrido este verano.

—*Pero nosotros nos hubiéramos divertido más* —seña Isaac.

Parte de mí quiere preguntarle por qué no fuimos equipo entonces. Como yo lo recuerdo, nos miramos a los ojos y él pudo haberse acercado a mí y ya. Pero no voy a arruinar este momento sacándolo a colación.

—*Bueno, la próxima vez* —seño.

—*¿Próxima vez?* —Sube las cejas—. *¿Más entrenamiento?*

Yo me río.

—*Cierto, espera un año y podremos ser compañeros.*

Isaac aprieta los labios y suprime una sonrisa.

—*Supongo que esperaré.* —Señala con la cabeza a los campistas, que ya andan de un lado para el otro, puesto que el otro juego de tira y afloja acaba de terminar. Es hora de volver al trabajo.

Me quito de la valla y él lanza el vendaje a un bote de basura cercano. Isaac me alcanza. Usa una mano para sostener el hielo contra su cabeza, pero cuando pasamos junto al puesto de los salvavidas, casualmente pasa su otro brazo por encima de mis hombros.

CAPÍTULO ONCE

¿Quién hubiera dicho que los consejeros estarían así de exhaustos todo el tiempo? Ha pasado una semana desde que llegaron los campistas y mantener tu energía al máximo en todo momento requiere esfuerzo. Mantener la paz entre Dulce y Blake es mucho.

Mi primera noche de guardia pasó sin penas ni glorias. Había estado un poquito nerviosa, anticipándome al hecho de pasar toda una noche sola con Isaac y tratando de juntar temas de conversación sobre los que pudiera señar, pero todos los empleados terminaron reuniéndose alrededor de la fogata esa noche hasta que fue la hora de dormir.

Si no estoy con los consejeros, por lo general voy al lago a ver a Oliver y a Ben o me relajo sola en alguna parte, revisando mi teléfono para ponerme al corriente con lo que pasa en el mundo exterior.

De alguna manera, a pesar de los días largos y pesados, los empleados nos desvelamos todas las noches. Lo cual es genial... hasta que Mackenzie me tiene que zarandear para despertarme al día siguiente a las siete.

Me peleo con los bostezos todo el desayuno, esperando que las niñas quieran pasar una mañana de domingo tranquilas en el lago. Pero no. Todas acaban de ponerse de acuerdo en que quieren probar las canoas. Por supuesto.

Tiramos nuestra ropa en las sillas de playa. Después de sacar la Otterbox de mi mochila, Blake se arranca los aparatos auditivos y los lanza. Una de las otras niñas, Savannah, está parada junto a mí, así que le pregunto si quiere estar en mi canoa.

—¡Yo sí! —grita Blake, definitivamente más fuerte ahora.

—Eso pensé —digo—. ¿Y tú?

Savannah asiente. Es una de nuestras niñas más chiquitas, y un poco tímida, pero poco a poco se ha ido aventurando fuera de su zona de confort.

—¿Te puedo guardar tu coclear? —Le extiendo la caja. Es sorda solo de un oído. Niega con la cabeza y no se quita el procesador—. ¿Estás segura?

—Es a prueba de agua. Nado con él todo el tiempo.

Supongo que no pasará nada si dejo que se lo quede. He visto todo el tiempo receptores cocleares caerse y flotar en la piscina, y los campistas se los vuelven a poner. Así que añado mis propios aparatos a la caja y la cierro, asegurándola en mi mochila.

—No se te olvide quitarles los aparatos auditivos —me dice Mackenzie y seña.

—Ya sé. —Aun cuando prácticamente actuamos como co-consejeras, Mackenzie tiene una tendencia a micromanejar todo. Es como si necesitara demostrar que es mejor consejera que yo y me recordara que estoy ahí para asistirla. Pero seamos honestos, para este punto ya soy poco más que la niñera de Blake.

Mackenzie y yo guiamos a las niñas hasta donde están las canoas apiladas contra un árbol en la orilla del lago. Les entrego chalecos salvavidas a todas. Dado que Ben está en la silla del salvavidas, Oliver viene a ayudarnos a bajar los botes.

De pie, cerca del cobertizo, alcanzo a echar un vistazo a la cabaña adyacente, donde duermen los salvavidas. Asumí que solo era un lugar donde estar para tener sombra mientras trabajaban, no que durmieran ahí. Pero hay literas, una mesa de cocina y varios muebles, muy agradable. Debe ser raro para ellos estar aquí abajo en el lago, tan lejos de todos los demás.

Oliver desliza las canoas al agua.

—Las consejeras primero, en medio.

Me subo despacio, apenas poniendo la punta del pie unas cuantas pulgadas en el agua antes de poner la planta completa en el centro del bote. Oliver me da su mano para ayudarme a completar el acto de equilibrismo. Mackenzie está demasiado emocionada y no quiere esperar, así que se sube muy rápido y pierde el equilibrio al mecerse la canoa.

—Cuidado. —Oliver se estira para mantener quieta su canoa también. No la suelta y asiente a las campistas para que se unan con sus remos. Blake y Savannah ocupan las bancas frente a mí.

Asumo que voy a tener que remar una buena parte del tiempo, pero Blake me sorprende. Tan pronto como Oliver nos empuja, Blake empieza a cortar el agua. Pronto nos encontramos en mitad del lago, con Mackenzie muy atrás.

Dejamos de remar y nos quedamos sentadas en el agua, dejando que las ondas se disipen. El aire matutino es fresco y nítido; el sol nos castiga.

A lo lejos, en la zona acordonada para nadar, Bobby y sus niños están sentados a la orilla del muelle, pescando. Supongo que Max se unirá a su grupo cuando llegue. Simone y sus niñas están construyendo un gigantesco castillo de arena. Natasha, Jaden y sus campistas están en guerra, rebotando en el trampolín gigante e intentando tirar al otro equipo. Mientras tanto, Isaac y sus niños pequeños escalan el iceberg inflable. Él salta desde la cumbre, lanzándose como una bomba al agua.

Blake se está poniendo impaciente.

—Vamos allá. —Señala al otro extremo del lago.

—No creo que podamos ir hasta allá —digo.

—Y qué. —Blake empieza a remar otra vez.

—Hace calor —digo—. Podemos volver a la playa y nadar.

—No —protestan ambas niñas. Blake sonríe, encantada de encontrar una aliada en Savannah.

En la playa, Oliver levanta ambos brazos por encima de su cabeza, llamando la atención de unos cuantos. Señala a Isaac y hace la seña *"No"*. Por medio de una cadena de ondas, Oliver atrae la atención de Isaac y repite su negativa, asegurándose de que quede claro que lanzarse desde esa altura está prohibido. Isaac se encoge de hombros medio disculpándose y vuelve a ayudar a sus campistas a subir por el iceberg.

Estiro el brazo sobre la orilla de la canoa para recoger un poco de agua y echármela en los brazos. Paso mis dedos húmedos a través de mi cabello hirviendo.

—Mucho mejor.

—No puedo alcanzar _____. —Blake se sube a su asiento y estira el brazo para tocar la superficie del lago. Savannah hace lo mismo.

Ups. Debí haber pensado que las campistas me copiarían. Desafortunadamente, las dos deciden inclinarse sobre el lado izquierdo.

—Esperen... —grito, pero es demasiado tarde. La canoa de Mackenzie apenas nos está alcanzando cuando nos volteamos en el lago.

Se me mete el agua a la nariz, una sensación incómoda que se está volviendo un poquito demasiado familiar por la cantidad de tiempo que estamos pasando en el lago. Mi chaleco salvavidas me lleva de vuelta a la superficie, lo mismo que los de las niñas. Pero nuestra canoa sigue flotando boca abajo.

—¡Guau, qué divertido! —grita Blake. Dice otra cosa sobre nadar aquí, pero yo estoy demasiado ocupada tratando de voltear la canoa como para responderle.

Mackenzie grita algo.

—¿*Qué pasó aquí?* —continúa, con señas.

¿No es obvio?

—Eh, nos volteamos —digo.

Mackenzie frunce el ceño.

—Se supone que no debes hacer eso.

Hago mi mejor esfuerzo por no poner los ojos en blanco.

—No fue intencional.

Mackenzie se arrodilla y se estira para empujar el casco, ayudándome a poner hacia arriba esta cosa. Oliver ya está remando hacia nosotras en su bote salvavidas.

Blake sigue alejándose a nado, así que Oliver va tras ella. Intento subirme a la canoa, ya que será más fácil que entre yo primero y luego ayude a las niñas a subir. Quizás. No estoy realmente segura de nada, a excepción de que definitivamente me estoy moreteando el estómago al dejarme caer sobre la orilla de la canoa.

Oliver guía de vuelta a las campistas. Halo a Blake al interior, pero Savannah está frenética buscando en el agua.

—¡No lo veo! —grita.

—¿Qué no ves? —pregunta Mackenzie. Oliver mira alrededor, siguiendo la mirada de Savannah.

Savannah empieza a entrar en pánico.

—¡No lo veo!

—¿Tu implante? —Mackenzie mira a la campista, y luego directamente a mí—. Te dije que _____.

—No quiso dejarlo —contesto nerviosa. ¿Por qué se desprendió el imán tan fácilmente? ¿No se supone que se debe quedar en algún lugar de la superficie, cerca de nosotros?—. Flota. Los campistas lo usan en la piscina todo el tiempo.

—En la *piscina* —dice Mackenzie y seña, haciendo hincapié en la palabra—. Un cuerpo de agua clara donde podemos tomarlo del fondo si se hunde. —Mackenzie gruñe—. ¿De qué color era, Savannah? Ven, súbete a la canoa. Seguiremos buscando. Dije, ¿de qué color es?

—Negro. —Savannah me estira los brazos y la ayudo a subir.

Con el agua del lago de un verde oscuro y tantas hojas en la superficie, será una búsqueda difícil.

—¿Qué estamos _____? —me pregunta Oliver, pero no alcanzo a leer el final de su pregunta. Mackenzie decide contestar de todas formas.

—El receptor de su implante coclear. Es como un aparato auditivo, pero se fija con un imán y lo usa así. —Mackenzie señala a lo largo del costado de su cabeza.

Oliver rema, buscando en un perímetro más amplio. Mete la mano al agua y saca algo que termina siendo una rama, antes de volver a nosotras con las manos vacías.

—No se quedó en la canoa, ¿verdad? —me pregunta Mackenzie.

Echo un vistazo bajo los asientos, pero no hay nada ahí.

—Mierda —murmuro. Mackenzie me fulmina con la mirada, pero ninguna de las campistas me escuchó decirlo o no me puso atención. Aprieto los dientes; odio que Mackenzie vaya a ver todo esto como señal de superioridad en su estatus como consejera.

Eventualmente, tenemos que darnos por vencidos y volver a la playa. Mackenzie va por Ethan y los dos salen al lago con la campista para buscarlo otra vez, hasta que se termina el tiempo en el lago.

De camino hacia la cafetería después, Ethan me alcanza.

—¿No hubo suerte? —pregunto.

Niega con la cabeza.

Suspiro.

—Lo siento. Es mi culpa. Debí obligarla a quitárselo.

—Ey, no te preocupes —dice y seña—. Solo tendrás que pagar como dos mil dólares.

—¿Qué? —No tengo tanto dinero. Mis padres se van a poner como locos.

—*Estoy bromeando. Estoy bromeando.* —Se pasa su mochila al frente y saca un formulario en blanco de una carpeta—. Probablemente todo está en garantía, pero Gary tendrá que llamar a los padres de Savannah y decirles. Solo necesitas llenar un informe de accidentes.

—Eso no suena bien. —Me quedo mirando la hoja. Hay muchas preguntas.

—Llenamos muchos. Cualquier cosa que se pierde o hasta algo tan simple como una curita para un rasguño, tenemos que registrarlo.

—Es que en serio debí asegurarme de que se lo quitara en primer lugar.

—Los campistas pierden cosas. —Ethan sube los hombros—. Tratamos de que no pierdan cosas caras, pero siempre hay una lección que aprender.

—Auch.

Ethan se ríe.

—Perdón si sonó un poco a sermón.

—Sí, ya recibí bastantes de Mackenzie hoy.

—Vas bien, te lo prometo. Solo llena el papeleo en la comida.

En la tarde nos toca estar en la piscina y yo todavía traigo puesto mi traje de baño debajo de la ropa porque no vi razón para cambiarme después de ir al lago.

Dulce brinca en la parte bajita de la piscina para mantener la cabeza afuera del agua. Me siento en las escaleras cerca de ahí porque no quiero que se me moje el cabello otra vez si puedo evitarlo.

—*Gusta* —me seña Dulce—. *Conozco* _____.

Sacudo la cabeza.

—*Otra vez, por favor*.

Dulce pone los ojos en blanco y me da una palabra a la vez.

—*Gusta*.

—¿Te gusta nadar? —digo y seño.

Ella sacude las manos para indicar que voy cien por ciento por el camino equivocado. Inclina la cabeza a un lado:

—*No, pon atención*.

Conozco esa frase porque Ethan la usa todos los días durante los anuncios. Después del incidente del coclear en la mañana, me siento un poco insegura de mí misma, pero sé que Dulce será una consejera fantástica algún día.

Miro alrededor, pensando que quizás haya alguien que pueda servir de intérprete, pero la única persona que veo es Natasha. Siento que hizo una mueca antes de desviar la mirada, como asumiendo exactamente lo que le iba a pedir. Así que vuelvo a mirar a Dulce y paso ambas manos a lo largo de los costados de mi cara hacia adelante, poniendo una expresión amable mientras seño:

—*Okey, pongo atención.*

—*Yo...* —Dulce seña despacio— *conozco... alguien... gusta... tú.*

—¿Alguien como yo? —digo y seño—. ¿Como una amiga que te agrada?

—*No.* —Chasquea los dedos. Luego me da una enorme y graciosa sonrisa—. *Un niño. A un niño le gustas.*

—Eh, no —digo—. *Eres muy chistosa.*

—*¡No es chistoso! Bueno, no te digo quién.* —Se pone un dedo sobre los labios, pero señala del otro lado de la piscina, donde Isaac está flotando con tubos de colores brillantes con sus campistas. Dulce suelta una risita y patalea para alejarse.

Okey, mi interés aumentó. Pero, incluso si en serio le gusto a Isaac, ¿cómo es que Dulce lo sabe?

Ya que se alejó bastante, Blake prácticamente se materializa junto a mí.

—¡Lánzame! —Señala hacia Isaac, que carga a los campistas fuera del agua y luego los lanza con un gran chapuzón.

—Eh, no sé si pueda hacer eso —digo—. Pero puedes agarrarte de mis hombros ¿y nado un rato?

—Bueno.

Al ir por el agua, otra de nuestras campistas se aferra a mi brazo. Y luego otra a mi otro brazo. En un día normal no lo permitiría, puesto que arrastrar a estas niñas por toda la piscina me está dejando sin energía, pero se la están pasando de maravilla y necesito demostrarme a mí misma que puedo ser una buena consejera. Permanecer erguida es difícil en la parte honda, donde tengo que estar de puntitas, pero estoy apenas a unos pasos de donde puedo pisar en la parte menos honda cuando alguien me aprieta el abdomen y nos hala a todas bajo el agua.

Quito los brazos del niño y me impulso de vuelta a la superficie, ayudando a las niñas a llegar a la orilla de la piscina, donde todas intentamos recuperar el aliento. El niño, Cole, nada detrás de nosotras.

—¡Yo también quiero jugar! —grita.

—No —digo con firmeza, todavía tosiendo agua—. No puedes echarte encima de la gente de esa manera. —Me vuelvo para ver a mis campistas—. Niñas, ¿están bien? —Todas asienten con la cabeza.

Pero Cole no se aparta. Estira los brazos para tomarme de los hombros mientras patalea con las piernas para salpicar una tonelada de agua.

—¡Mi turno!

—No, no, no —digo y seño, girándome para cubrirme la cara. Pongo límites a los comportamientos que pongan en peligro a cualquiera. Ningún consejero lo toleraría de todas maneras.

Miro por encima del agua a Oliver, que se acerca por la orilla de la piscina hasta nosotros, soplando su silbato. Se acuclilla y quita al niño de mi hombro.

—¿Me puede escuchar lo suficiente? —me pregunta Oliver. Me encojo de hombros y asiento.

—No es seguro saltar encima de la gente —le dice Oliver a Cole, hablando fuerte y claro—. ¿Te acuerdas de las reglas?

—Claro.

—Bien —dice Oliver, enderezándose—. Ahora discúlpate.

—¿Qué? —pregunta Cole.

—Pide perdón —dice Oliver y hace la seña, haciendo uso de su extremadamente limitado vocabulario.

—*Perdón* —seña el niño, y se va nadando.

Las niñas ya tomaron algunos de los tubos y se van flotando. Espero un momento para recuperar el aliento a la orilla de la piscina. Es bueno que Blake tenga un poco de tiempo para estar sola con sus compañeras campistas.

Oliver sigue de pie junto a mí.

—Ey, amigo, ¿no te acabo de ver en el lago? —Sonrío sacudiendo la cabeza—. Qué día.

—Me imagino. —Su voz no suena tan fuerte ahora que no está hablando con el campista, pero capto casi todo lo que dice por sus labios.

—¿Quieres _____ tomar?

—¿Algo de tomar? —Asiente. Tengo la boca seca—. Buena idea.

Estoy a punto de arrimarme a la escalera a lo largo de la pared, pero Oliver camina rápido hacia la silla del salvavidas y regresa con su botella de agua. Desenrosca la tapa y me la entrega.

—Gracias. —Me tomo casi la mitad de un trago.

Oliver se sienta en la orilla y mete los pies en el agua, dejando escapar un suspiro de alivio.

—Me estoy asando.

—Métete, ¡te refrescarás! Nada un poco y mójate el cabello.

Ben recorre el perímetro de la piscina. Lo alcanzo a ver fulminándonos con la mirada, y Oliver también.

—Se supone que debo estar en la silla, pero un chapuzón rápido no le hace daño a nadie.

Se desliza hacia el agua y se pasa los dedos por el cabello cuando vuelve a la superficie.

—¿Mejor? —pregunto.

—Mucho.

—Gracias por no salpicarme al entrar. Después de hoy, creo que soy mitad agua de lago y mitad cloro.

—¿Ah, querías que te salpicara? —Oliver lanza unas cuantas gotas en dirección mía.

Sonrío.

—Eh, ¿no mencionaste algo de tener que estar en la silla?

—Si insistes... —Me lanza unas cuantas gotas más antes de plantar las manos en el borde de la piscina y levantarse con sorpresiva facilidad, sin ningún esfuerzo. Se vuelve a subir a su silla.

—Va, si tú vas a hacer bien tu trabajo, supongo que yo debo intentar ser mejor en el mío —le digo antes de nadar de vuelta a mis campistas.

Paso junto a Isaac, quien, me doy cuenta, nos estuvo mirando mientras flotaba con su grupo en la parte honda de la piscina. Le sonrío tímida, pero él se sumerge. Su frente todavía tiene un moretón visible por nuestra colisión en el tira y afloja de la semana pasada. Tal vez por eso se ha portado tan cambiante conmigo, acercándose y alejándose.

—¡Mira! —me grita Blake, así que me uno a las niñas—. Puedo dar una vuelta.

—Ohh, a ver —digo.

Lo demuestra, apretándose la nariz todo el tiempo.

—¡Ahora tú!

—No estoy segura... —Ni siquiera me quería mojar el cabello, ya no digamos hacer volteretas abajo del agua.

—Por favor —dicen las niñas a coro.

Me aseguro de que la zona esté libre, tomo aire y me sumerjo. Pero cuando voy a la mitad de la voltereta, alguien me agarra por la espalda.

Es ese niño de nuevo, esta vez agarrándose de las tiras de mi traje de baño. Forcejeo con él para salir a la superficie.

—Para. ¿Qué estás haciendo? —grito. Trato de zafarle las manos, pero Cole se aferra con fuerza, enterrándome las uñas.

Al empujarlo, siento que algo se revienta contra mi cuello. Se descosieron las tiras de mi traje de baño. Aprieto los dientes; a duras penas logro mantener la compostura. Seguro mi expresión es de rabia pura.

Isaac nada rápidamente desde el otro lado de la piscina para alcanzarme. Saca a Cole del agua y lo aleja de mí, forzándolo a subir las escaleras y quedarse sentado cerca de los vestidores.

Dulce patalea hasta alcanzarme, riéndose.

—¿De qué te ríes? —seño con una mano, asegurándome de sostener mi traje de baño con la otra—. *No es gracioso*.

—*Te dije, le gustas al niño* —seña. Ahí está mi respuesta. ¿Dulce me estaba diciendo que ese mocoso está enamorado de mí? No tiene nada de gracia y de ninguna manera excusa su comportamiento.

—¿A dónde vas? —pregunta Blake cuando me dirijo a la orilla.

—Me voy a salir. Pídele a Mackenzie que venga a jugar. —Mackenzie está sentada bajo la sombra mirando su teléfono. Ya es hora de que regrese a su modalidad de consejera perfecta.

Subo con cuidado las escaleras, donde Isaac me recibe con su toalla. La extiende frente a mí, envolviéndome con ella en un abrazo momentáneo. Empieza a alejarse, pero yo no estoy lista para moverme y descanso la cabeza contra su pecho. Me doy cuenta demasiado tarde de que no se suponía que fuera un abrazo prolongado. Pero de inmediato siento cómo Isaac me aprieta entre sus brazos con más fuerza. Respiro hondo y dejo que me sostenga, mientras mis rodillas se doblan. Escurre agua de mi cabello hasta el piso, y pronto estamos los dos parados en un charco. Suspiro y levanto la cabeza para mirarlo.

La preocupación en sus ojos es adorable.

—¿Estás bien? —articula.

Asiento y me aparto de él.

—*Largo día. Gracias.* —Me encojo de hombros, señalando la toalla, aunque en verdad lo que le agradezco es el abrazo.

Isaac se voltea hacia la piscina y ve a sus campistas entrar en caos. Intento devolverle la toalla, pero él me indica que me la quede. Renuente, se aleja y se echa un clavado de vuelta a la piscina.

Simone viene a inspeccionar mi traje de baño.

—Uy, mujer. Igual y puedo intentar cosértelo.

—¿Tú crees? —Nos vamos al lugar que dejó libre Mackenzie en la sombra. Me bajo la toalla en la espalda para que Simone pueda ver el traje de baño.

—Olvídalo —dice Simone—. Cuando te lo quites se va a deshacer todo.

—Genial. —Respiro hondo.

—¿Traes otro de repuesto? Podemos _____ tienda mañana.

—Sí, vamos a tener que comprar otro. Solo traje este.

—Sin problema —dice Simone, notando que aún sigo mirando en dirección a Isaac, envuelta en su toalla—. Okey, tortolitos. Supongo que le voy a deber dinero a Bobby, ¿verdad?

—¿En serio apostaron? —Me río—. Mejor enfóquense en su relación.

—Ahhh, no me digas eso —contesta Simone nerviosa, pero sus ojos encuentran de inmediato a Bobby.

—Ay, por favor, está claro que él te ama.

—Ya sé —murmura Simone—. Esa es la parte que me da miedo. Pero ¿y luego qué? ¿_____ a larga distancia y esa basura? No sé. Solo tengo diecinueve. ¿Y si lo conocí muy pronto?

—Guau, okey, creo que te estás adelantando un poco.
—Es el primer momento en que tengo superclaro que ella está igual de interesada en él. No me siento calificada para dar consejos de relaciones.

—Exacto. _____ perderlo como amigo, ¿sabes?

—Pero podrías ver para dónde va y ya —digo.

Simone me lanza su toalla.

—¿Qué tal si vas a vestirte?

—Está bien...

Cuando regreso de los vestidores, con mis aparatos auditivos puestos, Gary llega a la piscina en su carrito de golf. Entra caminando por la reja, dejando a dos pasajeros desconocidos atrás.

—¿Cómo está todo? —pregunta.

—Tuvimos una pequeña situación —digo, señalando a Cole, aún sentado en la silla, castigado, y luego levanto mi traje de baño roto—. Se me... colgó un poquito.

—Ah. A veces los niños se encariñan. Es fácil emocionarse demasiado en el campamento. No lo hacen con malicia, sencillamente no saben respetar límites ni espacios personales. Especialmente aquí, ¿sabes? —Gary me da un empujoncito en el brazo. Yo subo los hombros y asiento—. Y no me malinterpretes. No lo estoy justificando. Lamento que tuvieras que lidiar con ese comportamiento.

—Sí, este trabajo a veces puede ser más difícil de lo que pensé —digo. No tenía la intención de reconocerlo en voz alta, pero se me salieron las palabras de la boca.

—Pasa con cualquier trabajo. Siempre hay días buenos y días malos. —Asiente Gary, intentando darme ánimos—. Pero si algo te hace sentir incómoda en algún momento, dile a Ethan o ven conmigo. Para eso estamos aquí. ¿De acuerdo?

—Sí. —Aprecio la respuesta de Gary. Es agradable saber que no esperan que los consejeros toleremos esto.

Pero ahora hay otra cosa que no me sienta bien. Parados del otro lado de la valla metálica que rodea la piscina, mirando fijamente hacia donde estamos nadando, hay dos tipos viejos con atuendos para jugar golf. Uno señala hacia unos cuantos campistas que los alcanzan a ver y los saluda alegremente.

—Eh, ¿quiénes son? —Señalo a los dos hombres sin siquiera molestarme en ser discreta.

—Estoy dándoles un recorrido a dos posibles benefactores —explica Gary—. Les estoy mostrando la propiedad, pero quería parar aquí y tocar base con ustedes. Así que... —Da una palmada y se aleja, pero me dice al partir—: Lilah, estás asumiendo responsabilidades de consejera junior este verano, pero de todas maneras el campamento es para divertirse. No lo olvides.

—Cierto, gracias.

Gary sonríe.

—Uno se hace amigo de sus compañeros consejeros gracias a esos altibajos.

Mis ojos se van de inmediato hacia Isaac. Ese abrazo.... sí pasó de verdad, ¿no?

Ha sido un día muy largo nada más. Me siento otra vez junto a Simone.

—¿También los viste?

—Ajá —dice—. A lo mejor podría mostrarles la piscina cuando no estemos aquí. Es como raro que haya viejitos mirándonos en nuestros trajes de baño.

—Digo, ni siquiera tiene que ser algo sucio, pero tampoco me gusta que haya gente mirándonos.

Isaac sale de la piscina y viene hacia mí. Le ofrezco su toalla y mi corazón da un brinco cuando se seca el rostro y se sienta junto a mí en la misma banca de jardín.

—*Se siente raro tener gente mirándonos*.

—*Justo es lo que estaba diciendo* —seño en respuesta—. Él piensa lo mismo —le digo a Simone.

—Y todavía nos falta la comida esa después —dice ella.

—Se siente tan del pasado. ¿No habrá otra forma de juntar el dinero? —digo, y luego seño para Isaac—: *¿Tal vez otra manera de juntar dinero?*

—*Ajá, para que no tengamos que* _____ *de que la gente venga.* —Me ve inclinar la cabeza y deletrea—: *D-e-p-e-n-d-e-r, depender.*

—*Entiendo*. —Sonrío, agradecida de que supiera exactamente qué palabra necesitaba que me explicara—. *Gracias*.

CAPÍTULO DOCE

No nado en todo el día, dado que aún no tengo la vestimenta adecuada después de la debacle de ayer en la piscina. En la cabaña del personal, busco a alguien que me acompañe a la tienda en la noche.

—Oye, Simone, ¿todavía quieres ir a la tienda hoy?

—Cierto, Lilah necesita un traje de baño nuevo —dice Simone, empujando con su codo a Bobby, que está sentado junto a ella—. Vamos.

—Eh, estamos de guardia hoy —dice Bobby.

—Todavía no es lunes. —Revisa su teléfono—. Espera, ¿cómo es posible?

—Me duele que te cause tal horror el tiempo que pasamos juntos —bromea Bobby, pero sonríe genuinamente cuando Simone toma su mano—. ¿Hay alguien más con quien puedas ir, Lilah?

Natasha y Jaden están parados en la puerta, e Isaac se acerca a mí.

—*¿Tienes que ir a comprar algo? ¿Vienes con nosotros?*

—Sí, por favor —digo y seño antes de dirigirme a Simone y Bobby—. No se preocupen, me pego a los demás. Disfruten su noche. Acuérdense de cuidar a los campistas.

De camino al estacionamiento nos encontramos a Ethan, que necesita recoger algunas provisiones para las actividades de mañana. Así que los cinco nos amontonamos en el carrito de Natasha. Jaden reclama el asiento del copiloto. Isaac se mete a la parte de atrás. Ethan me dice que me siente en el medio, indicándome que me mueva más para allá, hasta que prácticamente estoy sobre las piernas de Isaac.

Natasha se gira para señar.

—*¿Comida primero?*

Todos estamos de acuerdo y ella enciende el motor, con lo que de inmediato se escucha un estallido de música saliendo de las bocinas. El carro vibra todo el camino hasta Mackie's, al otro lado del Super Mart.

Jaden abre la aplicación de notas de su teléfono y teclea su orden, pasándonos el teléfono a cada uno para que registremos la nuestra. Nos metemos por el autoservicio. En lugar de pararnos en el altavoz, Natasha se va directo a la ventanilla. Cuando detiene el carro, añade su orden a la nota.

Estamos esperando, pero no hay nadie ahí. Natasha agita el brazo hasta que un empleado viene al fin, pero no abre la ventanilla.

—*Somos sordos* —seña Natasha, mostrándole su oído y el implante coclear. Le enseña el teléfono con el pedido.

Pero el empleado la ignora y señala hacia el altavoz de atrás. Alcanzo a leer parte de lo que dice:

—No ordenen aquí.

Natasha se señala la oreja otra vez y le muestra el teléfono. Él solo niega con la cabeza.

Ethan escribe con letra grande "Somos sordos, esta es nuestra orden" en una aplicación de texto en su teléfono y se lo entrega a Natasha. Pero después de que Natasha muestra el mensaje, el empleado solo se va.

—*Qué carajos* —seña Natasha—. *¿Se fue?*

El carro de atrás nos pita. El empleado regresa, esta vez con el gerente, que abre la ventanilla.

—*Somos sordos, esto es lo que queremos.* —Natasha seña con una mano, sosteniendo el teléfono con las órdenes.

El gerente murmura algo en respuesta. Natasha le hace gestos como de escribir algo. El gerente entrecierra los ojos para observarnos a todos en el carro y sacude la cabeza.

Ethan logra entender lo que el hombre dice después y seña a Natasha:

—*Cree que estamos fingiendo...*

—*Estamos muy lejos de la ciudad* —seña Jaden—. *Tal vez no hay muchos sordos _____.*

El carro de atrás de nosotros pita. El gerente grita y gesticula para que nos movamos. Natasha es más valiente que yo; le enseña el teléfono otra vez. Con su fuerte acento sordo dice:

—Esto es lo que queremos.

Isaac se tensa junto a mí. Me inclino hacia él; mi mano se mueve hasta descansar cerca de su rodilla. Él acerca la suya hasta que nuestros meñiques quedan juntos.

El gerente sigue gritando y se niega a servirnos.

—*¿Podríamos probar una a-p-p?* —seño con una mano a Ethan, pensando que podríamos tratar de poner la orden nosotros mismos. O sea, no la tengo descargada y podría no haber suficiente señal por aquí, pero tal vez alguien más ya tenga la aplicación.

—*No, vámonos* —dice.

Natasha asiente, le muestra un dedo al gerente y arranca el carro. Cuando salimos otra vez a la carretera, grita de frustración.

—En serio, ¿por qué hicieron eso? —frunzo el ceño.

—De verdad, esa hubiera sido la orden más fácil de toda la noche para ellos —dice Ethan y seña—. Estaba todo ahí escrito. Les tomaba dos segundos. Luego nos vamos. Pero prefirieron portarse de la mierda.

Después de sacar más vapor, el resto de nuestro viaje nocturno por provisiones fue rápido y triste.

Noto cómo nos miran cuando señamos por toda la tienda, pero estoy aprendiendo a ignorar a la gente. Ethan compra lo que necesita de material para las manualidades de mañana, y luego Isaac, Jaden y Natasha compran un montón de *snacks* para que nos duren toda la noche. Yo encuentro un traje de baño barato y perfectamente común. Volamos por la caja de autocobro y volvemos a nuestro santuario en el bosque.

~~~

A la mañana siguiente, el pasto está húmedo aún de rocío, pero reunimos a los campistas en un círculo en el suelo para jugar un juego antes de la caminata agendada para el martes en la tarde. La persona parada en el centro tiene que elegir a alguien que esté sentado y decir: "Cariño, si me amas, por favor, sonríe", y luego esa persona tiene que lograr responder "Cariño, te amo, pero no puedo sonreír" realmente sin sonreír en lo más mínimo para evitar ir al centro.

Soy una campeona en este juego. Hasta ahora, cuando hemos jugado para matar el tiempo entre actividades, nadie ha logrado ponerme en el círculo. Ethan anuncia que ya solo nos queda tiempo para una ronda más, así que me salvé. Eso, claro, hasta que, por primera vez, Isaac es quien se acerca a mí.

Finge dirigirse al campista de mi derecha, pero pivotea y se detiene enfrente de mí, batiendo sus pestañas y levantando cuatro dedos en cada mano para señar la palabra "pestañas", canalizando la naturaleza teatral del juego. Los campistas se parten de la risa. Yo aprieto la mandíbula fuerte, pero me tiemblan los labios y amenazan con traicionarme.

—*No, no, no* —seña él, extendiendo el brazo para pretender que acaricia mi rostro—. *Espera a que...* —Yo respiro hondo. Él se acerca aún más—. *Haga la seña....*

Sé exactamente lo que va a pasar, así como la respuesta que saldrá de mí. Levanto la mirada al cielo y siento cómo se me incendian las mejillas, demasiado consciente de la cantidad de personas que me están mirando.

Isaac llama mi atención antes de continuar.

—*Cariño, si me amas...*

De todas las maneras que existen para señar "amar", usó la seña de *te amo*. Digo, todo es parte del juego, ¿cierto? Él sigue señalándose a sí mismo mientras yo niego con la cabeza, directamente parada frente a él, olvidando que no ha terminado de hacer su petición.

—*Por favor...*, *¿sonríe?* —Inclina la cabeza a un lado y me da una de esas enormes sonrisas, que es contagiosa. Muy contagiosa.

Me está costando todo lo que tengo mantener mi expresión neutral. Ahora viene la parte difícil.

—*Te amo, cariño* —seño superrápido, mordiéndome el labio al verlo inclinar hacia adelante la cabeza, con los ojos enormes y expectantes. No pasa nada, estoy aquí nada más, soltándole un *te amo* casual a un chico que me superencanta, enfrente de todo el campamento. Isaac descansa la barbilla en sus nudillos y abanica otra vez con sus pestañas.

—*Pero...*

Y entonces Isaac cambia todo: su sonrisa se desploma en una dramática mueca de tristeza y se agarra el corazón con ambas manos, mientras me mira con esos enormes ojos café.

Y yo olvido apretar la boca, dejando escapar apenas el principio de una sonrisa.

Se acabó el juego.

—*¡Te atrapé!* —seña Isaac, dando saltos en celebración—. *¡Por fin! ¡Victoria!*

En lo que todos los niños y los empleados rompen el círculo y se preparan para la caminata, Isaac me ayuda a levantarme. Se sigue riendo y yo manoteo el aire para apartarlo en broma.

—¿*Por qué te estás riendo?* —seño, poniéndome en puntas de pie para acercarme a su rostro. La sonrisa que terminó el juego está aún flotando en mi cara. Pero esto solo hace que se ría más fuerte, con una risa casi silenciosa, entrecortada, profunda y adorable—. En serio, ¿*risitas ahora*?

Isaac observa mis labios, leyéndolos con cuidado, y aprieta los labios, asintiendo.

Me planto bien en el suelo y seño rápidamente antes de que pierda el valor:

—*Okey, eso es lindo*.

Luego me voy deprisa, dejando ahí a Isaac, con una sonrisa.

CAPÍTULO TRECE

El clima en los días siguientes es irregular. El miércoles entran nubes de tormenta, pero logramos estar afuera casi todo el día. Sin embargo, para el jueves, una ligera llovizna se convierte en un verdadero aguacero. No nos queda más que hacer actividades en interiores o escondernos en la calidez de la cafetería para comidas largas. Después de terminar las actividades, casi todos los consejeros se reúnen en la cabaña del personal. Yo tomo mi chaqueta de mi litera y salgo para unirme a ellos, subiendo la capucha para cubrir mis aparatos de la llovizna persistente. Ethan e Isaac están en la fogata, peleándose con las gotitas para lograr que arda una llamita.

Ethan me ve observándolos y gesticula para que me acerque. Isaac y él no han logrado prender el fuego aún, pero ya juntaron una cantidad decente de leña húmeda. Ethan trae puesta una gabardina, mientras que Isaac está sentado en la banca, las piernas recogidas bajo un enorme poncho verde brillante.

—¿No se pudo? —digo en voz alta, recogiendo las mangas de mi chaqueta al acercarme.

—Nada está lo suficientemente seco —dice Ethan y seña—. Ahora vuelvo.

Se va trotando por el sendero en dirección al granero para hacer manualidades y el granero para bailar.

—¿Por qué estás aquí? Está lloviendo —digo y seño a Isaac.

—*Ya casi deja de llover.* —Sube los hombros—. *¿Te quieres* _____? —pregunta, junto con una seña familiar en forma de *Y* que en este momento no recuerdo.

—¿De nuevo?

—¿*Q-u-e-d-a-r?* —seña con los dedos.

—*Cierto, quedar.* —Sonrío—. *Tal vez...*

Para hacer más atractiva la propuesta, Isaac se levanta, mete la mano en su mochila y saca su toalla de playa, extendiéndola encima de la banca empapada para que yo me siente. También arranca unas cuantas hojas de papel de un cuaderno de dibujo viejo y las hace bolitas con las manos, acercándose al círculo para lanzarlas debajo de los trozos grandes de leña. Toma un encendedor que estaba cerca de mi pie, lo seca con la orilla de la toalla y se queda en cuclillas cerca del fuego, como una ranita verde.

Las llamas consumen las hojas y muy pronto arde un fuego de verdad. Isaac salta, extendiendo ambos brazos hacia la fogata, mostrando su creación. Se agacha de nuevo para avivar el fuego, metiendo más hojas arrugadas al interior.

—*Buen trabajo* —seño. No puedo dejar de mirarlo, divertida a morir, así que señalo su atuendo—. ¿De dónde sacaste esto?

—*Ni idea. Es superviejo.*

Se sienta junto a mí y me inclino hacia el otro lado, pensando que los goterones que sentí eran de su poncho, pero resulta que la lluvia arrecia de pronto. Isaac desabrocha rápidamente algunos de los botones de plástico del costado de su poncho. Lanza la desmantelada manta verde sobre nuestras cabezas y espaldas, y nos acurrucamos juntos.

—*Pensé que ya había dejado de llover...* —seño, pero no me importa realmente porque estamos bastante cómodos en este momento.

—*Ups. Ojalá pronto* —seña con una sola mano. Devuelve la mirada al fuego—. ¡Aún sigue!

—*Por ahora.* —Miro alrededor, dándome cuenta de que Isaac y yo hemos estado solos un rato—. ¿A dónde fue Ethan?

—*No sé.* —Pero Isaac no mira alrededor. En cambio, cruza las piernas y gira el cuerpo en la banca para quedar sentado frente a mí, pero no dice nada. ¿Me quiere decir algo?

Espero todo el tiempo que puedo soportar cómodamente su mirada, hasta que seño con una sonrisa:

—¿*Qué pasa?*

Él se encoge de hombros.

—*Un largo día de lluvia.*

Asiento con la cabeza, de acuerdo.

—*¡Cuántos brazaletes!* —Isaac levanta el brazo tapizado de unos veinte brazaletes que no fueron tan artísticamente trenzados por sus campistas. Tomo un momento para presumir y mostrarle mi colección igual de grande.

—*Mi campista Dulce hizo como ocho de estos* —seño.

Él señala uno hecho con cinta adhesiva de colores y levanta las cejas cuestionándome.

—Ah —digo—. *Yo hice ese. ¿Se ve bien?*

—*Lindo.* —Isaac sonríe, pasando los dedos encima del tejido uniforme—. *Tienes que hacerme uno.*

Junto los labios, intentando no verme muy emocionada.

—*Seguro, sí.*

Se asoma fuera de nuestra cubierta para mirar el cielo.

—*¡Ya quiero que acabe!* —Me mira de nuevo, los ojos grandes y sinceros—. *Si tenemos que jugar más cosas en interiores mañana...* —Sacude la cabeza—. *No, gracias. Pero* —empieza, con un destello en los ojos— *te ganaré todas las veces en "Cariño, si me amas".*

—*No, no, no* —seño, juntando los dedos muy cerca de su rostro—. *Cuando juguemos otra vez, ganaré yo.*

—*¿En serio? ¿Estás segura?* —Endereza los hombros hacia mí otra vez y se inclina hacia adelante. Puedo ver su aliento en el aire frío—. *Cariño..., si tú...*

—*Nooooo...* —Hago la seña una vez, pero conservo la forma de la O en mi boca. Luego me empiezo a reír.

—*Ves, gané otra vez.*

—No estaba jugando —digo y seño, sin ningún intento por dejar de reír.

Ethan sigue sin aparecer. Tal vez no planeaba regresar. De alguna manera, el fuego sigue encendido: una pequeña luz contra la oscuridad del cielo nublado. Da la ilusión de que estamos anidados en un espacio pequeño, en lugar de un parche de campo abierto. Estamos solos Isaac y yo. Y tendremos guardia mañana en la noche, otra vez. Tal vez estemos solos mañana también.

—¿*Qué pasa?* —Es el turno de Isaac de señar. Volvemos a este punto. Me río y volteo a ver el fuego, pero él me distrae—. *¿Qué?*

—*¿Qué de qué?*

—*No, esa es mi pregunta.* —Sonríe.

—*Yo también pregunto.*

Isaac ladea la cabeza, deja caer un hombro y permite que su mano roce mi rodilla. El fuego crepita, mandando algunas chispas en nuestra dirección. Él se asegura de que no me haya caído ninguna antes de buscar mis ojos otra vez.

—*Tú sabes, verdad...* —seño, y luego murmuro la parte que más me pone nerviosa compartir—. Que me gustas.

Isaac contempla mis labios con atención y sus ojos se vuelven enormes.

Seguro que ya lo sabe. Ay, dios, mi corazón late muy rápido. ¿Acabo de cometer un grave error?

—*¿Puedes repetir esto?* —Le tiemblan las manos un poco. Parece estar conteniendo el aliento.

—*¡Olvídalo! Mira, tu fuego todavía está prendido.* —Me giro, ocultando brevemente el rostro.

Pero extiende la mano y me pide que lo mire.

—*Pero ¿qué es lo que sé?*

—Eh... —Me va a hacer decirlo otra vez. Y en realidad sí me sé todas las señas para formar esa oración.

¿Será muy pronto para decirle a Isaac cómo me siento? ¿Será muy pronto para siquiera tener estos sentimientos? La verdad, no lo sé. El tiempo pasa diferente en el campamento de verano. ¿Cuánto tiempo llevamos aquí? ¿Solo unos días?, ¿unas cuantas semanas? También se siente como si hubiera pasado una eternidad. Los límites y las barreras de la vida cotidiana dejan de existir. Y, vaya, hasta dormí en la cama que estaba arriba de la suya la primera semana, así que eso nos acercó instantáneamente.

Pero esto no va a durar para siempre. Pasamos una cantidad finita de semanas en el campamento. Y luego todo acaba.

Dada esa cronología, es probable que no esté tan loco admitir mis sentimientos abiertamente. Podría dejar pasar un tiempo y esperar a que algo se dé. O podría decir algo. Es posible que él sienta lo mismo que yo.

El juego. El abrazo en la piscina. Buscar mi mano en el autoservicio. Sentarse tan cerca de mí en este momento.

—¿Qué? —pregunta de nuevo, inclinándose todavía más hacia mí.

Me tiembla la mano al acercarla a mi pecho.

—*Creo que...* —Está pendiente de cada palabra—. *Creo que me gustas.*

Ese es el momento en que Isaac sonríe. Y mi corazón está a punto de estallar.

Pero entonces arruga el ceño y sus manos empiezan a volar, señando tan rápido que me pierdo por completo.

—Eh, perdón, ¿qué? —digo—. *Despacio, por favor, perdón, de nuevo.*

—*Nosotros no* _____.

—¿Nosotros no? —De inmediato me salgo de abajo del poncho y me quedo parada en la lluvia.

Isaac se levanta de un salto y sacude la cabeza, queriendo aclararlo.

—*No n-o-s* —deletrea.

—¿No nos?

Él asiente. ¿A dónde va con esto? ¿Para qué abrí la boca? Estoy lista para salir corriendo, pero me hace gestos para que me quede.

—*No conocemos realmente* —seña Isaac, en un gesto que nos señala a él y a mí.

No puedo creer lo que está pasando. Me equivoqué por completo al leer la situación y seguro no siente lo que yo pensé. Me siento tan avergonzada que ni siquiera lo puedo mirar a la cara.

—¿Realmente no nos conocemos? —pregunto. Isaac lee mis labios y asiente.

Debo haberlo tomado por sorpresa, pero ¿por qué está siendo tan contradictorio? Me voy a ir, pero me alcanza y toca mi brazo.

—*A-ú-n.*

—O sea, ¿no... te gusto? —digo. Las palabras debieron salir en susurros, pero no importa. Siento los brazos demasiado pesados como para señar.

—*No dije eso.* —Se ve descolocado, confundido, fuera de su zona de confort.

—Está bien —digo y seño, encajándome el pulgar en el pecho—. *Olvídalo, no dije...* —No puedo recordar la palabra para "nada". Doy unos cuantos pasos hacia atrás.

Él llama mi atención, haciendo señas que incluyen la palabra "lento", pero el cerebro me da vueltas.

—*Espera* —seña, con una expresión apenada y asustada a la vez.

Tengo que salir de aquí. ¿Qué estaba pensando? Doy media vuelta, concluyendo de manera efectiva la conversación y me voy deprisa.

Isaac tiene razón. La verdad es que no nos conocemos aún. Pero antes de esto nos estábamos acercando, algo impresionante dado que a duras penas nos podemos comunicar. ¿Qué esperaba que pasara confesándole cómo me siento? Entre más lo pienso, ¿y si solo está intentando rechazarme sin herir mis sentimientos? En serio, no hay manera de que le guste también.

Ignoro lo que parece una fiesta en la cabaña del personal y me voy directo a la cama. Dirijo mi linterna con cuidado para evitar despertar a las campistas al subirme a mi litera. Colapso de cara contra la almohada, deseando poder dormir, pero sigo repitiendo toda la conversación con Isaac en mi cabeza una y otra vez. Repaso el recuerdo, analizándolo en exceso y cambiando su respuesta cada vez, desde un "realmente no nos conocemos" hasta un "no me gustas".

Y, por supuesto, tenemos otra guardia juntos mañana en la noche.

¿Cómo lo voy a mirar a la cara después de esto?

—Nop —digo, buscando a Simone a la mañana siguiente, durante el desayuno en el comedor atestado.

Me estampo directamente contra ella después de hacer un contacto visual accidental con Isaac, quien me sonrió de una manera tan compasiva que fue doloroso.

—¿Qué pasa? —pregunta Simone, llenando su plato de panqueques.

Bobby pasa cerca de nosotras y le doy un codazo:

—Te equivocaste.

—Alguien está de mal humor esta mañana —dice Bobby. Los dos saben que algo me tiene mal y esperan que elabore.

—Isaac no... —digo, dejando que ellos infieran de qué estoy hablando—. Y fue supervergonzoso y terrible, y no quiero hablar de ello.

—Okey, vayamos por más panqueques para ti —dice Simone, pasándome un brazo por los hombros.

Bobby pregunta bajito:

—¿Pero qué pasó?

—Dijo que no nos conocemos lo suficientemente bien. —Añado la única palabra a la que me he estado aferrando con toda mi esperanza—. Todavía.

Bobby se pasa la mano por el rostro.

—Ese dulce, dulce niño. ¿Es qué no sabe que ese es el punto? ¿Conocerse?

—Supongo que no —digo, llenando mi plato de miel de maple para ahogar mis penas.

En la mesa, Blake se aprovecha de mi apatía esta mañana para cubrir sus panqueques con una montaña de chispas de chocolate. Dulce le indica que no las tome todas, pero Blake la ignora.

Alguien me toca el hombro y me preparo en caso de que sea Isaac. Pero es Oliver.

—Hola, amiga. ¿Tienes ganas de hacer algo más tarde? Tengo un par de cosas que contarte. —Se ve como si se estuviera muriendo por contar algo.

—¿Ah, sí? —Estoy intrigada y me da gusto tener una distracción.

Él sonríe ampliamente, pero nota mi mal humor.

—Y también platiquemos de lo que sea que claramente te está molestando.

—Sí, por favor. Ay, espera..., no. Desafortunadamente, tengo guardia hoy en la noche.

—Qué pesado —dice Oliver.

—Pesadísimo. Pero al parecer todo el personal descansa mañana en la noche, ya que el director y la enfermera estarán cuidando a los campistas. Dijeron algo de un restaurante... ¿Freddy's, creo? Deberías ir y así nos ponemos al corriente.

—Perfecto, te veo mañana. —Sonríe Oliver—. Bueno, y en el lago como en una hora. Y probablemente en la piscina... y en cualquier actividad acuática.

CAPÍTULO CATORCE

Después del desayuno pasamos un par de horas en el lago. Mientras los campistas nadan y están en la piscina, observamos a la distancia a los benefactores potenciales que llegan para la comida de Gary y se encuentran en las mesas de picnic bajo el enorme pabellón. Los campistas los miran con la misma atención que estos extraños nos miran a nosotros. Gary está ocupado corriendo por todas partes y acomodando comida en charolas metálicas, mientras uno de los invitados está parado frente al asador. Probablemente hay alrededor de quince personas. ¿De dónde los sacó Gary? ¿Qué tanto dinero necesitamos que den todos? Parece que muchos de ellos están aquí con sus familias. No se siente nada bien necesitar su caridad, pero, al mismo tiempo, sí se necesita para asegurar que Lobo Gris sea barato y accesible para la mayor cantidad de campistas posibles.

Cuando llega la hora, juntamos nuestras cosas y caminamos una corta distancia hasta donde se han congregado los visitantes. Mackenzie saca de su mochila su camiseta polo gris del campamento, toda arrugada, y yo hago lo mismo con mi camiseta de campista, que todavía tiene las letras que le pegó Isaac con cinta. Pero intento sacar de mi mente a Isaac y lo que sea que sienta por mí para poder sobrevivir a la comida.

En el pabellón, nuestra cabaña elige una mesa al fondo, y todas nos sentamos juntas. Gary intenta indicarnos discretamente que dejemos espacio en cada mesa para nuestros huéspedes, pero todos los demás grupos se amontonan entre ellos también, sin ganas de sentarse mezclados con los benefactores. No nos culpo. Todos nuestros visitantes parecen ser de los que escuchan, y ninguno ha demostrado tener conocimiento de lengua de señas, aunque sí alcancé a ver un aparato auditivo de color claro en uno de los hombres mayores.

Mackenzie nos intenta coaccionar a algunos para que vayamos a platicar con los posibles benefactores, pero ninguna de las niñas la sigue, así que se va por su cuenta y parece estársela pasando de maravilla. Fuera de Mackenzie y Gary, el resto de nosotros no estamos de humor para socializar, pero el subdirector Ethan está siendo lo más profesional posible.

Cuando la comida está lista, Ethan pide atención, guiando todas las miradas a él.

—Nos sentimos muy agradecidos por tener hoy aquí a nuestros invitados especiales —dice y seña—. Y todavía más agradecidos porque nos ayudaran a preparar el almuerzo. Sé que todos nos estamos muriendo de hambre, así que dejaremos que los niños vayan y se formen por su comida mientras Gary les cuenta un poco más sobre el Campamento Lobo Gris.

Gary se para junto a Ethan y da un breve discurso introductorio mientras nosotros nos formamos para comer. Pero al volver, Gary acomoda a todos los campistas y empleados en un solo lado de las mesas para que nuestros huéspedes se puedan sentar frente a nosotros.

Y, por supuesto, apenas alcanzo a dar unas cuantas mordidas a mi hamburguesa cuando una pareja se me acerca.

—¿Están ocupados estos lugares? —pregunta un viejito jovial con una incipiente calva canosa. Una mujer que sospecho es su esposa se queda esperando de pie, cerca de él. Parecen unos abuelitos amables, de esa clase que pasa casi todo su retiro trabajando como voluntarios.

—Por favor, siéntense con nosotras —dice Mackenzie del otro lado de la mesa cuando nuestras campistas, demasiado tímidas, no les contestan o más bien no escuchan al hombre.

—Nos encantaría. —El hombre se inclina hacia adelante para dejar su plato, sentándose con cuidado en la banca—. Soy _____ —dice—. Y esta hermosa damisela es mi esposa, _____.

—Mucho gusto en conocerlos, Bill y Susan —dice y seña Mackenzie. Es muy útil que sea una de esas personas que repite los nombres después de conocer a alguien.

Todos los demás toman asiento. La mayoría de los benefactores potenciales no parecen estar seguros de con quién podrían conversar, y los campistas, que por lo general hablan mucho, hoy están muy reservados. Yo quiero hacer lo mismo, pero también sé qué está en juego en esta comida y me obligo a hacer mi mejor esfuerzo por participar en la conversación, sobre todo asintiendo a lo que Mackenzie habla.

—Sí, estoy estudiando para ser intérprete. Este campamento es un lugar magnífico para practicar. Es casi una rareza poderme sumergir de esta manera en la lengua de señas. Es una experiencia maravillosa. —Hace que suene como si el verano entero fuera tarea y nosotros un experimento, en lugar de solo niños discapacitados que disfrutan su tiempo al aire libre.

Susan está sentada justo frente a mí, intentando llamar mi atención mientras le doy un trago a mi botella de agua.

—¿Qué? —pregunto.

—¿Tu camiseta se está lavando? —repite.

—¿Mi camiseta?

—La camiseta polo —aclara.

—Ah, no teníamos suficientes. —Me vuelvo para enseñarle la cinta de aislar que prácticamente grita "dona un poco de dinero para que tenga una polo el próximo año"—. Además, solo soy consejera junior este verano, así que funciona.

—Interesante. ¿Eso quiere decir que eres nueva este año? —pregunta Bill.

—Bueno, fui campista. Pero ahora tengo diecisiete... Bueno, cumplo dieciocho en el otoño, y sí. —*Supercoherente, Lilah*—. Bueno, soy consejera junior.

—Impresionante —dice Susan, verdaderamente orgullosa por alguna razón—. ¿Entonces serás consejera senior el verano que entra?

—Me gustaría serlo.

Bill le da una mordida a su *hot dog*. Dice algo antes de terminar de masticar, así que sostiene su servilleta frente a la boca al hablar. Yo sacudo y ladeo la cabeza. Bill se limpia la barba, deja la servilleta y repite lo que dijo:

—¿Te gusta ser campista?

—Es genial. Es un lugar importante para conocer a otras personas como yo. —Espero que mi respuesta no suene demasiado ensayada, pero eso es lo que quieren oír, ¿no?

—Por supuesto —dice Susan. Toma un trago de soda, formulando su siguiente idea—. Entonces, ¿tienes una discapacidad auditiva?

—Sordera parcial —la corrijo, aunque también me molesta esta terminología. Se siente tan médica y anticuada, más apta para la gente mayor que para alguien tan joven como yo. La gente que escucha también tiene la idea equivocada de que estos términos significan que mi pérdida auditiva no es significativa y que simplemente gritar compone todo, cosa que está lejos de ser correcta. Así que sobre todo uso "sordera parcial" solo cuando me preocupa no ser "lo suficientemente sorda" para usar la palabra "sorda". Ya que mi audición no llega a una sordera profunda de noventa decibeles, algunos podrían argumentar que mi pérdida severa no se puede diagnosticar como sordera, lo cual me hace sentir que tengo que andarme con cuidado respecto a mi propia identidad.

Bill toca con el codo a su mujer.

—Decir "discapacitado" ya no es políticamente correcto hoy en día.

—Lo siento mucho —dice Susan—. ¿Usas aparatos auditivos?

Tengo el cabello suelto, encrespado por el lago, y cae por encima de mis hombros. Lo quito después de dejar el tenedor en mi plato, girando la cabeza para mostrar ambos aparatos.

—Mira, son morados —dice Susan—. Qué divertido, escondidos atrás de todo ese hermoso cabello. Nunca me lo hubiera imaginado viéndote tan bonita.

—¿Desde cuándo los tienes? —pregunta Bill.

—Eh, desde que era bebé.

—¿Te gustan? —pregunta—. ¿Funcionan bien? Uno de mis amigos necesita conseguirse un par, pero sigue postergando ir al doctor.

—Audiólogo —digo entre dientes.

—¿Cómo? —pregunta Bill.

—Audiólogo —repito.

—Correcto, ese. —Suelta una risita—. A lo mejor yo también necesito que me revisen los oídos. Es como siempre le digo a mi nieto, que no debería escuchar la música tan fuerte con sus audífonos esos enormes o lo va a lamentar más adelante en su vida. —Bill da otro mordisco a su *hot dog* para terminarlo.

Bill no se da cuenta de que acaba decir que no quiere que su nieto se convierta en alguien como yo.

—¿Utilizas otros recursos? —pregunta Susan—. ¿Lees los labios?

Eh, sí, les he estado leyendo los labios todo este tiempo. Sé exactamente qué viene ahora.

Sin emitir ningún sonido, Susan contorsiona excesivamente su boca y pregunta despacio:

—*¿Me... puedes... leer... los... labios?*

Asiento por cortesía y tomo otro bocado de mi plato, lo suficientemente grande para que no esperen que hable. ¿Será qué Mackenzie ya no va a decir más nada? Desafortunadamente, ya está metida en una conversación con otros benefactores que necesitan que interprete para poder hablar con Dulce.

—Así que diecisiete —dice Bill—. Eso quiere decir que ya casi acabas *high school*. ¿Estás pensando ir a la universidad?

—Voy a entrar a mi último año. Sigo pensando a qué lugares aplicar, pero tengo un par en mente. —No es relevante que en la actualidad, con mis calificaciones, algunos de esos lugares quizás estén fuera de mi alcance.

—Bien, muy bien —dice—. Ve a la universidad.

—Sí —agrega Susan—. Hablas muy bien. Seguro te irá bien.

—¿Hablo muy bien? —repito. Odio lo que está queriendo decir. Susan se pone nerviosa y trata de encontrar qué responder.

—Sí, bueno, digo, ¡mírate! —dice alegremente—. Uno ni siquiera se daría cuenta de que eres sorda. Sin duda no suenas como sorda. No tendrás problemas en la universidad.

Esta mujer no sabe nada de mí, y sin embargo no tiene ningún inconveniente en hacer esta clase de suposiciones y todavía expresarlas. ¿Cree que soy inteligente porque hablo con claridad?

—Tengo herramientas que uso en la escuela y seguiré usando en la universidad. —Me levanto con mi plato—. Eh, Ethan me acaba de llamar. Tengo que ayudarlo con algo —miento, pero necesito sacar un poco de vapor.

—Claro, no hay problema —dice Bill—. Un gusto conocerte. Perdón, creo que no pesqué tu nombre.

—Lilah.

—Un gusto conocerte, Lilah —dice Susan—. Seguiremos rezando por todos los discapacitados.

Ahora sí me voy, echando humo. Ya he oído bastantes ocasiones en mi vida ese "hablas bien". Creen que es un cumplido, pero lo que quieren decir es que, como "hablo bien", no sueno sorda y entonces no sueno tonta. No hace mucho, la etiqueta era "sordo y tonto". Ah, esa suposición equivocada de que las personas que usan una forma visual de comunicación no son tan inteligentes. Esa presión detrás de la oralidad y la audición... es absurda y está mal, punto.

Además, no siempre "hablo bien". Hablo entre dientes sin darme cuenta, y mucho. Los que escuchan esperaban que pasara años en terapia de habla para llegar a donde estoy ahora. No saben cuánto cuesta parecer una persona "normal" que escucha. Mi cerebro tiene que trabajar el doble y procesar muchísimo solo para tener una conversación "normal". Pero yo hago todo eso, y ellos rara vez ofrecen alguna adaptación, aunque tales medidas beneficiarían a todos.

El hecho es que tengo una pérdida auditiva significativa. Una que afecta mi vida, sin importar qué tanto haya trabajado para poderme adaptar bien. No es similar a la de alguien que haya perdido algunos decibeles por escuchar la música fuerte. Con decirme que parezco "normal" no solo minimizan mi discapacidad; me dicen que no encajo en las expectativas bajas que tienen para las personas con alguna discapacidad. Eso no me da orgullo.

Me voy directo hacia Ethan y me apoyo en su hombro izquierdo.

—Oye, ¿puedes venir un momento?

Ethan parece aliviado de que lo rescate. Al levantarse, ve la expresión en mi rostro, que aparentemente no necesita explicación. Respira hondo.

—*Está rica la comida, ¿verdad?*

—*Está rica* —seño.

Nos vamos a la barra de la comida, donde Ethan se sirve más papas a la francesa. Ahora que ya estamos más lejos, estoy lista para empezar a quejarme.

—No va a haber más comidas el resto del verano, ¿verdad?

Ethan suspira de nuevo, pero sacude la cabeza y levanta una mano, indicando que debería parar.

—Yo sé. Créeme, lo sé —dice—. Y ojalá sea el último evento, pero tendremos que ver qué pasa.

—Siento que estoy en una obra de teatro, representando mi discapacidad para recibir caridad.

—*¿Te gustó venir como campista?* —pregunta.

—*Sí...*

—*¿Quieres que este lugar siga abierto para que otros niños vengan?*

—*Sí, claro*.

Respira hondo, baja la voz y se vuelve de cara al lago. Yo lo sigo para leer sus labios.

—Entonces, pensemos dos veces antes de insultar a las personas que podrían firmar los cheques para que eso sea posible.

~~~

Al final del día, de vuelta en las cabañas, sigo temiendo mi turno del viernes en la noche con Isaac. No he tenido ánimos en todo el día, preocupada por el futuro de Lobo Gris y nerviosa por mi situación con Isaac. ¿Para qué le dije que me gusta? Si no lo hubiera hecho, esta noche sería un excelente momento para estar juntos y relajarnos y olvidarnos de lo estresante que fue la comida. Pero, en cambio, no tengo idea de qué esperar. Además, las niñas se estuvieron peleando todo el día. Blake ya bajó el tono, pero no lo suficiente. Cada vez que parece que ya se disipó la tensión, algo la dispara nuevamente. Y aunque mi comunicación ya es más firme con los campistas que señan, Mackenzie sigue pasando por encima de mí para interpretar cuando no es necesario.

—Yo te aviso cuando necesite ayuda —le digo, después de que ya le contesté a Dulce con señas que puede usar su linterna para leer en la cama unos cuantos minutos. La hora de irse a la cama es un momento pesado cada día, y eso sin Mackenzie encima de mí todo el tiempo.

—Bueno, me tengo que asegurar —dice Mackenzie.

Sacudo la cabeza, pero bajo los ojos para ver mi reloj. Ya son las 9:20 p. m., y mi turno empieza en diez minutos.

—Agh, ¿me dará tiempo de bañarme? —me pregunto a mí misma en voz alta, sintiéndome sucia y exhausta, pero sin ganas de andar a las carreras.

—No sé. Tienes que asegurarte de llegar a tiempo para la guardia —interviene Mackenzie.

La ignoro y me apuro a tomar de mi cama mi toalla, ropa limpia y las cosas del baño. No es el fin del mundo si llego unos cuantos minutos tarde a la fogata o a la cabaña del personal, ya que todavía están ahí muchos de los demás consejeros. Pueden ayudar si los campistas necesitan algo urgente. Con mis sandalias, camino lo más rápido y lo más seguro que puedo sobre el terreno desigual hasta las duchas.

Las farolas alumbran poco y titilan. Me hace extrañar mis días de campista cuando un consejero estaba sentado en la entrada en una silla de plástico, esperando a que todos termináramos de bañarnos. Se siente un tanto tenebroso estar aquí sola. Pero hasta esto me parece menos aterrador que la idea de sentarme otra vez en la fogata, con Isaac.

Cuelgo mi toalla y descorro la cortina de una de las duchas. Me dejo las sandalias puestas mientras me desvisto para no pisar el piso sucio. Tal vez si el campamento tuviera mejores duchas estaríamos menos inclinados a considerar que sumergirnos en el lago o en la piscina es una buena lavada. Después de dejar mi ropa y mi toalla en el gancho, y de colgar mi cubeta con cosas para el baño, abro el agua. Me muevo tan rápido como puedo, pero se agota el tiempo.

Mi reloj dice que ya son las 9:28 p. m. Quedan dos minutos para que empiece mi turno.

Me meto bajo la ducha, pero la presión de agua es tan mala que puedo oírla salir a borbotones. Me acomodo el cabello hacia atrás para mojarme la cara.

Espera. *Puedo oírla salir a borbotones.* ¿Por qué la puedo oír? Muevo las manos del frente de la cabeza a mis oídos... y me doy cuenta de que traigo puestos los aparatos todavía.

—Mierda. —Me alejo del agua y me acerco peligrosamente a la asquerosa pared—. Mierda —repito. ¿Cómo se me pudo olvidar quitármelos?

Cierro la llave. No traje mi Dry & Store. Es una cajita gris deshumidificadora que tiene que conectarse a la pared, pero en ese entonces pensé que sería mucho trabajo. A lo mejor Ethan trajo la suya.

Sigo chorreando al ponerme la ropa que traía antes, en lugar de mi pijama. Seco los aparatos con mi toalla y dejo las cosas ahí en lo que corro de vuelta a las cabañas.

La pequeña fogata ya está ardiendo intensamente. Al correr junto a él, Isaac gesticula. Ya se cambió de ropa y se puso los pantalones de su pijama de franela a cuadros con una sudadera gris de Yosemite.

—*Oye, quiero hablar contigo* —seña, pero yo sigo caminando—. *¿Estás bien?*

—Es que... —Tengo en la mano los aparatos auditivos y se los muestro—. *¿Dónde está Ethan?*

Isaac se ve confundido, pero señala la cabaña del personal. Me voy corriendo y me encuentro a Ethan echado encima de una pila de colchones extra al fondo de la habitación.

—¿Qué pasa? —pregunta, enderezándose de inmediato—. ¿Todos bien?

Le enseño mis aparatos.

—¿Tienes tu Dry & Store?

Sí lo trajo. Ethan toma los aparatos para que se puedan secar en su cabaña durante la noche y puedan funcionar bien en la mañana.

Corro de vuelta a las duchas, me doy el baño más rápido de toda mi vida, dejo mis cosas en la cabaña y al fin, retrasada más de quince minutos, llego a la fogata para mi turno.

Isaac acercó la banca a las llamas y está moviendo la leña con una vara larga. No levanta la vista cuando me siento enfrente. No debí haber entrado en tal pánico por mis aparatos. Ya se han mojado otras veces y no les ha pasado nada. Daría lo que fuera por volver a ese momento y responder diferente cuando me dijo que quería hablar conmigo. Quizás solo estaba tratando de evitarlo nuevamente, por si no me gustaba lo que me quería decir. Pero pudo haber sido algo bueno o quizás algo completamente insignificante sobre nuestra guardia.

Nos sentamos a diez pasos de distancia, cada uno de un lado del fuego, ignorando la presencia del otro, hasta que al fin Isaac levanta la vista.

—¿Estás bien?

Asiento con la cabeza.

—¿Tus aparatos?

—Estarán bien.

Él desvía la mirada. ¿De qué quería hablar conmigo? Para nada le voy a preguntar, así que supongo que nunca sabré.

De pronto, caigo en cuenta del esfuerzo que ha hecho Isaac todo el verano para comunicarse conmigo, desde el día uno. Seguro no fue fácil para él. Pero ahora mi habilidad con la lengua de señas ha mejorado y de alguna manera aquí estamos Isaac y yo, sin comunicarnos.

Es incómodo a morir, pero a lo mejor puedo encontrar alguna forma de romper el hielo.

Gesticulo para llamar su atención.

—*Buen fuego. ¿Tú...?* —Él empieza a señar para interrumpir antes de que pueda preguntarle si lo hizo él.

—*Lo siento. Estoy cansado*. —Se recuesta contra la mesa de picnic, luego saca un Switch de Nintendo de su mochila y un Fruit Roll-Up de su provisión.

—Ah, okey —digo para mí misma, enterrando la cara en mi teléfono.

Pero cuando Jaden aparece unos cuantos minutos después, Isaac de pronto decide que sí quiere conversar, después de todo... Solo que no conmigo. Me quedo maravillada viendo sus manos volar a velocidad real.

Me pongo de pie para irme, con la idea de pasar el resto de mi guardia en otra parte, pero Jaden llama mi atención.

—*Ey, te puedes quedar con nosotros. Tú y yo no hemos conversado mucho.*

No logro distinguir por la vergüenza en el rostro de Isaac si ya les dijo a sus amigos lo que pasó anoche o si esta interrupción es coincidencia.

—*Si se quiere ir _____* —seña Isaac.

—*Está bien* —seño a Jaden—. *Gracias, pero mejor después*.

Casi todos están pasando el rato en la cabaña del personal, a excepción de Mackenzie, que probablemente se fue a acostar temprano. Ethan y Gary están en una mesa plegable cuadrada en un rincón, revisando unos papeles. En las dos sillas extra junto a ellos hay una pila de cajas de *pizza*.

—Ah, súper. Mucho mejor aquí —digo, tomando una rebanada de *pizza* y sentándome en el suelo junto a Simone.

Me pregunta algo, pero le indico que no traigo mis aparatos, así que repite más fuerte:

—¿Incómodo?

—Ajá —digo. Sabe exactamente de quién me estoy escondiendo.

Bobby está recostado en una de las camas vacías.

—Muy bien, juguemos o hagamos algo.

—Está bien, ¿qué hacemos? —Le doy una mordida a mi *pizza*.

Pero Natasha, recostada en la pared del otro lado de la cabaña, gesticula para llamar mi atención.

—*¿Isaac está allá afuera?*

Asiento con la cabeza.

—*¿Por qué estás aquí adentro?* —Junta las cejas en interrogación.

Okey, Isaac..., ¿qué tanto les dijiste a tus amigos? Y yo que pensaba que esto no podría ser peor. Supongo que las noticias vuelan en un pequeño grupo de personas en un campamento.

—*No me quiere ahí*. —Me vuelvo hacia Simone porque no quiero contestar más preguntas molestas, pero antes de darme cuenta, Natasha está parada frente a mí, ofreciéndome su mano para que me levante.

—*Anda, llevemos pizza* —seña Natasha, mirando en dirección a la fogata.

—¿*En serio?* —pregunto—. *Es raro.*

—*Estás bien, anda.* —Levanta la caja de pepperoni—. *Llévate la de queso* —dice y seña—. *A Isaac no le gusta el pepperoni.*

Arrastro los pies, pero la sigo afuera de la cabaña. Solo que de camino a la fogata veo a una campista saliendo de su cabaña. Es muy tarde para que estén por ahí.

—Necesito ver si esa niña está bien —le digo a Natasha, señalando en esa dirección—. Pero prometo que los veo en un momento. En serio, lo prometo.

Natasha parece dudar, pero seña:

—*Okey, está bien.*

Me apuro a cumplir con mis responsabilidades de guardia. Natasha puede ir con sus amigos mientras tanto, y todos pueden estar juntos sin que yo los obligue a señar lento y que estemos todos incómodos.

La niña es Phoebe, una de las campistas ciegas de Simone, la que es un año más joven que yo. Camina rápidamente, el bastón extendido. Su cabello sigue en una cola de caballo baja, pero ya dejó sus lentes negros rudos.

—¿Estás bien? Me estoy acercando ahora. —Le doy un aviso, pero no escucho lo que empieza a decir, así que hablo yo—: Lo siento, no traigo ahora mis aparatos auditivos. Un segundo. —Llego hasta ella, donde pueda leer en sus labios lo que está diciendo—. Hola, soy Lilah. Perdón, ya puedo escucharte un poco. ¿Qué pasó?

—Ah, okey. —Phoebe duda, pero cuando habla de nuevo es prácticamente un susurro. A duras penas mueve los labios.

—Lo siento, ¿podrías hablar más fuerte?

—Solo voy al baño —grita, ya impaciente.

—¡Sí, por supuesto! Error mío. Debí adivinarlo. ¿Necesitas ayuda? Sé que hay una bajada en el sendero más adelante.

—Nah, estoy bien. He estado viniendo por diez años y el lugar es el mismo, así que...

—Por supuesto. Eres Phoebe, ¿cierto?

—Ajá —contesta fuerte—. Y sí llamé para ver si había alguien cerca, pero luego pensé que solo iría al maldito baño. Ya sabes, deambularía en esa dirección y eventualmente alguien encontraría mi cuerpo.

—Qué siniestro. —Se me abren los ojos como platos, pero me divierte el comentario.

—Lo sé. —Se ríe nerviosa, como para asegurarse de que haya entendido que es broma.

—Bueno, te dejo seguir. Si necesitas cualquier cosa, siéntete libre de gritar tan fuerte como quieras. Prometo que hay varias personas que te escucharán y se despertarán.

Phoebe olfatea el aire.

—¿Eso es *pizza*?

Miro la caja que estoy sosteniendo.

—Ah, sí. Pero ¿no ibas de camino al baño?

—Sí, sí. Pero no quiero ir a dormir. Las nueve de la noche es muy temprano para irse a la cama.

—Tal vez podamos conseguir que te den permiso de desvelarte una noche.

—Lilah, tienes básicamente mi edad. Deja de hablar como una adulta rara.

—Ja. Lo siento. La mayoría de las campistas con las que hablo son chiquitas. —Miro a la distancia hacia el baño—. ¿Necesitas ayuda el resto del camino?

—Nah, estoy bien —dice Phoebe, pero todavía no se mueve—. Oye, ¿y te gusta ser consejera junior? Yo quiero ser una el año que entra.

—¿Ah, sí? Te va a encantar.

—¿Cómo sabes? No me conoces —bromea.

—Y tú no me conoces a mí. Tal vez te asesine mientras duermes. —Diablos, a lo mejor igualé su humor negro con un toque demasiado oscuro. No puedo leer nada en su expresión en este momento; es muy seria. Solo porque le pueda hablar como a una igual, no quiere decir que nos conozcamos lo suficiente para bromear así.

Estoy a punto de disculparme por la broma cuando Phoebe suelta la carcajada.

—Supongo que no lo vería venir. O yo te asesino primero, ya que tú no me escucharías venir.

—Ah, *touché*. —Me cae bien esta niña. Tal vez nos hubiéramos hecho amigas si no hubiera faltado al campamento los últimos años—. Bueno, te veo luego.

La fogata queda más o menos a un tercio de una cancha de futbol, y Natasha está empujando a Isaac para que se pare, señalando en mi dirección. Él ve que estoy aquí con una campista y viene trotando. Camino hacia él en lo que Phoebe continúa su camino sin mí.

—¿*Está bien?* —me pregunta.

Echo un vistazo hacia atrás, observándola entrar al baño, y asiento.

—*Sí, solo es un viaje al baño.*

Él señala con la cabeza hacia la fogata.

—*Tenemos pizza.*

—*Lo sé* —seño, enseñándole mi propia caja.

—*Cierto.* —Se pasa una mano por el cabello oscuro y evita mirarme directamente cuando seña—: *Mis amigos quieren que te sientes con nosotros.*

—¿*Tú...* —digo y seño con una mano— *quieres que vaya?*

Ningún muchacho que oye se quedaría mirando tus labios tanto tiempo, a menos que te fuera a besar. Pero Isaac solo mira lo que digo.

—*Sí.* —Asiente nervioso—. *Sí, quiero que vengas con nosotros.*

Sonrío. Es buena señal.

—*Okey, voy en un momento.*

~~~

Phoebe vuelve a su cabaña. Ninguno de los otros campistas emerge esta noche, pero afortunadamente ni siquiera necesito excusas para alejarme de la fogata porque estoy aguantando bien.

Natasha y Jaden cargan con casi toda la conversación, pero los sigo bastante bien, todavía preocupada por participar y entonces volver lenta la comunicación. Pero siempre que me pierdo, Isaac parece saberlo intuitivamente. Levanta un solo dedo y toca una vez el costado de su cabeza, a la vez que sube las cejas, interrogante.

—¿Entiendes?

Si asiento, sonríe y vuelve de inmediato a la conversación.

Si arrugo el ceño y sacudo la cabeza, Isaac da marcha atrás y deduce qué me perdí.

—_____, *s-a-n-d-í-a, ya sabes, ¿la fruta roja y verde? Sandía. Jaden y yo jugamos beisbol con una grande y redonda. Yo la lancé alto y Jaden la bateó.* —Isaac gira sus hombros, cambiando los papeles para demostrar las acciones de Jaden, manteniendo las manos encima de la cabeza, imitando una espada—. *Uuush, la rebanó entera.* —Con movimientos cada vez más animados, incorporando más y más gramática de la lengua de señas, Isaac demuestra cómo la sandía explotó encima de Jaden y él, con pedazos pegados a su cabello y el jugo escurriéndoles por la cara.

—¿En serio? —Me río—. ¿De veras?

—Te lo juro, así pasó.

Miro a través del fuego, viendo cómo sus ojos se arrugan cuando sonríe. Casi se siente como al inicio del verano otra vez, antes de que yo hiciera que todo se volviera incómodo entre nosotros.

CAPÍTULO QUINCE

Los campistas están emocionados con el baile de esta noche —el primero del verano—, y los consejeros estamos ansiosos por salir después. Gary y la enfermera se quedarán en el campamento mientras los demás empleados tomamos la noche del sábado libre. Será nuestro primer descanso largo después de dos semanas con los campistas. Todas las conversaciones del día giran en torno a los planes para la noche.

Antes de comer, nuestra cabaña intenta decidir qué canción cantar en el concurso de talentos que será antes del baile. Y con "decidir" me refiero a discutir. Aunque todas traemos brazaletes de la amistad idénticos, no hemos logrado unirnos como grupo. Las niñas se centran en un éxito pop, pero Blake todavía no quiere ceder.

—Yo ni quiero cantar —se queja.

—Si no quieres cantar, ¿entonces qué importa si escogen esa canción? —pregunto.

—Está bien. —Cruza los brazos y se recuesta en el pasto mientras las demás niñas practican juntas en círculo. Pero me doy cuenta de que Blake canta siguiendo la música, solo se rehúsa a mover las manos.

Le insisto.

—Ey, prueba conmigo. Yo todavía tengo que aprender un montón de palabras también.

—No quiero.

—Okey, bueno, ¿qué más vas a hacer?

—¿A qué te refieres? —Se endereza.

—Bueno, todas vamos a cantar la canción. Entonces, ¿tú vas a bailar?, ¿cantar en voz alta?, ¿dormirte en el escenario?

Blake hace una mueca.

—¿Por qué haría eso?

—Te estás quedando dormida ahora, ¿no? —Sonrío, intentando convencerla de que se anime—. Anda, prueba cantar conmigo. ¡Podemos cometer errores juntas!

—Bueno, pero solo porque estás siendo supermolesta. —Blake sigue a las demás niñas, pero pronto se frustra y deja de hacerlo.

—*Quizás no es muy lista* —seña Dulce, riéndose con otra campista.

—¡Oye! —dice Mackenzie y seña, llamando la atención de Dulce—. *No seas grosera.*

—¿Qué dijo? —pregunta Blake.

Yo sacudo la cabeza, quitándole importancia.

—Nada, en realidad.

—*Quiero jugar mi juego favorito* —seña Dulce. Se gira hacia un lado para hacer como si hubiera un segundo jugador—. *Cariño, si me amas* —seña de vuelta en dirección a donde estaba parada, luego se gira de nuevo para ser ella otra vez—. *Las amo a todas.* —Les lanza besos a las demás niñas.

—Podemos jugar eso si nos queda tiempo antes del almuerzo, pero después de terminar esta canción —dice y seña Mackenzie.

—Está bien —le digo a Blake, que parece perdida—. Si en serio no quieres, no tienes que hacerlo.

Todo esto es realmente su decisión, pero ahora tiene una nueva determinación, quizás por sentirse excluida. Dulce ha sido una líder popular en el grupo, y es posible que Blake ya se haya cansado de luchar contra la corriente.

—No, lo voy a hacer.

Lo hacemos más despacio y empezamos desde el principio, y Blake hace un buen intento. Así que esta vez, cuando Blake se equivoca en una seña, Dulce se inclina hacia ella y repite la seña lentamente. Blake pone los ojos en blanco, pero la sigue, y Dulce confirma que Blake lo hizo correctamente. ¿No se están peleando? ¿De dónde salió todo este progreso? No sé, pero lo tomo. Es lo más cerca que han estado las dos de trabajar juntas en todo el verano.

~~~

Arranco trocitos de los bordes quemados de mi sándwich de queso, sin ganas de comer, cuando Ethan me da una palmadita en el hombro.

—Agarra tus cosas y finge que vas al baño..., pero encuéntrame allá afuera.

¿Pero qué...?

Ethan le murmura a Simone ahora. Le doy un último mordisco al sándwich, tomo mi mochila y dejo mi comida ahí. Si al inicio del verano me hubiera levantado sin más de la mesa, Blake habría notado mi ausencia de inmediato. Pero hoy se sentó entre dos de sus compañeras, en lugar de a mi lado.

Paso de largo ante la puerta del único baño en la cafetería y me voy directo a la puerta lateral. Doy un rodeo hasta llegar a la parte de enfrente, agachándome para evitar las ventanas. Isaac y Bobby esperan a una corta distancia de la entrada. Ethan y Simone vienen muy cerca, detrás de mí.

Nadie parece preocupado, así que me imagino que no se trata de una emergencia.

—¿Qué pasa? —digo y seño.

—Muy bien, ya son todos —dice Ethan y seña—. Se me ocurrió un nuevo juego: Buscar al Consejero. Básicamente son escondidas, pero a gran escala.

—¿Escondidas? —pregunto. Eso me trae recuerdos de estar sentada en un clóset o parada detrás de una cortina en la casa de mi abuela.

—Confía en mí, a los niños les va a encantar —continúa Ethan—. Ustedes cuatro vayan a esconderse donde quieran en el campamento. Después de la comida mandaré a los campistas a encontrarlos. Van a buscar en grupos con los consejeros restantes. Así que tengan sus teléfonos con ustedes, en caso de que el juego termine y ustedes sigan escondidos.

Baja la vista hacia su reloj y dice:

—Les quedan unos diez minutos para prepararse, así que… ¡buena suerte! —Ethan nos echa de ahí, indicando que debemos apurarnos para encontrar dónde escondernos ya.

Bobby sigue el sendero y se mete en el granero para bailar que está cerca. Simone corre hacia la piscina. Isaac se arranca la gorra de beisbol, la sostiene contra su pecho y empieza un esprint en dirección a las cabañas. Así que… supongo que iré al lago.

Pero ¿dónde me voy a esconder? ¿Quizás detrás de una canoa? Pero eso queda más allá de la parte acordonada del lago y no veo a Oliver ni a Ben por ninguna parte, así que no les permitirían a los campistas buscarme por ahí de todas formas. No quedan muchas opciones, excepto las mesas de picnic, que no ofrecen gran cobertura.

Me dirijo de vuelta hacia el puente haciendo una pausa para recuperar el aliento. Estos lugares están muy separados. Los campistas seguro empezarán el juego en cualquier momento.

En la base del puente hay un tronco gigante y hueco, cuya abertura da la espalda al sendero. ¿Qué clase de animalitos lo habrán vuelto su hogar? Es probable que pueda asomarme a ver si viene alguien hacia acá y seguir escondida lo suficiente para evadir a los campistas que busquen en el lago. Así que me salgo unos cuantos pasos del camino y rodeo el tronco del árbol. Pero cuando asomo la cabeza, alguien me está mirando.

—¡Ahhh! —grito, e Isaac suelta un grito ahogado.

—*Shhh* —Salta y me toma por los hombros.

Siento que se me va a salir el corazón, así que me pongo una mano en el pecho y respiro pausadamente varias veces.

—¡Me asustaste!

—¡Tú me asustaste! —seña Isaac. Revisa su reloj y se acuclilla de nuevo para meterse en el tronco.

No tengo idea de dónde esconderme, pero cuando me alejo, Isaac se inclina hacia mí, llamándome para que me quede ahí con él.

"Podría estar un poco apretado", me digo a mí misma.

Isaac se agacha y se sienta con la espalda contra el tronco, las rodillas pegadas al pecho. Yo hago lo mismo y aprieto mi mochila contra mis piernas, asegurándome de que las correas no estén visibles y delaten nuestro escondite. Queda a duras penas suficiente espacio para que nos sentemos lado a lado, pero aun así Isaac se tiene que encorvar hacia adelante. Desearía haberme puesto hoy *leggings* en lugar de *shorts*, sabiendo perfectamente que me estoy condenando a un millón de picaduras de insectos.

—*Es un nuevo juego divertido, ¿no?* —seña Isaac, apenas capaz de girarse y mirarme de frente, dado que su hombro está incrustado en el mío.

Yo asiento, insegura de qué tanto vamos a platicar. Anoche, en la fogata, estuvo decente, así que avanzamos algo.

Sentados juntos aquí en el árbol, Isaac mete la mano en el bolsillo, se vuelve a poner la gorra y empieza a buscar algo en su teléfono. Supongo que no vamos a hablar. Intento pensar en cualquier otra cosa que no sea *¿le gusto o no le gusto?*

Luego vibra mi mochila. Con cuidado para no darle un codazo a Isaac, abro el zíper de mi mochila y saco el teléfono.

Y así es, tengo un mensaje de texto —el primero— de Isaac.

Isaac: Y... ¿por qué trataste de robarme el lugar?

Tiene el ceño fruncido de una forma divertida. Yo ladeo la cabeza, pero él señala mi teléfono.

Lilah: Claramente no sabía que estabas aquí ¡porque casi me matas del susto!
Isaac: Se supone que no debes gritar cuando juegas escondidas. Creo que les hace saber a todos dónde estás...
Lilah: Qué bueno que tal vez nadie me oyó :)
Todavía tengo el corazón acelerado de tanto correr.
Isaac: Ups lo siento

Empuja mi hombro con el suyo a manera de disculpa, lo que por supuesto no ayuda en esta situación. Más vale que nos encuentren los campistas antes de que me muera en este árbol.

Siento que llegamos al punto donde las conversaciones que hemos tenido invariablemente se apagan. Me siento nerviosa y no sé qué decir después. Aun cuando a duras penas nos conocemos, siento que lo conozco desde siempre.

No he contestado el último mensaje de Isaac, así que deja su teléfono sobre sus piernas. Voy a esforzarme un poco más en esto.

Lilah: Y entonces…, ¿perros o gatos?

Isaac toma su teléfono tan rápido. Yo me vuelvo para ocultar mi evidente sonrisa.

Isaac: Mmm.
Lilah: Obviamente, perros.
Isaac: Mal, la respuesta es gatos.

Incluye un GIF de un gato diciendo "hola" con la patita.

Isaac: ¿Dulce favorito? No pueden ser M&M'S.
Lilah: Excepto que sean jelly beans de pay de queso con fresas.
Isaac: ¿Jelly beans de pay de queso?
Lilah: No digas no hasta probarlo.
Isaac: Bueno. ¿Vacaciones favoritas?
Lilah: Mmm me gusta viajar por carretera.
Isaac: ¡A mí igual! Sobre todo ir a caminar a parques nacionales.
Lilah: De ahí la sudadera de Yosemite que tienes.

Él asiente varias veces y se gira hacia mí.
—*Mi favorita*.

Lilah: Okey, ¿color favorito?
Isaac: Verde. Y el tuyo es morado.

Levanta la vista y señala mis aparatos auditivos, la liga morada en mi cabello y varios de los brazaletes en mi muñeca.

Me tiembla la mano al señar:

—¿*Ves? Sí me conoces...*

De inmediato dudo. ¿Para qué hice referencia a esa noche? Pero... ¿eso que se ve son sus mejillas sonrojándose? Desvía la mirada de mí y entierra la cara en su teléfono para escribir algo más. Siento un poco de alivio al ver que es otra pregunta.

> **Isaac:** Ahora, lo más importante: ¿Cachorros o Medias Blancas?
> **Lilah:** Vamos, Cachorros.
> **Isaac:** Fiu, de otro modo no podríamos compartir este árbol.
> **Lilah:** Pero esa no es una gorra de los Cachorros.

Señalo la gorra de beisbol que trae puesta, que a pesar de ser del mismo tono de azul, tiene una *L* en cursivas en el frente, en lugar de una *C*. He querido preguntarle todo el verano.

> **Isaac:** Mi equipo dominicano, los Tigres del Licey. Voy a juegos cuando visito a mis abuelos.
> **Lilah:** Qué genial. ¿Hablas español?
> **Isaac:** Trilingüe, ¿qué onda?

Así que puede leer labios no solo en un idioma hablado, sino en dos. Mientras que yo preferí no tomar clases de ninguna lengua extranjera porque de plano me fue imposible entender el habla. Estoy impresionada, y seguro lo estoy mirando maravillada porque asiente como para preguntar "¿Qué?".

> **Lilah:** Guau, eres muy listo. Estás mandando mensajes porque no soy lo suficientemente buena para señar todavía.
> **Isaac:** ¡Lo estás aprendiendo superrápido! A veces ayuda descansar.
> **Lilah:** Ajá, pero siento que ya debería dominarlo y me molesta mucho que no.
> **Isaac:** Aun en el principio ya estabas señando conmigo. Hay tantas personas en la escuela que ni siquiera se molestan en intentarlo y solo me hablan escribiendo.
> **Lilah:** Que es justo lo que estamos haciendo ahora…

Isaac deja su teléfono en su regazo otra vez y sonríe.

—*Okey, con señas. ¿Qué onda?*

—Ay —digo, dejando también mi teléfono. Okey, pero ¿qué seño?—. *Estamos en un árbol.*

—*Gran árbol* —seña él, inflando las mejillas para denotar el tamaño—. *Estamos _____ en un gran árbol.*

Yo niego con la cabeza. Espera, ¿Ethan no acaba de usar esa seña?

—*E-s-c-o-n-d-i-d-o-s, escondidos.*

—*Estamos escondidos en un gran árbol* —seño. Está usando español por mí, pero aprecio cómo alterna entre métodos sin ningún problema—. *Un montón de insectos.*

—*Perfecto para ti, Catarina.* —Sonríe, usando mi seña personal.

—*No tan perfecto si me pican.*

—*¿Necesitas repelente?*

—*No, no.* —Finjo que rocío el espray, luego levanto las manos para gesticular la nube de repelente contra nuestra cara en este espacio tan pequeño. Cierro brevemente los ojos y saco la lengua con total dramatismo mientras seño—: *Muertos*.

Isaac se ríe, esa maravillosa y silenciosa risa con la que su boca se transforma en una sonrisa y su pecho sube y baja.

—*Bien, sin repelente. ¿Estás lista para la noche libre de hoy?*

—*Sí, el restaurante* —seño, pero no estoy segura de haberlo hecho bien, así que lo deletreo—: *R-e-s-t-a-u-r-a-n-t-e*.

Él frunce el ceño y niega con la cabeza.

—*¿Me equivoqué de seña?* —pregunto, confundida.

Isaac agita la mano para aclarar.

—*Es la seña correcta, restaurante. Pero F-r-e-d-d-y-s no es un restaurante.* —Ahoga una risa.

—Ah —digo—. *¿Qué es?*

Isaac empieza a señar su explicación cuando dos niñas se desvían del sendero corriendo y se paran justo enfrente del árbol.

Son Blake y Dulce. Se están empujando, pero entonces Dulce señala hacia nosotros.

—¡Los encontré! —grita Blake a todo pulmón.

Dulce lee sus labios y le da otro empujón a Blake.

—*No, yo los encontré.*

—¡Oigan, todos, encontré a Lilah y a Isaac! —grita Blake de nuevo—. ¡Puntos para nuestra cabaña!

—¡*Tenemos puntos para nuestra cabaña!* —seña Dulce. Las dos corren emocionadas para volver con el resto del grupo.

Isaac sale a gatas del árbol y me ofrece una mano para levantarme. Me sacudo la tierra y noto varias ronchas rojas en mis piernas. Los insectos me picaron con ganas.

Isaac lo ve.

—*Un nuevo motivo para tu seña personal.*

—*J-a-j-a* —seño en lo que él se agacha para limpiar un poco de tierra de mis pantorrillas. No me he rasurado las piernas desde que llegamos al campamento, pero no parece molestarle.

—*Listo, ya está* —seña.

—*Gracias.*

~~~~

Después de la cena tenemos tiempo libre para prepararnos para el concurso de talentos y el baile. Nuestras niñas más chicas no pasan mucho tiempo arreglándose, así que llegamos al granero temprano y nos quedamos esperando en los escalones. Pero luego algunas de ellas deciden que quieren trenzas en el cabello, así que Mackenzie y yo nos ponemos a trabajar.

—¿Has visto a Gary hoy? —pregunta Mackenzie en lo que yo le pido a una campista que me entregue su liga del cabello para asegurar su trenza.

—No, no lo he visto. ¿Por?

—Lo escuché decirle algo a Ethan de las donaciones.

—Mmm, le tendremos que preguntar después.

Veinte minutos más tarde, los grupos de Bobby, Simone y Natasha llegan y entran al granero para bailar, y Bobby se pone a conectar su teléfono para reproducir la lista de canciones que creó con todo cuidado para el baile.

Una vez que terminamos de peinar a las campistas, Mackenzie termina sus dos trenzas.

—¿Quieres que te haga trenzas también?

—Eh —digo—, ¿mejor solo media cola y una trenza?

—Claro —dice Mackenzie—. Será más fácil.

Los grupos de Jaden y de Isaac son los últimos en llegar. Los niños corren al interior, esperando influir en la selección de música de Bobby.

Isaac se detiene a la mitad de los escalones, viendo a Mackenzie jugar a la estilista conmigo. Baja un escalón.

—*Se ve lindo*.

—*Gracias*. —No puedo ocultar mi cara porque Mackenzie está sujetando todavía mi cabeza. Bobby empieza a tocar algunas canciones para antes del concurso y los tablones de madera vibran bajo mis pies.

Isaac se sienta en el escalón debajo del mío y me sonríe por encima del hombro.

—*Una, por favor*.

Se recuesta hacia atrás, sentado entre mis piernas, para que pueda tomar un poco de cabello de su coronilla. Hay suficiente como para entrelazarlo en una ridícula trencita que se queda parada. Me quito de la muñeca una liga morada extra que traigo y aseguro su absurdo peinado.

Le toco el hombro.

—*Listo*.

Isaac se toca el cabello y ladea la cabeza de un lado a otro.

—*Quedó ridícula. Muy bien, ¡hora de bailar!*

Mackenzie y yo nos reímos al ver a Isaac levantarse de un salto y entrar. Una vez que mi trenza está terminada, reunimos a nuestras niñas y entramos al granero. Todos los campistas se sientan, ya sea en el piso o en las pocas sillas que hay a lo largo de la pared, para que empecemos la noche con el concurso de talentos.

La presentación de nuestro grupo sale sorprendentemente bien. Blake se mece junto con la música durante los versos, pero seña las palabras sin que le falte nada. Al volver a nuestros asientos, sigue señando las palabras y Dulce se le une. ¿Quién lo hubiera pensado?

Gritos fuertes de alegría acompañan a los aplausos en lengua de señas que llenan los espacios entre las rutinas que siguen. Hay un *sketch* de comedia, un par de números de danza y una historia en lengua de señas, y para el final todos los campistas están prendidos.

Las presentaciones terminan con los consejeros senior bailando una canción, cosa que hacen todos los años. Bajan las luces, anunciando la última actuación de la noche. Los empleados bailan hasta llegar al frente y yo estoy feliz de inclinarme hacia la parte junior de mi puesto y quedarme sentada con las niñas. Pero Isaac se para frente a mí y continúa su baile chistoso mientras mantiene la mano extendida.

Las niñas de la cabaña se ríen.

—Lilah, ve —dice Blake, empujándome hacia el escenario.

Está bien. Tomo la mano de Isaac y volamos hasta el escenario, saltando y bailando mientras Ethan llama a los campistas para que vayan a la pista de baile. Simone entrega varitas luminosas de la tienda de descuentos para que todos las usen en las muñecas al bailar o señar. Se ven espectaculares las luces en movimiento, pero esto no es una fiesta *rave*. Son menos de cuarenta personas en un granero que fácilmente podría albergar a trescientos.

Isaac me da vueltas y me hace girar de regreso a él. Simone nos entrega una varita verde y una morada.

Él toma mi mano de nuevo, acercándome y haciéndome retroceder, mi cabello cayendo sobre mis hombros. Es un campamento de verano. Literalmente traigo tenis y una camiseta sin mangas, pero de alguna manera me siento elegante. Estoy segura de que Isaac y yo nos tendremos que separar en algún momento, pero no quiero. Quiero aferrarme a él con fuerza y no soltarlo nunca...

De repente, mi aparato auditivo de la derecha empieza a pitar y oigo estática distorsionando la música a mi alrededor. Con el derecho ya apagado, no tardará en irse el izquierdo. Dejo de moverme y me aparto de Isaac, que también se congela, confundido. Me quito el aparato de la derecha y se lo muestro antes de echarme a correr hacia mi mochila.

Efectivamente, el aparato izquierdo empieza a pitar. Remuevo todo en mi mochila, pero no logro encontrar la caja de las baterías. En algún punto de la semana pasada usé las últimas y nunca saqué más de mi maleta. No tengo ganas de ir hasta las cabañas en este momento. Podría preguntar si alguien más tiene baterías, pero todos se la están pasando increíble en la pista de baile.

Y ahí caigo en la cuenta de que he pasado mucho tiempo sin mis aparatos auditivos últimamente, todos los días en el lago y en la piscina. O anoche alrededor de la fogata con Isaac, Natasha y Jaden. Estoy rodeada de personas sordas. Si alguna vez hubo un lugar donde debiera sentirme cómoda sin mis aparatos, es aquí. Además, Isaac me está esperando en la pista de baile.

Me quito el aparato izquierdo también y los dejo en mi Otterbox. La música suena tan fuerte que todavía puedo escuchar el ritmo.

Si bien me doy cuenta de que está sonando una canción, lo que escucho es más tenue, apagado. Parte de la melodía, nada de las palabras. Mi cerebro ya no intenta esforzadamente encontrar la letra. Estoy abrazando el ritmo que, amplificado por el movimiento de la gente alrededor, hace vibrar el piso bajo mis pies.

A pesar de apurarme de vuelta a la pista de baile, ya halaron a Isaac a un círculo con un montón de campistas, así que encuentro un lugar junto a mi grupo. Dulce seña algo a Mackenzie, que entonces me seña a mí:

—*Algunas de las niñas necesitan ir al baño. No nos tardamos.*

A pesar del ambiente ruidoso, nos comunicamos sin tener que acercarnos, sin preguntar "qué" ni usar aparatos auditivos. Hasta cierto punto, estar sin ellos se siente vulnerable, pero es una experiencia liberadora.

Alguien toca mi hombro. Es Isaac. Se quitó la trenza ridícula, pero noto que trae en la muñeca mi liga morada con el resto de sus brazaletes del campamento. Toma mi mano y me hala hacia él una vez más. Señala hacia mi mochila con la cabeza.

—*¿Todo bien?* —pregunta con una mano.

Yo ladeo mi cabeza hacia un lado y otro para demostrarle. Inclina la cabeza, confundido.

—*¿Te los quitaste?*

Asiento, insegura de cuál será su reacción.

—*Por ahora*.

Isaac extiende las manos y pasa mi cabello por atrás de mis orejas despejadas.

—Me siento extraña sin ellos —digo despacio, mirando sus ojos negros.

Él descansa su mano en mi cuello un momento antes de llevarla a su pecho para señar subiendo levemente los hombros:

—*Solo diferente*.

El ritmo baja porque, por supuesto, Bobby metió una canción lenta en la mezcla. Isaac extiende los brazos hacia mí. Yo me estrello en su pecho abrazándolo con fuerza. La balada tiene menos ritmo. El piso bajo mis pies no se mueve, pero me recuesto contra Isaac y siento su corazón latir con fuerza.

Me tiene tan confundida. ¿Sería mucho pedir que admitiera si le gusto o no? Este es un momento totalmente romántico, ¿no? No hay manera de que esté malinterpretando esto. ¿En serio le sería tan difícil comunicar sus sentimientos o, por lo menos, dejar de jugar con los míos?

    Estoy tan absorta en el momento que me desconcierta un poco darme cuenta de que algunos niños nos están mirando. Nadie más está bailando esta canción, pero yo tengo los brazos alrededor del cuello de Isaac y su mano descansa sobre mi espalda. No voy a permitir que nada arruine este momento.

    Pero, claro está, la siguiente canción en la lista es el baile del pollito.

    De inmediato nos separan nuestros campistas hambrientos de atención, mientras que Bobby se ríe de su selección de canciones. *Genial.*

    Isaac me dirige una sonrisa grande, disculpándose.

    —*¿Nos vemos después?*

    Si nada más surge de este tiempo con Isaac, de todas maneras seguirá siendo un verano para recordar.

CAPÍTULO DIECISÉIS

De vuelta en la cabaña, poco después del baile, las campistas están tan exhaustas que se meten a la cama de inmediato cuando se apagan las luces. Yo reprimo un bostezo, pero vuelvo a sentirme con energía tan pronto me cambio mi desgastado atuendo atlético y me pongo un mejor *short* y un brasier real (ropa del mundo exterior). Me dejo el cabello suelto y sujeto los costados con pasadores. Por último, me pongo un poco de maquillaje, lo usual para una salida típica con amigos, y voy mucho más arreglada de lo que estoy habitualmente en el campamento.

Ethan me encuentra cuando vengo de vuelta de las duchas.
—¿Dónde _____?
—Perdón, no —digo, señalando mis orejas.
—Ah, no traes tus aparatos —dice y seña—. ¿Te llegó mi mensaje?

—No lo he visto. Mi teléfono está en mi cama.
—Está bien. Nos vemos en el estacionamiento en diez minutos.

Mackenzie ya está vestida y a punto de salir. Yo tomo mi teléfono para leer el mensaje que nos mandó Ethan a todos los consejeros y me apuro para alcanzarlos.

> **Ethan:** Holaaaa, nos vemos en el estacionamiento para otra tradición de este campamento
> **Jaden:** FREDDDDDDDDDDDDDDYS

Le mando un mensaje a Simone al salir de la cabaña.

> **Lilah:** Oye, Simone, ¿por qué tanta emoción por ir a Freddy's?
> **Simone:** Es un bar en la carretera. Cerveza barata, comida decente, el dueño ama que los consejeros vayamos de visita.
> **Lilah:** Oh... No tengo veintiuno.
> **Simone:** Ahí no importa, no te preocupes.

Nunca he ido a esta clase de bares antes. Por lo menos no soy la única menor de edad.

Todos los consejeros están en el estacionamiento esperando que Ethan confirme que Gary y la enfermera ya están listos para empezar su guardia.

Es desconcertante ver a Isaac con el cabello peinado hacia atrás y una camisa casual de manga corta, pero me confirma que no lo estoy viendo a través del "lente del campamento". Este chico es atractivo. Escondo mi sonrisa cuando lo veo mirarme dos veces también.

Ethan al fin llega y abre la camioneta del campamento para doce pasajeros. Ocupa el asiento del conductor y se vuelve para mirarnos.

—Todos arriba —dice y seña. Enciende el motor y la radio retumba.

Estoy apretujada al final entre Simone y Bobby. La camioneta brincotea por el camino de grava. Extiendo los brazos y me agarro del asiento de enfrente. Mientras maneja, Ethan empieza a conversar con Natasha, en el asiento del copiloto, señando con una mano y mirando a su derecha. Esto me da más seguridad que cuando seña con Isaac y con Jaden usando el espejo retrovisor. Pero Ethan no se desvía de la carretera vacía ni por un momento, y llegamos al bar en una sola pieza.

Ethan se mete a un estacionamiento en medio de la nada e iluminado a duras penas. Hay un pequeño edificio de ladrillo, no más grande que nuestra cafetería, con solo árboles alrededor. Sin embargo, hay unos cuantos carros más estacionados.

Simone se siente visiblemente aliviada cuando salimos disparados de la camioneta.

—Gracias a Dios _____ ningún tráfico —dice en voz alta.

—Quizás maneje yo de regreso —sugiere Bobby—. Y tú me guías.

Simone lo toma del brazo y lo lleva al bar a través de una puerta que se mantiene abierta con un ladrillo. Un letrero de neón inclinado que cuelga de una mugrienta ventana dice FREDDY'S.

Yo sigo a todos los demás al interior del lugar esperando alcanzar a Isaac, que está al frente de nuestro grupo, con sus amigos. El lugar está tranquilo. Hay una cantinera, que se ve como si diera clases de tercero durante el día, y una pequeña mesa con algunos hombres de cabello blanco atado en colas de caballo bajo sus gorras de camioneros. De camino a comprar otra bebida, uno de los tipos se detiene cerca de nosotros en el bar y le dice algo a Mackenzie.

Pero Mackenzie niega con la cabeza y seña.

—*No, estoy bien. Nos vemos, amigo*.

¿No se da cuenta de que ya no estamos en el campamento? ¿Para qué le hizo señas a un extraño?

Él arruga la cara, ve que todo el grupo también seña, sube los hombros y se va de regreso con sus amigos, cargando su bebida. Mackenzie exhala un suspiro de alivio.

—¿Por qué hiciste eso? —Alargo mi seña para la palabra "por qué" para enfatizar la confusión.

—Me he dado cuenta de que es la forma más sencilla de hacer que se aparten algunos tipos en los bares —explica, claramente orgullosa de su truco.

Pero yo insisto.

—¿Y por qué?

—No creen que vale la pena el esfuerzo.

Guau. Para Mackenzie, la lengua de señas es una habilidad para conseguir seguidores en YouTube y para usarla cuando le sea conveniente. Ahora está tratando de utilizarla como repelente, cuando la realidad es que una discapacidad no te salva del acoso. Al contrario, muchas veces vuelve a la gente sorda un blanco mayor para daño o abuso.

No hay muchas mesas de dónde escoger, así que nos sentamos en la pegajosa barra. La cantinera deja tres jarras de cerveza llenas al tope enfrente de nosotros, junto con una pila de vasos recién lavados que todavía chorrean agua y se parecen mucho a los de plástico que utilizamos en el campamento. Jaden desliza los vasos sobre la barra para todos, pero cuando llega a mí, seña:

—*Tú bebes agua.*

—*Cierto.* —Aun si no me pidieron identificación, supongo que vamos a cumplir la ley. Excepto que Natasha, a mi derecha, está llenando su vaso.

Isaac la detiene cuando empieza a llenar el suyo, justo debajo de la mitad.

—*Tengo que correr mañana* —seña. Ellos tienen dieciocho. Jaden es solo un año mayor, así que tiene diecinueve o veinte cuando mucho.

Ethan se acerca a mí.

—Ey, tú solo tomarás agua, ¿cierto?

—Sí, pero... —Señalo, sin que sea demasiado evidente, a los demás.

—*Pero ellos no son el conductor designado* —seña.

—Tú vas a manejar —me dice y seña Natasha, sin andarse con rodeos.

—¿Yo voy a manejar? —pregunto—. ¿Esa cosa?

—*A mí me tocó el año pasado. Estarás bien.* —Saca su cartera y se inclina sobre la barra para entregarle el efectivo a la cantinera—. Alitas con un *pretzel* gigante por favor. Quédese con el cambio.

Su cartera sigue abierta, así que alcanzo a ver una credencial en el bolsillo transparente donde suele ir la licencia. Tiene la palabra SORDA en letras grandes.

—*¿Qué es eso?* —pregunto.

Ella cierra de golpe su cartera.

—*Identificación de sorda.* —Le da un largo trago a su cerveza y se aleja.

—¿Identificación de sorda? —digo y seño a Ethan, que avanza y se queda en el lugar de Natasha—. ¿Tú tienes una de esas?

—Nah, yo uso mi teléfono, pero a algunas personas les gusta lo clásico.

—¿Exactamente para qué? —pregunto, señando "para para".

—Emergencias, como si te detiene un policía manejando, para mostrarle que no los puedes escuchar —dice Ethan y seña—. Es sobre todo para personas sordas que no usan su voz.

—Interesante —seño—. Siento que sigo necesitando que Natasha interprete o me enseñe sobre la cultura Sorda. Me preocupa que le moleste.

—Nah, puede ser un poco brusca. Una sorda muy _____. Digo, tú también lo eres a veces.

—¿Soy qué? —pregunto, ya que no reconozco la seña tampoco.

—Sorda directa —repite Ethan, sosteniendo una *D* plana perpendicular a su rostro y luego llevándola hacia el frente—. Dices lo que piensas o lo que sientes. Haces comentarios muy observadores porque somos personas muy observadoras.

Ja. Me quiero sentir ofendida, pero me da orgullo tener una característica de sordos asociada conmigo.

—Supongo.

—A Natasha no le gusta usar su voz la mayor parte del tiempo. —Levanta un dedo, haciendo una pausa de señar y hablar en lo que toma un trago—. La pasó mal hace unos años. Su papá tuvo un ataque al corazón y ella estaba con él cuando pasó. Él estaba inconsciente. Natasha no se podía comunicar bien con los paramédicos. Cuando llegaron al hospital, el servicio de intérprete por video que usaban en lugar de un intérprete en persona tenía un desfase y era imposible de utilizar, así que tuvo que escribirse todo con las enfermeras para intentar averiguar qué estaba pasando. Sintió que el personal del hospital no la mantenía al tanto porque les era muy difícil compartir información con ella.

—Qué frustrante. —A pesar de mi pérdida auditiva, nunca he estado en una situación como esa. La gente tiende a hacer el esfuerzo de comunicarse conmigo porque yo hablo. En términos de accesibilidad, puedo empatizar, pero me siento culpable de moverme por el mundo con mayor libertad.

—Y cuando por fin le permitieron verlo, la llamaron y no los escuchó. Ellos sabían que era sorda, pero nadie se molestó en ir a informarle. —Ethan frunce el ceño.

—Espera, ¿ni siquiera trataron de llamar su atención ni nada?

—Nop. Después de esperar un buen rato, se acercó con una nota escrita en su teléfono, exigiendo verlo. Y, claro..., después de eso se puso el implante coclear.

—No sabía que había sido tan recientemente. —Asumí que lo había tenido desde la infancia, como la mayoría de los niños en el campamento.

—Sí, su mamá la ayudó, pero a su papá no le gustó. Toda su familia es sorda, de generaciones atrás. Él pensó que hacerse la cirugía significaba darle la espalda a la cultura Sorda.

—¿Qué? Digo, sigue siendo sorda, aun con el coclear. —La mayoría de los padres que escuchan corren a ponerles implantes a sus bebés tan pronto como se vuelven candidatos. Yo entiendo que la situación es más complicada con padres sordos, pero que Natasha quisiera tener un implante no la vuelve a ella menos sorda.

Está ahora en la esquina, bebiendo su cerveza y señando con una mano con Isaac y Jaden. Nadie la confundiría con alguien que escucha, y menos después de ver el imán a un costado de su cabeza.

—Algunos sordos no lo ven así —dice Ethan y seña. Rellena su vaso—. Lo ven como un intento de arreglar algo que no está roto. Quieren que la gente de la comunidad señe, no hable. —Hace una pausa larga—. Le tomó un rato recuperarse de la cirugía. Casi tuvo que repetir el año en la escuela, pero pudo cursar varias materias durante el verano para graduarse a tiempo.

—Guau —digo—. Eso es mucho.

De inmediato quiero retractarme de todas las veces que me he sentido molesta con Natasha por insistir en señar cuando podía usar su voz. Seguro debió haberse sentido harta del mundo como para querer una cirugía en contra de los deseos de sus padres. No sé qué hubiera hecho yo en su situación. Pero entiendo por qué se enoja cuando se espera que sea intermediaria por tener un implante.

—Sí, por eso es tan importante un lugar como este campamento: la gente puede encontrar su propia identidad como Sorda. —Le da otro largo trago a su cerveza y seña antes de murmurar para sí mismo—: Por eso el dinero _____.

—¿Todavía tenemos que reunir más dinero? —pregunto.

—*Está bien, está bien* —seña, sorbiendo un poco de su bebida—. Hubo algunas donaciones, pero todavía estamos un poco cortos. Estamos trabajando en eso. —Sonríe para darme confianza y luego se va de la barra.

El bar está lleno, pero no siento mi urgencia usual de abandonar una situación social antes de tiempo o de esconderme en una esquina. No traigo mis aparatos auditivos como para que me duela la cabeza por tanto ruido, ya que los dispositivos automáticos no sabrían en qué sonidos enfocarse, cortando una entrada u otra mientras se fijan en cosas diferentes a mi alrededor. Mi conversación con Ethan fue la perfecta mezcla de leer labios, escuchar algunas frases y seguirlo mientras seña casualmente con una mano en lo que sostenía su bebida con la otra. Es posible que logre acabar la noche sin sentir fatiga auditiva.

Pero me preocupa lo que se le salió a Ethan de las finanzas del campamento. ¿No hemos recaudado lo suficiente todavía como para garantizar que haya un campamento el año que entra?

Al beber mi agua, noto que Isaac está mirando en mi dirección. Me levanto y estoy a punto de ir hacia mi compañero de baile cuando dos tipos entran por la puerta. Saludo con la mano al del suéter, asumiendo que es Oliver, pero al parecer Ben se lo pidió prestado para la noche. Ben se va directo a la barra para pedir algo de tomar y Oliver camina rápido hacia mí.

—Y entonces... —Su sonrisa crece hasta abarcar toda su cara.

—Y entonces... Qué pena que no ha habido oportunidad de hablar. —Intento proyectar mi voz para que la música no se la coma—. ¿Qué pasa? Espero que por lo menos la estés pasando bien con Ben, ya que los dos están siempre solos en el lago.

—Bueno... —Oliver sonríe, mirando por encima de su hombro antes de inclinarse hacia mí, pero con la boca claramente visible al murmurar—. Se trata de eso, precisamente.

—¿Qué es eso? —No lo sigo.

—Somos _____. —Oliver se inclina hacia delante, esperando con ansia mi respuesta.

—¿Oh? Espera, o sea... —Suelto un chillido. A pesar de nuestra amistad de cierta manera coqueta, lo de Oliver y yo siguió siendo platónico. Pero ahora está claro que esas noches cuando me quedé un rato en el lago, Ben no era el que sobraba..., sino yo.

—Es algo nuevo. Shh. —Oliver gesticula que mantenga la calma cuando Ben se acerca con sus bebidas.

—¡_____ ve como una fiesta! —grita Ben—. No puedo conseguir un maldito Uber _____.

—Nosotros los _____ llevar _____ —ofrece Simone, alejándose de Bobby en la barra para unirse a nuestra conversación—. Lilah va a manejar.

Bobby, ya aburrido, se va desdoblando su bastón para navegar hasta la mesa de billar poco iluminada.

—¿Cuándo decidieron todos que yo iba a manejar? —pregunto—. En serio, ¿cuándo me ofrecí?

—Agradecemos cualquier aventón —grita Ben por encima del ruido.

Oliver se ríe.

—Tuvimos que llamar a una compañía de taxis para _____.

—Perdón, hay mucho ruido aquí y me cuesta mucho trabajo escucharlos —digo—. No traigo mis aparatos auditivos.

—No te preocupes —grita Oliver—. ¿Cuándo empezaste _____?

—¿Mi periodo? —Bajo las cejas, hablando antes de darme cuenta de que claramente lo escuché mal—. Okey, seguro no fue eso.

Oliver se carcajea.

—Tus aparatos auditivos —dice, articulando con cuidado.

—Ah, eso tiene más sentido —digo, sacudiéndome la vergüenza —. Empecé a usarlos desde bebé. El periodo vino muchos años después.

—Eso espero —dice Ben, riéndose—. ¿Qué _____ mantenerlos en tus orejas?

—Usaba algo parecido a un gorrito. —Muestro cómo se ata. El gorro evitaba que mis manos de bebé arrancaran los aparatos.

—Qué tierno —dice Oliver.

—¿Y se conocían de antes de venir al campamento? —les pregunto.

Ben niega con la cabeza.

—Pero escucha esto —dice Oliver—. Resulta que vamos a la misma _____.

—¿La misma qué? —pregunto.

—Universidad —dice Oliver, expandiendo la abreviatura que usó. Señala a Ben con la cabeza—. ¿Y Ben ya te dijo que sabe un poco de lengua de señas británica?

—_____, así que solo el alfabeto en realidad —dice Ben, sonriendo ante el apoyo de Oliver.

—¿En serio? —digo.

—¡Enséñanos! —interviene Simone.

Antes de que Ben empiece a señar, alcanzo a ver de reojo que Isaac se apoya contra la barra, sosteniendo muy firme su vaso. Intenta llamar mi atención.

—*¿Quieres jugar?* —Isaac inclina la cabeza hacia la mesa de billar, donde Natasha y Jaden están colocando las bolas.

Yo asiento varias veces.

—*¡Me tardo un minuto!*

Ben tiene ambas manos extendidas, demostrando el alfabeto de la lengua de señas británica.

—A, B, C...

—Qué raro, requiere ambas manos —digo—. Eso es diferente.

Me vuelvo hacia la mesa de billar, lista para entrar y jugar tan pronto como termine de señar todo el alfabeto, pero Isaac ya reclutó a otra compañera: Mackenzie.

Bueno, está bien. Me quedaré aquí.

Asiento y le doy otro trago a mi agua. Definitivamente voy a terminar con dolor de cabeza si me paso toda la noche sin lengua de señas ni aparatos, intentando leer los labios con un acento extranjero.

Falta un cuarto para las doce cuando finalmente decidimos salir del bar. Estoy exhausta de hacerles de chaperona a los británicos. Dura poco el atractivo de una conversación sobre las diferencias entre los estadounidenses y los británicos, sobre todo porque empezó a tener menos sentido lo que decían entre más se emborrachaban.

La cantinera se inclina sobre la barra hacia mí al tomar mi vaso de agua vacío.

—Estaré rezando _____.

—¿Qué? —Estoy confundida. ¿Ella sabe que estoy a punto de manejar esa bestia de vehículo allá afuera?

Sube la voz.

—Estaré rezando para que vuelvan a oír.

—¿Vuelvan? —Arrugo la cara—. Nunca pude —digo rotundamente.

Parece irritada por mi respuesta, así que es un alivio cuando Ethan me lanza las llaves.

—¡Toma!

—¿*En serio?* —seño.

—*Estarás bien. No está lejos.*

Pero sí se siente muy ilegal, ya que mi licencia de Illinois *técnicamente* tiene como límite las diez de la noche por ser menor de edad. Sin embargo, nadie más parece estar en condiciones de manejar, así que tendré que hacerlo.

Por si fuera poco, empieza a llover tan pronto como salimos del lugar. Ethan abre la puerta trasera de la camioneta para que todos se arrastren a sus asientos.

Me subo al asiento del conductor y trato de concentrarme, apretando el volante.

—¡Esperen! ¡Ethan! —Me giro y agito los brazos para llamar su atención—. ¡No traigo mis lentes!

Abre muy grandes los ojos.

—Mierda. Eh, pruébate estos. —Me entrega el par que está usando. Me quedan enormes, pero la prescripción se parece mucho y no tenemos más opciones.

—Okey, bueno. Allá vamos. —Giro la llave y el estruendo de la música arranca justo donde se quedó.

—¡Ahhhhhh! —grita uno de los británicos.

—Espera, Lilah bebé, yo te ayudo. —Bobby se abre paso desde la parte de atrás hasta el asiento del copiloto.

—¿Qué estás haciendo? —pregunto, dejando la camioneta en *Park* hasta que Bobby se acomoda.

—Yo me fijo que no vengan venados. —Se pone las manos frente a los ojos como si fueran binoculares.

—Cállate, Bobby, estás ebrio. —¿En serio todos están así de borrachos?

Al principio, manejo más lento que lo lento, pero acelero un poco cuando recuerdo que también te pueden parar por manejar debajo del límite de velocidad. Está oscuro y no hay postes de luz, así que enciendo los faros altos, poniéndome nerviosa cada vez que pasamos un letrero de cruce de venados. Hay tantos árboles más adelante en el camino, que cualquier cosa podría brincar de atrás de alguno. Y no logro poner bien los limpiadores. O van muy rápido o muy lento para la lluvia fluctuante. Aprieto los dientes y miro con cuidado el camino. Pero nadie en este camión de fiesta parece dudar de mi capacidad para llevarnos a casa a salvo.

De alguna manera, después de lo que se sintió como una eternidad, logro que volvamos al campamento en una sola pieza. Ya bajó la lluvia y solo queda una llovizna. Todos se bajan de un salto. Todavía siento la adrenalina corriéndome por las venas al devolverle a Ethan las llaves y los lentes y bajarme de la camioneta.

—Nunca más.

—¡Lo lograste! —me aplaude Oliver, envolviéndome en un gran abrazo y levantándome del suelo.

—¡No nos mataste! —añade Ben.

Oliver me baja y hace una reverencia teatral.

—Tenemos una deuda de gratitud por _____.

—Shhh, váyanse a dormir —digo, riéndome de su actuación—. Tienen que trabajar en la mañana.

—¡*Mua*! —Me planta un beso húmedo y torpe en la mejilla, y luego toma a Ben de la mano. Pero antes de que empiecen a caminar juntos a su cabaña, Oliver mira a alguien a mis espaldas—. Uuuuups, lo siento, amor. No quise enojar a tu novio.

—¿A mi qué? —Me giro y veo a Issac, el único sobrio además de mí, todavía de pie en el estacionamiento. ¿Me está esperando? Está mirando sus manos, evitando mirarme a los ojos.

—Hola —digo, acercándome a Isaac en lo que todos los demás se van a sus cabañas.

Él mueve la gravilla con la punta de su tenis antes de levantar la vista.

—*No entiendo*.

Ladeo la cabeza, invocando mi paciencia en lo que espero a que diga otra cosa. Pero se está tardando demasiado.

—¿No entiendes qué?

—A ti.

—¿A mí? —pregunto. Él sacude la cabeza y baja la mirada. Agito la mano y le hago otra pregunta—. ¿A qué te refieres?

Él respira hondo.

—¿*Dijiste que te gusto?* —Deja una de sus manos contra su pecho mientras seña con la otra—. *Pero...* —Manotea exasperado en dirección a donde estaba parada con Oliver.

—*¿Mi amigo? ¿Con el que estuve en el bar porque tú no quisiste esperarme para jugar hoy?* —Mis manos están volando. Yo fui la que se abrió a expresar sus emociones. Isaac no tiene ningún motivo para tratarme así—. *Tú me estás confundiendo a mí. Sí, dije que me gustas. Pero tú nunca dijiste que te gusto.*

—*Lo estoy intentando. Estuvimos con mis amigos anoche. Hablamos toda la tarde.*

Se pasa una mano por el cabello.

—¡No lo sé! —seño, remarcando el gesto de separar mi mano de mi frente, incapaz de pensar en una respuesta más coherente. En realidad todo se reduce a una cosa—: *No lo sé. Nunca me contestaste.*

—*Con actos, mostrando, haciendo... No con palabras.* —Deja caer los brazos y da unos cuantos pasos hacia el sendero.

Yo me limpio las gotas de lluvia del rostro, extendiendo el rímel que me puse antes, cuando esperaba pasar una noche divertida con Isaac. Corro tras él y le toco el hombro.

—*No entiendo qué quieres.*
—*¿Necesito decirlo?* —pregunta.

Estamos parados muy cerca, solos en este camino oscuro, la luna por fin brillando detrás de las nubes cargadas de lluvia. Me acerco aún más a él.

—*Ayudaría.* —Hago la seña pegada a mi pecho, en el pequeño espacio que queda entre los dos.

Él observa mis labios y esta vez no estoy diciendo nada.

Lentamente, se inclina hacia adelante, los ojos fijos en mí, pero duda y se detiene con la boca entreabierta a escasas pulgadas. Puedo sentir su aliento contra mis labios. Bajo las manos, mi brazo derecho colgando hacia adelante en busca de su mano. Isaac la atrapa y entrelaza nuestros dedos.

Yo levanto las cejas, interrogante... ¿Lo va a hacer o no? Me paro de puntas, seductora, cerca de él, hasta que al fin cubre la distancia entre los dos.

Sus labios son tibios y suaves, pero se apartan antes de que siquiera caiga en cuenta de que lo estoy besando.

Mi labio inferior se queda pegado al suyo cuando él se aparta. Se inclina hacia atrás y abre los ojos, una sonrisa extendiéndose en todo su rostro.

Levanto la mano para señar a la vez que articulo las palabras.

—*Todavía tienes que decirlo.*

Isaac arquea una ceja y asiente lentamente una vez.

—*Sí, también me gustas.*

—¿*En serio...? ¿Estás seguro?* —le bromeo—. Mmmmm...

Hay un brillo en sus ojos.

—¿*Y yo todavía te gusto?*

Me encojo de hombros.

—*Quizás deberías b-e-s-a-r-m-e otra vez.*

Se toca la barbilla con un dedo, fingiendo meditar al respecto.

—*Déjame pensar.* —Me envuelve con sus brazos.

Pero hay algo que me está molestando, así que pregunto.

—*Espera, ¿cuál es la seña?*

—*Besar* —demuestra, usando ambas manos. Presiona sus dedos contra los pulgares y junta sus manos, como si las puntas de sus dedos se tocaran, en representación de dos personas que se acercan. Me atrae hacia él—. *Señaste muy bien...*

—*¡Cierto!* —Una enorme sonrisa surca mi rostro—. *¿Estuvo bien? Y señé rápido también. Supongo que deberíamos pelear más.*

Él sacude la cabeza y toma mis brazos para acercarme a él de nuevo, esta vez para un beso largo y lento.

Ya nos habíamos pasado del límite de horario, pero no me importa, porque no quisiera estar en ningún otro lugar.

CAPÍTULO DIECISIETE

El domingo en la mañana, al llegar al lago, nos reciben en posición horizontal sobre sus camastros dos salvavidas con resaca. Oliver entrecierra los ojos detrás de sus lentes de sol cuando nos ve aparecer. A duras penas nos saluda con la mano.

—No se ahoguen.

—Y no hagan mucho ruido —dice Ben, poniéndose la toalla encima del rostro para taparse del sol—. _____ si se tienen que ahogar, háganlo calladitos.

Los campistas esperan afuera de la reja, jugando en el pasto. Ethan se aclara la garganta, pero ninguno de los salvavidas se mueve.

—_____ dos minutos más —dice Oliver— y estamos listos.

Yo aguanto la risa cuando veo lo que está a punto de pasar. A lo lejos, cerca de la orilla, Jaden e Isaac llenan dos cubetas de agua y vienen despacio hacia acá, bordeando la playa. Ethan levanta un dedo y mira su reloj. Cuando dan las nueve en punto, asiente con la cabeza.

Con demasiado entusiasmo, Jaden e Isaac tiran el agua sobre Oliver y Ben, que se paran disparados de los camastros.

—¡Ey! —grita Oliver, sacudiendo la cabeza y rociándonos de agua—. Ya estamos listos. Estamos listos.

Cuando los campistas se amontonan en la playa, Mackenzie aparta a nuestro grupo.

—Oigan, niñas —dice y seña—. Párense aquí. Quiero hacer un video rápido.

Las niñas se ven intrigadas. Dulce gesticula para que Mackenzie le pase el teléfono, pero Mackenzie niega con la cabeza.

—Quiero que todas tomen turnos para decir su nombre y algo que les guste hacer en el campamento. —Sostiene su teléfono con la cámara hacia ella y seña con una mano—. Soy Mackenzie y me encanta bailar —dice y seña, seguido de un bailecito tonto que se ve dolorosamente forzado.

—¡Yo! ¡Yo! —Dulce levanta la mano para ir primero, pero Blake la quita de un empujón.

—No, yo primero. Soy Blake y me encanta nadar. —Tira a Mackenzie de la manga—. ¿Lo grabaste?

—Bueno, mejor hazlo otra vez con lengua de señas —dice Mackenzie—. Sabes cómo señar "nadar", ¿no, Blake?

—Eh, ¿Mackenzie? —Doy un paso hacia adelante entre las grabaciones—. ¿Para qué es esto?

—Voy a subir una historia adorable —contesta, haciendo gestos para que Dulce repita su línea después.

No estoy segura de esto. No se siente bien que Mackenzie use a las campistas chiquitas para crear contenido para sus seguidores.

Me alejo y llamo la atención de Ethan discretamente. Cuando llega junto a mí, pregunto:

—¿Está bien grabar a los campistas y subirlo a internet? ¿O eso requiere permiso de los padres?

—¿Eh? —dice Ethan, abrochándose las cintas de su chaleco salvavidas—. Los padres firman un permiso, pero es para la página de YouTube del campamento, y esa no se ha usado en años. ¿Qué están grabando?

—Ah, pues Mackenzie está haciendo un video con las campistas para su canal personal. —Estoy apoyándome en una sola pierna, con los brazos cruzados, como una niña acusando a alguien.

—Eso no está bien. ¿Ya le dijiste algo?

—No, vine contigo primero.

—Okey, iré a hablar con ella. —Se recoge el cabello—. ¿Qué tan rápido viniste conmigo para meterla en problemas? —dice burlón.

—No es eso. —Pero descruzo los brazos y me encojo de hombros.

—Seguro. —Ethan solo sacude la cabeza—. Por cierto, tal vez cambiemos un poco las cosas para darte oportunidad de trabajar con niñas más grandes también. Estoy seguro de que a Simone le vendría bien una mano.

—¿Eso es lo que soy? ¿Una mano? —bromeo.

—Técnicamente, dos. —Sonríe—. Ahora lo aclaro con Mackenzie y le digo a Simone que te pasarás a su grupo la próxima semana. ¿Y no es cuando llega tu hermano?

—*Cierto* —seño—. Max debería llegar el primero. Guau, ¿tan rápido se fue el tiempo? —Supongo que es un tanto obvio que he estado un poquito... distraída últimamente. El mes de julio marca la mitad del tiempo que he estado en Lobo Gris este verano.

Veo a Isaac. Lleva la toalla sobre sus hombros mientras ayuda a uno de sus campistas a subirse a su silla de ruedas de playa. Levanta las cejas y dibuja una pequeña sonrisa dulce con los labios cerrados. Me aprieta un poquito el codo al pasar junto a mí, empujando la silla en la arena.

~~~~

Jaden y Mackenzie están de guardia hoy, pero Mackenzie está en la cabaña del personal, así que Isaac, Natasha y yo le hacemos compañía a Jaden alrededor de la fogata ardiente.

Isaac se sienta junto a mí en la banca y mete la mano en su mochila, buscando el Switch de Nintendo.

—¿*Quieres jugar?*

Yo asiento, terminando mi rápida revisión de mensajes y redes sociales, lo cual me recuerda mi conversación con Ethan en la mañana.

—Oye, ¿desde cuándo el Campamento Lobo Gris tiene Y-o-u-T-u-b-e? —pregunto.

—¿*Nosotros?* —Isaac deja su consola sobre las piernas y busca el canal de YouTube en su teléfono, luego sacude la cabeza—. *Un video. Adivina de qué año.*

—¿2012? —Nunca antes he señado un año y espero estar haciéndolo correctamente.

Él niega con la cabeza.

—*Nop, más atrás.*

—¿*En serio?* —Arqueo las cejas.

—*Hasta 2010.*

—*Guau.* —Pienso un segundo—. *Pero bueno, ¿crees que Ethan se sepa la contraseña?*

Isaac desliza el teléfono de vuelta a su bolsillo.

—*A lo mejor la puede averiguar. ¿Por qué?*

—Pues —digo y seño—, parece que Mackenzie gana mucho dinero con su YouTube.

—*Sí, es horrible* —interviene Natasha.

Jaden sacude la cabeza. Natasha abre el canal de Mackenzie en su teléfono y se acerca para mostrarle.

—*Vaya, tiene un montón de seguidores.*

—Así es —digo y seño—. Así que, no sé, ¿a lo mejor podemos hacer un video para conseguir dinero para el campamento? ¿Y ella lo puede compartir?

—*No quiero* _____ —seña Natasha.

Me vuelvo hacia Isaac.

—*A-l-e-n-t-a-r* —deletrea rápidamente y entiendo la palabra de inmediato.

—*Entiendo* —seño y me encojo de hombros, cada vez más nerviosa por haber sacado el tema—. *Solo que son muchas personas y necesitamos el dinero.*

—*Cierto* —seña Isaac, pensativo—. *Aunque definitivamente deberíamos grabar algo. Y componer la página web.*

—¡*La página!* —seño, recordando ese horrible diseño de los noventa—. *Es aún más vieja que ese video.*

—*Sin duda. Voy a ver con Ethan que la arreglemos* —seña Isaac.

—*Pero ¿suficientes personas verán nuestro video?* —pregunta Natasha.

—*Podemos tratar. Hacer que todos lo compartan, ¿sabes?* —seño—. *Y luego, si eso no funciona, ¿tal vez pedirle a Mackenzie que lo comparta con sus seguidores?* —seño y muevo los dedos arbitrariamente para expresar frustración mientras formulo mi siguiente oración—. *Odio eso, pero podría funcionar.*

—*Pero quiero que cambie esto primero* —dice y seña Natasha, señalando la página de información de Mackenzie, donde se describe a sí misma como intérprete de lengua de señas—. *Si quiere señar en sus videos, tiene que aclarar que apenas está aprendiendo. No está calificada para enseñar. No es justo que ella tenga tantos seguidores y los creadores sordos se tengan que esforzar tanto.*

Todos asentimos.

—*Solo le pediremos que comparta el video si hace el cambio* —seña Isaac—. *¿Y quién se lo va a pedir?* —Levanta un dedo y dice "zafo". Jaden lo imita.

Natasha y yo nos miramos.

—*Tú trabajas con ella* —seña Natasha.

—*En realidad* —digo y seño—, *Ethan me va a pasar con las niñas grandes. Pero sí, fue mi idea. Supongo que yo debería pedírselo..., si vemos que es de verdad necesario.*

Isaac levanta los pulgares con un toque de regodeo y de lástima en los ojos—. *¿Hora de jugar?* —Levanta el Switch otra vez, ofreciéndome uno de los Joy-Cons.

—*Sí, por favor.*

Se desliza sobre la banca para acercarse a mí y ambos subimos los pies en las piedras alrededor de la fogata. Está tan caliente que temo que mis sandalias de plástico se derritan en mis pies, así que me las quito y las echo a un lado.

Isaac me mira de reojo.

—*¿Necesitas tus lentes? Vamos a manejar.*

—*¿Manejar?* —pregunto, sacudiendo la cabeza confundida, hasta que veo el juego que eligió: Mario Kart.

Al operar nuestros controles es difícil comunicarnos. Pero Isaac ya se quedó tan atrás que levanta la mano derecha para señar:

—*Creo que ganaste.*

Sonrío, mirando de nuevo la pantalla para cruzar la meta..., pero me pega un caparazón e Isaac pasa volando.

—¿Qué?

Alza las cejas dos veces.

—*Pon atención. Está empezando la siguiente.*

Me quedo pegada a la pantalla a pesar de que Isaac me empuja constantemente con el hombro, como si fuera a señar algo. Nos seguimos empujando hasta que cruzo la meta victoriosa.

Isaac dobla los dedos y los pega dos veces, lo que se ve muy similar a otra seña que conozco.

—¿*Besar?* —pregunto, haciéndome la inocente.

—*E-m-p-a-t-e.* —Sonríe y se acerca para besarme.

CAPÍTULO DIECIOCHO

Los siguientes días son un borrón de felicidad. En menos de lo que pensé ya es sábado y es hora de mudarme a la cabaña de las niñas más grandes, que fue un respiro esta mañana, a pesar de los múltiples intentos de Blake de pasar tiempo conmigo. Ahora estamos en el lago, pero está nublado, y en lugar de sentirme como la niñera de Blake, me puedo relajar como la nueva amiga de Phoebe. Y ya se siente cien por ciento cómoda retándome.

—¿Con quién te estás señando? —pregunta, dándome un codazo en las costillas.

Estamos flotando en el lago, meciéndonos de arriba abajo con nuestros chalecos salvavidas, disfrutando el descanso del duro sol veraniego.

—Solo es otro consejero —respondo, mientras le indico a Isaac que está cerca, subido en el iceberg inflable, que conversaremos luego. Él asiente y se echa un clavado al agua. Siempre hay tantas personas alrededor. No hemos tenido realmente oportunidad de estar juntos, solo los dos, desde nuestro reciente progreso.

—Okey, pero, o sea, ¿quién? —insiste Phoebe—. Sueles hablar cuando estoy cerca. Además, _____ una risita rara _____.

—¿Qué? No, claro que no... —digo, pero no puedo estar segura—. Está bien, es Isaac.

El chico que besé por primera vez en la lluvia hace una semana. El chico con el que por fin pude pasar un poco más de tiempo a solas durante nuestro turno de guardia anoche. El chico que también viene nadando directo hacia aquí.

—¿Es él? —pregunta Phoebe, escuchando el chapoteo en el agua—. Eh, haz lo tuyo. Sigue coqueteando. Parece lindo.

—¡Phoebe! —digo, tratando de no dejar que la expresión en mi rostro delate mi exasperación, ya que Isaac está a unos cuantos pies de nosotras.

—*Es graciosa* —seña Isaac, claramente percibiendo el hecho de que Phoebe se está burlando de mí.

—*Hola* —digo, sonriendo.

Él sonríe.

—*Debo encontrar a mis campistas. Dile "hola" de mi parte.* —Isaac mira alrededor para asegurarse de que nadie nos está viendo antes de darme un rápido beso en la mejilla, y luego se sumerge de nuevo en el agua para ir con sus niños en el iceberg. Ya quiero que sea de noche.

—Espera —digo, regresando con Phoebe—. ¿Cómo sabes que es lindo? ¿Sabes cómo me veo yo?

Ella estira la mano, dibujando un óvalo en el aire.

—Para mí eres una masa neutral de persona.

—Phoebe, ese es quizás el mejor cumplido que me han dado en la vida.

—Bueno, ¿y qué pasa con Isaac? —pregunta.

—¿Qué pasa de qué? No dije nada de él.

—Oh, sí, tu voz lo dijo.

No se le va una.

—Algo está pasando más o menos.

—Lo sabía. —Phoebe se queda en silencio un segundo—. Ajá, cuéntame todos los chismes de los consejeros. Quiero estar al tanto de todo lo que pasa cuando nos mandan a dormir para estar lista para el próximo verano.

—De acuerdo.

~~~

En lo que esperamos que empiece el juego de la tarde, algunos empleados empiezan a filmar testimonios de los consejeros y los campistas para ponerlos en nuestro video para recaudar fondos. Isaac está a cargo de grabar, no sea que alguien cometa el error de grabar verticalmente. Phoebe ayuda a asegurar que todos digan algo un poco diferente, para que no tengamos que acabar editando cortes donde todos solo digan "Me encanta el Campamento Lobo Gris" treinta veces. Además, tenemos que volver a grabar cada vez que el viento le vuela el cabello a la gente en la cara.

Jaden está terminando su propaganda, enfocada en cómo el campamento es un gran sistema de apoyo. Pero Mackenzie lo interrumpe cuando se acerca a nosotros.

—Eh, Ethan dice que no podemos filmar nada en el campamento.

Natasha niega con la cabeza.

—*Esto es para la página de Lobo Gris. Ya dijo que está bien.*

—Ajá —digo y seño. Por más que me moleste Mackenzie, sigue siendo mi compañera de trabajo, así que todavía hago mi mejor esfuerzo por ser amigable—. Es para intentar recaudar fondos para el campamento el próximo año.

Mackenzie solo asiente lentamente y se va, pero se vuelve y añade:

—Por cierto, el audio va a sonar horrible con todo este viento. Solo para que sepan.

—Sí, por eso vamos a hacer nada más los videos con lengua de señas —digo—. Luego eliminamos el audio.

—Mm —murmura Mackenzie.

Tan pronto como nos da la espalda y quedamos fuera de su línea de visión, Natasha da la palmada hacia adelante y hacia atrás para señar:

—*Como sea.*

Isaac me indica que tome su teléfono para grabar su video. Posiciona mis manos por encima de los hombros para conservar la misma estatura desde la que ha estado filmando.

—*Me apuro, no te preocupes* —seña.

Yo asiento, ya sintiendo que los brazos me tiemblan.

Isaac saca su camiseta de consejero de su mochila y se la pone encima de la que trae sin mangas. En una superexuberante y perfecta única toma, seña:

—*Me encanta el Campamento Lobo Gris, ¿por qué? Es el lugar perfecto para ser yo, tan escandaloso, tonto y seguro como yo quiera.*

Isaac vuelve a mí, con una amplia sonrisa.

—*Perfecto.* —Le devuelvo su teléfono.

—*¿Vas a hacer el tuyo en lengua de señas?*

—Oh —digo, sin haberlo realmente considerado—. *Sí, creo que sí.*

Se quita la camiseta y me la ofrece. Me queda un poco larga, pero no sale completa en la toma, así que nadie lo notará.

—*Gracias.* —Me dirijo a Phoebe—: Voy a grabar mi parte superrápido.

—Está bien. —Levanta la cara al cielo—. ¿Todavía vamos a jugar algo? Parece que va a llover.

—Sí, no estoy segura.

Me paro en el lugar que elegimos a la orilla del campo, con el camino de gravilla y los cipreses detrás de mí, capturando la vibra de la locación de un campamento de verano. Pero tan pronto como estoy en posición, me doy cuenta de que no sé qué decir.

—*¿Lista?* —Isaac seña con una mano.

Asiento.

—*Me encanta el Campamento Lobo Gris. ¿Por qué? Porque...* —Pero bajo las manos a mis costados y sacudo la cabeza—. *Nop, de nuevo. Perdón.*

—*¡Está bien! ¿Necesitas ayuda con alguna palabra?* —pregunta Isaac.

—*Sí, por favor. E-s-p-e-c-i-a-l.*

Demuestra la seña y espera hasta que esté lista para empezar otra vez.

—*Me encanta el Campamento Lobo Gris. ¿Por qué? Es un lugar para aprender lengua de señas y experimentar la cultura Sorda y hacer amigos como yo. Es increíble tener este lugar tan especial lejos del mundo que escucha, donde conocí a algunos de mis primeros modelos sordos. Ahora yo puedo ser uno para los campistas.*

Me siento segura señando, pero después de sonreír grande al final de la toma, bajo las manos y me encojo de hombros.

—*¿Estuvo bien? ¿Debería hacerlo de nuevo?*

Isaac niega con la cabeza.

—*¡Estuvo genial!*

Cuando me acerco para devolverle su camiseta de consejero, me abraza de lado.

—*Definitivamente tendrás una de estas camisetas el próximo año.*

—*Eso espero.*

Necesitan pasar tantas cosas antes de eso. Necesito que me contraten como consejera senior. Y el campamento necesita tener suficiente dinero para existir todavía.

Ethan les hace señas a todos para que se alineen al fondo del rectángulo que marcó con conitos naranjas que el viento insiste en volar. Un par de campistas corren atrás de ellos para ayudarlo. Ethan los apila y ya no se preocupa por volver a ponerlos. Podemos jugar un juego de atrapadas con temática de elfos, hechiceros y gigantes, con puntos de referencia naturales en lugar de marcadores.

—¿Estás lista para jugar? —le pregunto a Phoebe.

—Espera, silencio. —Levanta la nariz y ladea la cabeza hacia un costado—. ¿Escuchas eso?

—¿Escuchar qué? —El cielo se oscureció. Tiene un característico tono de verde putrefacto—. Ay, mierda.

—La alarma de tornados —dice Phoebe—. Se escucha más fuerte.

Yo todavía no la escucho, pero sé que tiene razón. Salto y agito los brazos para llamar la atención de Ethan, que está a punto de anunciar las instrucciones del juego. En cambio, corre hacia nosotras.

—¿Todo bien? —pregunta.

Yo señalo el cielo.

—Phoebe escucha la alarma de tornados.

—Uf, esto se puso feo.

En ese momento, Gary llega derrapando en el carrito de golf. Habla con fuerza, pero tranquilo.

—Todos métanse al sótano del comedor.

Ethan corre de vuelta al campo, transmitiendo el mensaje una vez más, y añade:

—Consejeros, cuenten cabezas y lleven a todos sus campistas al comedor.

—Lilah, Simone, suban a sus niños al carrito de golf —dice Gary, bajándose del asiento del conductor.

—¿Quieres decir? —Señalo con la cabeza el carrito de golf.

—Sí, llévense a los campistas en el carro.

Yo llevo rápido a Phoebe al asiento del copiloto, mientras Simone guía a sus niñas para que se amontonen en la parte de atrás. Salimos disparados por el pasto hacia el comedor, mientras todos los demás caminan rápido detrás de nosotras. Caen granizos pequeños de las nubes y empiezan a bombardearnos de lado.

Ya escucho vagamente las sirenas. Phoebe debió haber escuchado las del pueblo que está al lado. ¿Es un aviso o una alerta? Incluso cuando solo se trata de pasar unas horas con mi familia en el sótano, la posibilidad de un tornado siempre me acelera. Hay razones para ese cliché de las personas en el Medio Oeste paradas en la ventana intentando ver algo antes de correr al sótano.

Phoebe está murmurando.

—¿Qué dijiste? —grito, mirándola de reojo para ver su respuesta.

—Un tornado _____ destruyó mi escuela.

—¿Qué? ¿En serio?

—Fue antes de que naciera.

Por supuesto, a veces sí tocan tierra. Pero no tengo ganas de pensar en eso ahora.

—¿Todos salieron ilesos?

—Eh, no...

Honestamente, no estaba preocupada hasta que dijo eso. Estaciono frente al comedor y grito:

—¡Al sótano! —Luego me vuelvo hacia Simone—. Diablos, los salvavidas. ¿Debería ir al lago?

—¡Aquí estamos, aquí estamos! —grita Oliver sin aliento, corriendo hacia el comedor desde la otra dirección.

El resto de los empleados y los campistas ya se acercan también. Gary encuentra la puerta en la parte de atrás del comedor y la abre para revelar una escalera de madera oscura. Isaac deja la silla de ruedas a un lado y carga con cuidado a uno de sus campistas escaleras abajo. Gary hace un conteo para asegurarse de que todos están aquí.

—No hay barandal —le digo a Phoebe, llevando sus manos a mis hombros—. Sígueme.

El sótano es un tercio del tamaño del comedor. Estamos un poco apretados y solo hay un foco que a duras penas ilumina el espacio. El piso no se ha barrido en años. Gary es el último en bajar después de los salvavidas y el personal de la cocina.

Phoebe y yo encontramos un espacio donde sentarnos pegadas a la pared. Al agacharnos, ese único foco encima de nuestras cabezas parpadea y se apaga. Phoebe me dice algo, pero está demasiado oscuro para que pueda leerle los labios.

—Espera —digo, hurgando en mi mochila intentando encontrar mi teléfono o mi linterna. Algunos de los demás consejeros ya encendieron los suyos, proyectando sombras siniestras en la pared—. Caramba, no hay señal. —Me apoyo contra la pared fría de cemento, me llevo las piernas al pecho y equilibro el teléfono entre mis rodillas con la linterna apuntando hacia arriba.

Me vuelvo hacia Phoebe.

—¿Qué decías?

—Olvídalo. —Ya sacó un libro de su morral y está pasando los dedos a lo largo de las páginas.

Y todos nos quedamos ahí sentados..., sentados... y sentados..., esperando a que el cielo se aclare y Gary nos deje salir de este sótano estrecho y atestado. Mackenzie intenta empezar un juego de palmas, pero ninguno de los campistas está de humor y solo prefieren hablar entre ellos.

Dulce gatea hasta sentarse junto a Phoebe y a mí. Señala el libro de Phoebe.

—*Quiero aprender*.

—Oye, Phoebe —digo—, Dulce está junto a ti y quiere aprender Braille.

—Genial. —Pero Phoebe sigue leyendo.

Le sonrío a Dulce y subo los hombros.

—*Un segundo*. —Presiono a Phoebe—. ¿A lo mejor podrías enseñarle algo? No tenemos nada más que hacer.

—Estoy leyendo, ¿eso no es algo?

—Eso sería algo digno de una consejera junior…

Phoebe asienta lentamente.

—Okey, está bien, _____, y solo si ella me enseña a señar.

—*Quiere que tú le enseñes lengua de señas también* —seño. Mira qué tan lejos han llegado mis habilidades este verano, interpretando para facilitar la comunicación entre una campista sorda y otra ciega. A veces tiene un propósito estar en medio.

Dulce asiente con la cabeza, emocionada.

—*Sería divertido*.

Phoebe le acerca la novela a Dulce, escaneando los puntos con su dedo hasta que encuentra la letra *A*. Asiente para que Dulce toque la letra y la examine. Después de eso, Dulce toma la mano de Phoebe y presiona la seña para *A* en su palma, usando un método táctil. Es un método para señar a base de contacto que he visto que usan los niños sordociegos.

—¿La letra se mueve? —pregunta Phoebe.

—Oh, en realidad está señando la palabra "sí" ahora —digo.

Blake está merodeando a un lado y me doy cuenta de que está interesada. La invito a acercarse con un movimiento de cabeza.

—¿Qué están haciendo? —pregunta.

—Aprendiendo Braille y lengua de señas —explico—. ¿Quieres estar con nosotras?

Blake se sorbe la nariz y se limpia con la manga.

—Seguro. —Se acurruca junto a mí y, para mi sorpresa, sigue el alfabeto mientras Dulce lo demuestra para Phoebe.

—¿_____ tiempo vamos a estar aquí? —pregunta Phoebe, pasando a la siguiente letra—. Me muero de hambre.

—Yo igual —concuerdo. Ya es hora de la cena, pero la tormenta desbarató nuestra agenda. Debí haber guardado *snacks* en mi mochila—. Tal vez ya esté pasando.

—No, suena más fuerte —dice Phoebe.

—Hay comida allá arriba. ¿Y si me echo una carrera? —pregunto.

—Voy a decir cosas muy bonitas en tu funeral —dice—. Me está gruñendo el estómago. ¿Puedes oírlo?

—¿Así de fuerte? —pregunto.

—Sí. A lo mejor vas a tener que pensar qué decir en el mío.

Gary abre la puerta y corre escaleras arriba. Vuelve un minuto después, agitando su teléfono.

—Dice que no ha tocado tierra cerca de esta área, pero la tormenta sigue empeorando, así que nos tenemos que quedar aquí.

Ethan salta, se pone la linterna entre los dientes para iluminar sus manos e interpreta.

Me siento un poco celosa de Isaac, que se ve calientito en su sudadera de Yosemite. Está enfriando aquí abajo, aun con todos apiñados juntos.

Me cae un Fruit Roll-Up en las piernas. Solo podría ser de una persona, y sé que es su *snack* favorito. Levanto la vista y veo a Isaac con una sonrisa traviesa.

Tomada por sorpresa y feliz por comer algo, le sonrío inmensamente, mostrando demasiados dientes, así que pretendo que solo intentaba hacer una cara chistosa.

—*Espero que no pasemos la noche aquí* —seña.

—*Yo igual* —seño de vuelta desde el otro lado del cuarto—. *Tengo frío.*

Por supuesto, se quita la sudadera y me la lanza. La atrapo, pero cuando empiezo a negar con la cabeza y extender el brazo para devolvérsela, él insiste.

—*Estoy bien. No tengo frío.*

Me la pongo sin esperar más, ignorando la mirada de Natasha. ¿Ya les contó a sus amigos de nosotros? Digo, fuimos bastante obvios anoche en la fogata.

—*Gracias. Ahora solo tengo un poco de frío... y estoy un poco cansada... y un poco hambrienta... Así que gracias.* —Alzo el Fruit Roll-Up en agradecimiento.

Isaac arquea las cejas.

—*Hambre o...* —Deja la mano contra su pecho, recordando sugestivamente mi error al señar en nuestro primer día del campamento, pero no se atreve a repetir el movimiento con tantos campistas alrededor.

Yo sonrío, pícara.

—*¿No te encantaría saber?*

Deja caer la mandíbula simulando una gran sorpresa.

—*Lilah, hay niños aquí.* —Pero se muerde el labio y sonríe.

~~~

Cualquier nerviosismo o emoción por la alarma de tornados ya había pasado para cuando entramos en nuestra tercera hora de resguardo. Los campistas están encorvados, recostados unos en otros, profundamente dormidos. Simone traía algunas cosas de manualidades en su mochila, así que tejo unos cuantos brazaletes, incluyendo uno para Isaac, para intentar mantenerme despierta. Phoebe se corta con una hoja, así que tengo que llenar otro informe de accidentes para registrar el uso de la curita. Cada vez que usamos algo del botiquín tenemos que escribirlo, sin importar qué tan leve sea.

Entre más tiempo estemos atrapados aquí, menos probable será que Isaac y yo podamos pasar algo de tiempo juntos antes de irnos a dormir. Los días del verano son limitados. No quiero que perdamos ni una sola noche juntos.

Gary revisa de nuevo arriba y se va como por treinta minutos. Cuando vuelve, nos pasa cajitas de cereal para que comamos. Es mejor que nada.

—Ya pasó la tormenta, así que al parecer nos podremos ir pronto. ¡Pero aguanten un poquito más! —dice Gary, y Ethan interpreta. La gente se empieza a estirar, deseosa de salir del apretado sótano—. Consejeros, una junta rápida en la escalera.

Nos metemos todos en la escalerita angosta. Ya que estamos pegados a la pared donde nadie lo notará, busco la mano de Isaac.

—Okey, primero —dice Gary y Ethan interpreta—. Una pregunta: ¿sus niños están más cansados que hambrientos?

—Definitivamente cansados para este punto —dice Mackenzie. Dulce y Blake estuvieron tan enfocadas durante la sesión de Braille y lengua de señas que llevan, por lo menos, una hora dormidas.

—Muy bien, si alguien necesita más comida, díganme. Ahora, el asunto más urgente. La tormenta dejó un caos. Los caminos están deshechos y el viento arrancó un par de árboles. Más específicamente, afectó dos de las cabañas.

Hay un jadeo colectivo al recibir la noticia. Gary levanta los brazos para tratar de calmarnos cuando empezamos a bombardearlo con preguntas.

—El daño es más o menos mínimo, fuera de, bueno, que hay un hoyo en el techo. —Suelta un suspiro—. Saldrá caro componer todo esto.

De todos los árboles y de los lugares donde podía pasar esto en el campamento, ¿se tenían que dañar las cabañas? ¿Tendremos que subir el video para recaudar fondos lo más pronto posible para siquiera sobrevivir este verano, ya no digamos el año que entra?

—Pero esto no lo vamos a ver ahora —continúa Gary—. Todos deberían poder sacar sus pertenencias. Solo tengan cuidado con los pedazos de madera.

—¿Qué cabañas? —pregunta Bobby.

—Cierto. La de los niños más grandes —dice Gary—. Y la de las niñas más grandes, donde están los grupos de Natasha y Simone.

Y míos. Porque acabo de llevar mis cosas a esa cabaña.

—¿La cabaña del personal? —sugiere Ethan.

—Eso había pensado —dice Gary—. Quedan algunas camas disponibles en las otras cuatro cabañas como para repartir a los campistas, y los demás a la cabaña del personal. Cambio rápido la asignación de las cabañas y nos vamos de aquí.

¿Cómo se ve exactamente un techo dañado? Tenía la esperanza de poder arrastrar los pies de vuelta a la cabaña y caerme muerta en la cama, no tener que lidiar con todo esto.

—Gracias a todos por aguantar esta noche tan difícil —dice Gary—. La hora de dormir ya pasó, así que veamos si podemos manejar este nuevo arreglo de la manera más eficaz posible.

CAPÍTULO DIECINUEVE

¿El árbol atravesando el techo? Eh, sí, cayó directamente encima de mi cama. Eso me pasa por escoger la litera de arriba. Aun después de sacudir varias veces mi saco de dormir, sigue teniendo escombros.

Gary ayuda a mover nuestras cosas con el carrito de golf, pero aun así toma tiempo acomodar a todos en sus nuevas camas. El grupo de Jaden se dividió en las camas sobrantes que había en la cabaña de Isaac y Bobby. Mientras tanto, el grupo de Natasha, así como Simone y dos de sus niñas, están en la cabaña del personal, pero no quedan suficientes literas en buenas condiciones, así que Phoebe y yo nos quedamos en las camas sobrantes de la cabaña de Mackenzie.

—¡Estás de vuelta conmigo! —exclama Blake mientras intento desdoblar nuestros sacos de dormir lo más rápido que puedo.

—No aguanté estar lejos —digo, no muy segura de estar canalizando realmente la "alegría del consejero" en este momento.

Phoebe está de malas porque tiene hambre, lo que hace que todo esto sea todavía más estresante.

—Necesito comida —dice.

—Sí, Gary está juntando cosas para hacer sándwiches.

—Ya se tardó una eternidad. Necesito comida de verdad.

—Yo necesito más cereal —añade Blake, enseñándonos su cajita de cartón vacía mientras se lame un dedo para sacar más del polvito de azúcar. Así le va a dar sueño rapidísimo...

—Y me tengo que lavar los dientes —se queja Phoebe.

—¿No quieres esperar hasta después de comer? —pregunto.

—O darme un baño... —continúa Phoebe.

—Ya es tarde. Nos podemos bañar mañana en la mañana. —Yo también quiero darme una ducha, pero Gary recomendó que mejor nos esperáramos hasta saber que todo está funcionando. Rara vez puedo notar la diferencia de edades entre Phoebe y yo, pero en este momento nuestros distintos papeles implican que ella se puede quejar, mientras yo tengo que sonreír.

—No voy a poder dormir —chilla Phoebe.

—Te prometo que sí; estás exhausta —digo—. Te vas a quedar dormida en cuanto pegues la cabeza en la almohada.

Y cuando por fin llega ese momento, así es. Se queda profundamente dormida. Yo, por el otro lado, estoy dando vueltas y vueltas porque tengo que ir al baño. En general he evitado salir de la cabaña sola en medio de la noche. Es justo el tema de todas las películas de terror. Pero mi necesidad de un baño supera mi miedo.

Busco mis lentes en mi mochila para que mi visión sea lo más clara posible en la oscuridad. Me pongo de nuevo la sudadera de Isaac antes de salir al frío de la noche. No tengo que caminar mucho hasta los baños, pero ahora voy desde una cabaña y un ángulo distintos, evitando pisar los escombros de la tormenta. Con cada paso en el suelo lodoso, mis ojos se alejan del camino que mi linterna ilumina y se van directo a los árboles. Nada de esto es menos tenebroso cuando llego al baño, entre las polillas y las luces que parpadean.

Quiero volver a la seguridad de mi cabaña y voy con tanta prisa —corriendo entre la cabina del baño, el lavabo y hacia la puerta—, que casi me da un paro cardiaco cuando salgo y me estrello en Isaac. Nos estuvimos mandando mensajes antes, así que sabía que estaba despierto, pero no esperé verlo aquí.

—*Tengo que ir. Pero espérame aquí* —seña, y luego sale un minuto después—. *Hola, nerd, me gustan tus lentes.*

Me ajusto el armazón sobre el puente de la nariz, señando "nerd" mientras le saco la lengua.

Isaac sonríe.

—*¿No puedes dormir?*

Niego con la cabeza.

—*Yo tampoco. Fue un buen susto.*

Asiento. Él toma mi mano y yo me pego instintivamente a su pecho para abrazarlo, sin ninguna pena de que me vea usando su sudadera todavía. Sigo cansada pero también alerta. Y recuerdo qué traigo en el bolsillo de la sudadera de Isaac: un brazalete verde de cinta adhesiva con una línea morada.

—Toma —murmuro, entregándoselo a Isaac. Espero que le quede. La cinta tejida está bastante rígida, pero tiene aún suficiente flexibilidad para doblarse y que Isaac pueda meter la mano.

Isaac levanta la muñeca, victorioso. El brazalete sobresale del resto de su colección del campamento.

—*Es perfecto*. —Baja los ojos al suelo y mete la mano en su propio bolsillo, sacando una tira de hilo con un tejido suelto, también morado y verde. Lo observa en la palma de su mano—. *No es muy bonita...*

—*No, es genial.* —Extiendo la muñeca esperando.

Isaac intenta atar el cordón, pero está demasiado oscuro. Se hace hacia atrás y aprieta los labios. Las únicas luces que hay son las del baño y los faroles del granero para bailar. Pero están en dirección contraria a las cabañas.

Sin embargo, caminamos juntos hasta el porche, que está húmedo y lleno de escombros de la tormenta. Bajo la luz brillante, Isaac toma mi muñeca y ata el brazalete. Yo me paro de puntas y lo beso en la mejilla.

—*Ojalá pudiéramos ir a otra parte* —seño.

—*Yo también quisiera*.

Ya estamos en un lugar donde no se supone que debamos estar. El brazalete ya rodea mi muñeca, pero la mano de Isaac sigue ahí y acaricia la palma de mi mano con sus dedos. La luz del farol titila sobre nosotros cuando observo mi reflejo en sus ojos. En serio deberíamos volver.

Pero la única dirección en la que ambos nos movemos es hacia el otro. Mi espalda está contra la pared y, sin embargo, quiero que se acerque aún más. Isaac se inclina hacia mí lentamente y siento un cosquilleo en la nuca anticipando que nuestros labios se encuentren y quedemos fundidos uno en el otro.

Es como si hubiéramos detenido el tiempo para besarnos como yo nunca antes había besado. Sin nadie cerca, estar juntos es algo casi enteramente nuevo otra vez.

El sabor a menta de su pasta de dientes. Mis dedos enroscados en su cabello rizado. Sus brazos recorriendo mi espalda, bajo la sudadera que me queda grande, y el contacto directo con mi cintura. La certeza de que me desea tanto como yo a él, y que la tormenta, la mala comunicación, el caos, la confusión, todo nos trajo hasta este momento.

〰️

Varias linternas vienen hacia nosotros. Me aparto de Isaac de un salto, metiendo los brazos en las mangas de la sudadera. ¿Cuánto tiempo llevamos aquí?

Una voz grita detrás de una de las linternas:

—Qué carajos, Lilah. —Es Simone, con Mackenzie.

—Estaba muy preocupada. —Mackenzie me estruja en un abrazo que me saca el aire—. Una niña que no está en su cama no suele terminar bien, según dicen los pódcast de crimen.

—¿Qué? —pregunto, todavía parada a varios pasos de distancia de Isaac, consciente de que nos atraparon. Pero si son solo Simone y Mackenzie, ¿podría no pasar nada?

—Gary viene para acá —dice Mackenzie. Si el director viene hasta acá desde su cabañita cerca de la entrada principal, entonces algo está *realmente* mal.

Simone se acerca, llevando la luz de su linterna directamente a mi rostro. Luego saca su teléfono y se lo pone en la oreja. Doy un paso hacia ella, repasando a toda velocidad en mi cabeza formas de meterme en mi cabaña sin que nadie se dé cuenta y hacer como si nada de esto hubiera pasado.

—¿Qué pasa? —pregunto nerviosa. Isaac también está encorvado junto a mí. Supongo que hay peores estados en los que nos pudieron haber encontrado, pero no tengo idea de cuáles sean las consecuencias de que nos hayan agarrado afuera a estas horas.

A la distancia, veo a Ethan en la oscuridad, esperando afuera de las cabañas. *Mierda*.

—Ajá, no, ya la encontramos —dice Simone en el teléfono—. Resulta que alguien más había desaparecido. Ajá. Sí. Mmm, okey.

Cuando Simone cuelga, Mackenzie finalmente contesta mi pregunta.

—Una de las campistas se puso mal —dice y seña—. Trataron de despertarte, pero me despertaron a mí y entré en pánico cuando vi que no estabas y no te podía encontrar.

—¿Quién se puso mal? —pregunto, pero Mackenzie ya va caminando de regreso a la cabaña.

Isaac me mira y sube los ojos a manera de disculpa, siguiendo a Mackenzie.

Cuando volteo hacia Simone, se ve muy enojada.

—Phoebe _____.

—¿Phoebe? —pregunto preocupada—. ¿Está bien?

—Sí, debería. O sea, vomitó y te estaba buscando. —Simone empieza a deambular de regreso a las cabañas. Hay algunas cosas que me quiere decir primero—. Luego Mackenzie me va a buscar a la cabaña del personal y voy y me encuentro a Phoebe ansiosa, tratando de evitar un charco de vómito, las niñas quejándose del olor, y tú no estás por ningún lado.

—Mierda. —Me retuerzo los dedos, sintiendo cómo me aplasta el agotamiento.

—Mackenzie hizo todo un drama asumiendo de entrada que te habían secuestrado o alguna barbaridad de esas.

—Lo siento mucho. —Para este punto ya llevo casi veinticuatro horas despierta. A todo esto, ¿qué hora es?—. Solo salí un momento y luego...

—Lilah, eso fue irresponsable.

—Pero... Digo, por favor. ¿Tú y Bobby no han estado animándome a hacerlo? Como mi amiga, ¿no puedes comprender un poquito?

—¿A hacer esto? No, no te he estado "animando" a hacer esto. Tienes tiempo libre de nueve a doce, y puedes hacer lo que quieras cuando no estás de guardia. De lo contrario, estás trabajando. Ya fue un día bastante estresante como para tener que lidiar con esto también. Así que sí, mala suerte o lo que sea.

—¿Por salirme?

—Porque te atraparan. —Señala hacia adelante con la cabeza—. _____ adivina a quién le toca limpiar el vómito.

Uff, es fácil asumir a quién.

—A mí.

—Sí.

Me lleva de vuelta a la cabaña, donde Ethan me está esperando afuera, sacudiendo la cabeza en desaprobación.

—Gary va a querer hablar con ustedes dos.

Entro rápidamente y de inmediato me golpea el olor. Casi todas las niñas están despiertas en sus camas, pero en silencio. Prendo la linterna de mi teléfono, descubro el charco de vómito frente a la cama de Phoebe, tan colorido como el cereal que cenamos apenas unas horas antes.

—Hola, soy yo. ¿Estás bien? —le pregunto a Phoebe. Se rueda de lado y toma un trago de su botella de agua.

Mackenzie entra con un puñado de toallas de papel y toallitas de Clorox.

—Simone me dijo que te diera esto.

—Ah, Lilah —dice Phoebe. Su voz se escucha ronca y débil, y sus labios se mueven con lentitud—. Te perdiste toda la diversión. Mi estómago definitivamente tuvo una noche agitada.

~~~~

Termino de limpiar todo y me uno a Gary, que está afuera de la cabaña. Me atrevo a echarle un rápido vistazo a mi teléfono. Son casi las cuatro de la mañana. *Mieeerda*. Me encuentro con él y espero en un silencio incómodo mientras termina de revisar su teléfono antes de mirarme.

—Estoy muy decepcionado —dice alto—. ¿Me escuchas? Fue un comportamiento inmaduro, y no estás aquí para eso.

—Lo siento. Yo...

Levanta una mano.

—Este no es el momento para discutir esto. Honestamente, con todo lo que pasó hoy, _____ en el fondo de mi lista de prioridades. _____ primera y única advertencia. Disfrutas considerables libertades por ser consejera junior, pero sigues en entrenamiento. No dejes de cumplir con tus responsabilidades en el trabajo o de lo contrario, como todavía no tienes dieciocho años, no me va a quedar de otra que hablarles a tus padres.

Me había sentido muy adulta hasta ese momento. Nada más me imagino cómo reaccionarían mis padres si me despidieran de este trabajo por salirme en la noche para encontrarme con un chico.

—Y dudo que les dé gusto saber por qué —termina Gary.

—No volverá a ocurrir —le aseguro.

—Bien. Ethan ya interpretó mi conversación con Isaac. Así que nadie te está señalando solo a ti. —Gary mira alrededor, a las dos cabañas dañadas, y se pasa la mano por la cara, conteniendo un bostezo—. Qué noche.

—Sí. —No estoy segura de si ya me puedo ir a dormir o no.

—Bueno —dice, asintiendo—. Anda. Si Phoebe necesita dormir más mañana, las dos se pueden quedar en la cabaña un rato más. Solo coordínate con Simone.

Finalmente me dejo caer en mi cama unos minutos más tarde. Me acuesto sobre el estómago e incrusto la cara en la almohada, ahogando un gruñido.

—Lilah —me llama Phoebe, en un tono que sugiere que ha dicho mi nombre ya varias veces y no le importa si las demás campistas la escuchan.

Levanto mi teléfono e ilumino su cara con la pantalla.

—Sí, perdón. ¿Estás bien? Gary me dijo que puedes despertarte más tarde si lo necesitas.

—Qué bueno. ¿Estás en problemas?

—No, no creo. —Lo considero un minuto—. Pero estuvo cerca. Sabes...

Phoebe deja caer la cabeza de vuelta a su almohada, al parecer totalmente dormida, y entra la notificación en mi teléfono de un mensaje de Issac.

> **Isaac:** lo siento :/ fue una noche divertida hasta que nos metimos en problemas.
>
> te veo mañana.

He estado tan preocupada por la falta de recursos del campamento y por demostrar que soy buena consejera junior, que nunca consideré siquiera la posibilidad de que me mandaran a mi casa. Tendremos que mantener nuestros encuentros estrictamente en horarios oficiales. Me gusta mucho Isaac, pero no puedo poner otra vez en riesgo mi tiempo en el campamento.

CAPÍTULO VEINTE

Natasha me sacude para despertarme en la mañana. Se sube a mi litera y se sienta sin que yo la invite. Mackenzie y las demás niñas ya van de camino a desayunar.

—¿Qué estás haciendo aquí? —seño y digo entre bostezos.

—*¿Por qué no te has levantado?* —seña.

—Simone me mandó un mensaje hace rato de que me quedara aquí con Phoebe. —Miro a través de los barrotes para confirmar que Phoebe sigue dormida en su cama—. *¿Qué pasó?* —le pregunto a Natasha.

—*Tenemos que hablar.* —Se ve molesta. Tiene que ser por lo de anoche. ¿Y a ella qué? Seña demasiado rápido como para que yo la siga, en especial tan temprano en la mañana.

Dudo, intentando recordar algunos de sus gestos como para descifrar qué acaba de señar, pero al final tengo que pedirle:

—*Otra vez, por favor.*

Natasha pone los ojos en blanco y añade su voz a las señas.

—No lastimes a Isaac. Él no es tan seguro de sí mismo como parece.

Yo sacudo la cabeza, frunciendo el ceño, sin saber de qué está hablando.

—No lo conoces en el mundo real. Ha tenido que lidiar con un montón de idiotas en la escuela, siempre luchando por salir de situaciones horrendas. Y hay niñas que han querido salir con él, pero sin molestarse realmente por comunicarse con él ni por conocerlo de verdad, así que le cuesta mucho trabajo confiar, sobre todo con la gente que escucha. Como su mejor amiga te lo digo, ten cuidado.

Esto explica por qué Isaac es tan cauteloso con las relaciones. Pone en perspectiva su indecisión a principios del verano, y lo que dijo sobre querer estar seguro de conocer a alguien de verdad antes de salir con esa persona.

—Okey, pero ese no es mi caso —digo, sintiéndome a la defensiva y un poco cansada de tener que demostrar quién soy—. Y lo sabes. Yo no sería parte de ese problema. Me gusta y claramente le gusto, y ustedes dos son amigos, y yo estaba hasta cierto punto esperando que tú y yo también fuéramos amigas. Entonces, ¿por qué no confías en mí en lugar de amenazarme? Isaac se puede cuidar a sí mismo.

Natasha niega con la cabeza.

—No te estoy amenazando. Te estoy advirtiendo.

—¿Advirtiéndome? ¿De qué?

Se baja de la cama, meditando sus palabras. Se detiene en la escalera, su cabeza casi debajo del primer peldaño, y dice:

—Isaac busca razones para alejar a la gente. Cuando las relaciones se ponen difíciles, se aleja. Considéralo.

Es muy extraño escuchar a Natasha decir esto, porque ella misma es increíblemente reservada y es una amiga muy cercana de Isaac. ¿Cuántas de las otras chicas tuvieron confrontaciones similares con Natasha? ¿Me está diciendo todo esto porque está a favor de nuestra relación o en contra? No estoy segura, y me encuentro demasiado exhausta para procesar todo esto ahora.

—*Okey* —seño, asintiendo lentamente antes de colapsar de nuevo contra mi almohada.

Supongo que yo también soy distinta cuando estoy en el campamento. A veces parece que mis amigas de la escuela no me conocen realmente ni saben cómo comunicarse conmigo. Pero, de igual manera, ¿me he abierto yo lo suficiente para decirles qué necesito? Nunca les he pedido realmente que me apoyen o que cambien algo por mí.

Por más que le suba los ojos al maestro de audición itinerante cuando dice que abogue por mí en clase, lo cual me deja toda la responsabilidad a mí, tal vez abogar un poquito dentro de mis propias relaciones no estaría mal.

~~~

Durante el almuerzo, Ethan me hace señas para que me acerque. Preocupada de que se trate de lo de anoche, le digo que necesito un minuto y voy a llenar mi botella de agua primero, respirando profundamente para calmarme.

Me acerco a la mesa de Ethan, las disculpas saliendo en cascada de mi boca, pero me indica que pare.

—Ey, ya escuchaste a Gary, ya sabes qué debes y qué no debes hacer de aquí en adelante. No tenemos que hablarlo de nuevo —dice y seña.

—*Fiu*. —Me siento tan aliviada de que Ethan todavía pueda ser amigable y no haya cambiado a actuar como mi jefe. Honestamente, de toda esta situación Simone es la única que sigue enojada conmigo. A duras penas me habla, pese a pasar el día entero conmigo y con nuestro grupo.

—En realidad, solo quería ver qué tan pronto podemos subir el video para recaudar fondos. —Ve mi expresión preocupada—. Sí, las cuentas no están bien y necesitamos dar prioridad a la reparación de las cabañas.

—Por supuesto, grabamos mucho ayer. No debe de tomarnos mucho grabar unos cuantos cortes más hoy y editarlos en la noche.

Me detengo en la mesa de Isaac para contarle el plan y vuelvo con mi grupo.

—Oye, Simone, ¿está bien si grabamos a las niñas después de comer?

—Sí, claro —dice llanamente.

—Digo, cuando se pueda, no tiene que ser ahora.

Simone sube los hombros.

—Está bien.

—¿Hay algo que pueda hacer para que ya no estés enojada conmigo por lo de anoche? ¿Te pido perdón otra vez?

—Lilah, solo dame un poco de espacio. Está bien.

—Oye —grita Phoebe—, ¿ahora puedo hacer un video yo?

Después de comer nos encontramos con Isaac y sus campistas en una pequeña arboleda, para cambiar el escenario. Phoebe se ofrece a hacerlo primero.

—Hola a todos —dice en un tono alegre pero firme—. El Campamento Lobo Gris es un lugar fantástico para los sordos y los ciegos. ¡Pero casi nos pasa por encima un tornado! Vacíen sus bolsillos tan rápido como puedan para ayudarnos a arreglar nuestras cabañas ¡y salvar este increíble campamento! En serio, me gustaría tener la oportunidad de ser consejera junior el próximo año.

Me aguanto la risa hasta que Isaac deja de grabar.

—¿Podemos mencionar el tornado? —digo y seño. Isaac se encoge de hombros.

—¡No quiten lo del tornado! —grita Phoebe—. La gente responde a la honestidad.

~~~

El lunes en la mañana subimos el video para recaudar fondos y tratamos de impulsarlo en redes sociales. Le echo una mirada de contrabando al teléfono durante la clase de arte y manualidades para ver la cantidad de donaciones que hemos recibido hasta ahora. Subió arrastrándose apenas a un par de cientos de dólares, que es un gran inicio, pero definitivamente necesitamos llegar a un público más grande para poder juntar dinero suficiente para salvar Lobo Gris y que siga siendo gratis para todos.

—Ey, Lilah. —Bobby se acerca, apoyando una mano en el respaldo de la silla plegable donde estoy sentada—. Siento que ya nunca te veo. Ya no soy el hombre más importante en tu vida.

Yo suelto un jadeo dramático.

—Oh, Bobby. ¡Jamás!

—Bueno, pues eso está a punto de cambiar porque adivina quién llega hoy y está en mi grupo.

—¡Max está en tu grupo! —¿Cómo se fue tan rápido junio que mi hermano ya va a llegar?—. Qué genial. Se van a llevar muy bien.

—¿Por qué exactamente llega tan tarde tu hermano?

—Ah, solo vienes conmigo buscando alguna primicia. No estoy del todo segura. Mi mamá dijo algo de citas con el doctor y no sé qué de deportes en la escuela. Era más fácil que se perdiera junio aquí.

—¿No ha venido antes?

—Es su primer verano. Pero solo tiene… —Cuento la edad restándola de la mía—. Once.

—Lo ponemos al corriente luego luego. —Bobby asiente—. ¿Y cómo va el video? Mi publicación ya tiene una tonelada de "me gusta", así que dime que estoy salvando el campamento yo solito.

—Estás posiblemente ayudándonos tú solito a arreglar una cabaña. Posiblemente.

—Bueno, no estoy hecho de dinero. Ninguno de nosotros, en realidad. ¿Cómo podemos llegar a más gente?

Agh, yo sé cómo podríamos interactuar más.

—Tal vez haya una forma. Pero ¿y si es casi dinero de limosna?

—Eh, el dinero es dinero. —Se encoge de hombros—. Tenemos que hacer todo lo posible para salir del paso.

—Okey, bueno, deséame suerte.

—¿Ahora mismo?

—Sí, antes de que pierda el valor. Ya vuelvo. —Me acerco al otro extremo de la zona de manualidades, donde Mackenzie está sentada con su grupo. Las saludo con la mano y me siento en la silla vacía junto a ella—. Hola, ¿cómo va todo?

—¡Genial! ¡Mira nuestras decoraciones de piñas! —dice Mackenzie, indicando el tiradero de brillantina que tiene frente a ella.

—Bien. Oye, tengo una pregunta para ti —digo.

—Oh. ¿Es algo serio?

—Pues, algo. —Me debato entre cómo preguntárselo—. Si tuvieras la oportunidad de salvar el campamento, ¿lo harías?

Se limpia las manos en el trapo ya de por sí cubierto de brillantina que tiene a un lado.

—No tengo esa clase de dinero disponible, aunque ¡ojalá lo tuviera!

¿En serio cree que le estoy pidiendo que financie todo ella sola?

—Pero sí tienes seguidores —digo.

—Ya veo. —Siente curiosidad, pero da tiempo a que yo se lo explique.

—Y bueno, ¡el video para recaudar fondos en el canal de Lobo Gris va bien! Pero la página tiene como siete seguidores. Necesitamos un empujón. —No creí que fuera necesario deletrearlo. Le hago señas a Natasha para que venga a ayudar y me doy cuenta de que esto hace que Mackenzie se ponga tensa.

Mackenzie respira hondo.

—Pensé que supuestamente ya no podía usar el campamento en mis videos.

—Esto es diferente —dice y seña Natasha, viniendo a mi rescate—. Lo hemos estado compartiendo y solo necesitamos más alcance.

Mackenzie duda, pero recupera la compostura hablando en un tono extraanimado.

—Por supuesto, ¡me da gusto ayudar! Lo mencionaré al principio de mi siguiente video.

—Antes de que lo hagas —añade Natasha, y Mackenzie se queda tiesa de nuevo—, eh, tu página de información dice que eres intérprete.

—Cierto, tengo que actualizar eso a "estudiante". Se me olvidó, ¡ups!

—Puedes señar en tus videos —explica Natasha—. Me da gusto que estés aprendiendo, en serio. Ojalá más personas lo hicieran. Pero no me gusta que te presentes como alguien calificada para enseñar lengua de señas, porque no lo eres. Las lecciones deben venir de alguien dentro de la comunidad sorda para poder reflejar precisa y adecuadamente la cultura Sorda, no de alguien que escucha y, en particular, no de alguien que aún está aprendiendo.

Mackenzie mira alrededor nerviosa.

—Okey, pero la mayoría de la gente que ve mis videos escucha, y solo los inspiran a aprender. Pueden ir a buscar otros maestros. —Sube los hombros y añade rápidamente—: Que sean sordos.

—¿Cómo se supone que van a saber que tienen que buscar en otra parte si creen que pueden aprenderlo de alguien con una gran plataforma como la tuya? —pregunta Natasha.

—Y es posible que no todos los que te ven sean personas que escuchan —digo—. Las personas sordas y las sordas parciales no aprenden mágicamente lengua de señas al nacer. Hay muchas barreras para aprender. O sea, yo he estado intentando usar el internet como recurso, pero es muy difícil depurar el contenido incorrecto que está allá afuera. No estoy diciendo que lo tuyo esté totalmente mal. Es solo que tú también estás aprendiendo apenas.

—Mmm, okey —dice Mackenzie. Toma el trapo para limpiarse las manos otra vez, pero solo las cubre todavía más de brillantina—. Es algo para pensar. Les estaría mintiendo si les dijera que no he recibido comentarios así en mis videos antes.

—Es una oportunidad para renovar tu marca —digo.

Lo considera y asiente lentamente. Por un momento, creo que es el final de la conversación, pero Mackenzie habla de nuevo.

—Bueno, pensaré en todo esto. Pero por ahora cambiaré mi información y promoveré el video del campamento.

—Gracias, Mackenzie —digo, impresionada por su reacción tan civilizada. Después de todo, acabamos de acercarnos de la nada a pedirle un favor y de cierta manera criticamos su plataforma entera.

Ahora veamos si esto nos acerca más a nuestra meta de dinero.

CAPÍTULO VEINTIUNO

Más tarde, todos estamos en el comedor, maravillados de que la comida de hoy sea *pizza*. Le pido a Phoebe que me guarde una rebanada, ya que Bobby y yo tenemos que ir a recoger a Max en un minuto, una vez que Gary llegue.

Isaac llama mi atención.

—*¿Tu hermano?*

—*Ya casi llega.*

—*Me da _____ conocerlo* —seña Isaac. Inclino la cabeza y él deletrea—: *C-u-r-i-o-s-i-d-a-d.*

—*Es como de esta estatura.* —Pongo la mano debajo de mi hombro—. *Y la gente dice que nos parecemos.*

—Lilah, ¿dónde estás? —Bobby me llama desde las puertas del comedor—. No podemos llegar tarde. Tengo que causar una buena impresión en tus padres. Mostrarles que, a diferencia de cierta persona, yo sí soy responsable.

—Si te atreves a mencionar una sola palabra de lo de la otra noche, Bobby —digo con los ojos bien abiertos—, te juro...

Encontramos a Gary en el carrito de golf y nos vamos volando al estacionamiento, llegando justo cuando la miniván de mis padres pisa la grava.

La puerta de atrás se desliza y Max se baja de un salto. Su camiseta de los Osos casi le llega a las rodillas. Para su baja estatura, por lo general tiene mucha personalidad, pero en este momento se ve nervioso.

—¡Hola! —grito—. ¡Bienvenido a Lobo Gris!

—Agh, no eres una de mis consejeras, ¿o sí? —dice Max, poniendo los ojos en blanco y mirando a nuestros padres en lo que bajan su maleta y los sacos de dormir de la cajuela.

—Nop, ese soy yo. Soy Bobby. —Da un paso al frente y le extiende la mano, lo cual probablemente hace sentir más grande a Max, ya que de inmediato se yergue, dispuesto a impresionar.

—Mucho gusto —dice Max, tomando la mano de Bobby.

Ahora es mi turno de poner los ojos en blanco.

—Sí, Bobby es bueno —digo.

—Ey —dice Bobby—. Soy más que bueno. Solo porque tú tengas una inclinación por cierto consejero...

—¡Oye! —Le doy un codazo a Bobby—. No, en serio.

Gary le entrega un portapapeles a mi papá con los formularios que necesita llenar. Mientras tanto, mi mamá se me acerca y me dice algo que no oigo.

—¿Qué? —pregunto más fuerte.

De inmediato mira mis orejas.

—¿Están en la piscina? —pregunta, subiendo la voz.

Yo niego con la cabeza.

—¿Están en el lago? ¿Ya te vas a acostar? —Entrecierra los ojos.

Yo niego con la cabeza otra vez, frustrada, sabiendo perfectamente a dónde va con esto.

—Mis aparatos están en mi maleta. No hay problema. Dios.

Aprieta los labios y sacude la cabeza.

—Tu audióloga _____.

¿Todavía me sigue sermoneando por los aparatos?

—Dije que tu audióloga te manda saludos.

—Sí, lo entendí. ¿Fueron hace poco?

—Max tuvo una cita con ella. Y con el otólogo. Tuvo un deterioro pronunciado del oído izquierdo.

—Oh. —Me vuelvo y miro a Max para ver su reacción, pero Bobby y él ya están conversando como si fueran viejos amigos. Mi mamá se está tomando muy en serio su pérdida auditiva.

—Así que estamos viendo si es candidato para un implante coclear. —Se queda mirando a la distancia.

—Supongo. Bueno, muchos de los niños de aquí tienen uno. —Para mí, los implantes cocleares parecen intercambiables con los aparatos auditivos de cierta manera, pero definitivamente son mucho más invasivos, sobre todo ponerlos.

—Es una cirugía mayor —dice mi mamá, al parecer preguntándose por qué mi reacción es tan plana—. Bueno, se supone que es "mínimamente invasiva", pero aun así tendrían que pasar seis semanas para que se recupere su cabeza antes de poderlo prender.

—¿Por qué no se puede quedar con dos aparatos auditivos entonces? —Tanto mi hermano como yo tuvimos un bajón en nuestros análisis auditivos anuales. Tenía la esperanza de que esto llevara a mi familia a tomar la lengua de señas en serio. Pero, en cambio, mis padres se van de inmediato por la cirugía.

—El aparato ya no funciona lo suficiente para ese oído.

—¿Entonces podría no usarlo?

Niega con la cabeza.

—Lo necesita para oírnos.

Puedo ver que es el fin de la discusión, lo cual me deja ver algo. Si bien Max y yo tenemos la libertad de asistir al campamento para sordos, sí vivimos en un mundo de gente que escucha. Las facilidades en la escuela se basan en habla y en usar aparatos auditivos. No incluyen servicios de lengua de señas ni intérpretes. Estoy segura de que los médicos están recomendando la cirugía como el siguiente paso lógico, proclamando que es la mejor opción.

Pero ¿quizás lo es? De cierta forma, la cirugía podría verse como la opción más simple, ya que es poco probable que todos alrededor de Max aprendan un nuevo idioma desde cero para poderse comunicar con él. Sobre todo, porque él mismo lo tiene que aprender.

Puedo ver ambos lados del debate y no es una decisión fácil. Sé cuál sería mi preferencia, pero el que va a pasar por el cuchillo es él.

¿Qué piensa Max entonces?

Al terminar el día espero a Isaac en la fogata. Mackenzie está ahí, en la mesa de picnic, editando con su *laptop* su último video.

Gesticula para que me acerque.

—¿Te importaría revisarlo?

—Claro. —Me muevo para sentarme junto a ella—. ¡Oh, incluiste subtítulos esta vez! Está genial. Tener subtítulos tanto para la parte hablada como para la de señas lo vuelve accesible para todos.

Parece impaciente de que inicie la reproducción.

—Es cierto que así tardo más en subir contenido..., pero vale la pena.

Debió haber grabado el video durante su descanso de la tarde porque está parada contra la pared de madera del granero para bailar, con el sol brillando frente a ella.

—¡Hola, amigos! —dice en su típica entrada jovial—. Esta es una breve actualización para hacerles saber que sigo viva y adorando la vida en el campamento de verano. Si tienen los recursos para hacerlo, en verdad espero que vean esta recaudación. —Señala hacia la izquierda, donde asumo que añadirá el vínculo a nuestro video—. Ayúdennos a salvar este increíble lugar. Ahora, también tengo algunas noticias. Se avecinan algunos cambios grandes y emocionantes en mi canal. No puedo esperar para compartir más, pero por ahora estén pendientes de este anuncio muy especial. Y si tienen alguna sugerencia sobre lo que les gustaría ver en mi canal, siéntanse libres de ponerla en los comentarios. ¡Los amo a todos! ¡Y recuerden darle "me gusta" y suscribirse! —Por supuesto, termina el video despidiéndose con la seña de "te amo" dirigida a la cámara.

—Se ve bien —digo—. ¿Cuáles son los otros cambios que vas a hacer?

Mackenzie sacude la cabeza.

—Todavía no estoy segura. Estoy ganando tiempo y hasta cierto punto esperando que haya una buena respuesta en los comentarios.

—Eso estaría lindo. —Me doy cuenta de que tiene abierta la pestaña de la recaudación de fondos—. ¿Ha habido alguna novedad?

—Ya casi llegamos a la meta más pequeña de reparaciones para este verano. Con algo de suerte, mis seguidores nos pueden llevar por lo menos arriba de esa marca.

—¡Sí, crucemos los dedos! —Pero no siento mucha emoción. Todavía necesitamos más dinero para poder llegar a la meta principal de recaudación y asegurar que Lobo Gris siga existiendo. Reparar las cabañas solo es útil si podemos albergar campistas en ellas el próximo verano—. Sí, un paso a la vez, supongo.

—Ah, por cierto, parece que Blake está haciendo amigos —añade Mackenzie.

—¿En serio? ¿Eso quiere decir que Dulce y ella ya son oficialmente mejores amigas?

Mackenzie se ríe.

—Me refería a tu hermano. Nos juntaron con los niños de Bobby en la tarde para unas actividades con grupos pequeños. Blake y Max dominaron en las carreras con obstáculos.

—Interesante —digo, arrastrando la palabra—. Bueno, me da gusto que se esté acoplando.

Tiene sentido que Max gravite hacia los demás hablantes en el campamento, pero quiero que este verano experimente la lengua de señas, y no estoy segura de que tendrá eso con Blake. Y con Bobby como consejero no va a tener que esforzarse a diario con la barrera de la comunicación, como sería si estuviera en el grupo de Jaden o de Isaac. Tengo que ver cómo animarlo a que le dé una oportunidad a la lengua de señas.

~~~

El martes es día de deportes, así que para la actividad de la tarde todos están en el enorme campo abierto con balones de futbol, voleibol, pelotas de beisbol, hula-hulas y toda una variedad de implementos básicos para jugar. Phoebe quiere sentarse en la sombra y hacer más brazaletes, y yo feliz de acompañarla.

Le estoy probando a Phoebe un brazalete alrededor de la muñeca cuando Isaac se acerca y me pregunta:

—*¿Dónde está tu hermano?*

Busco en el campo y señalo la zona de beisbol. Max trae el bate de plástico y está bateando el aire.

—*Le gusta el beisbol* —dice Isaac, asintiendo en aprobación—. *Ese es mi juego. Entonces, ¿quieres que hable con él?*

—*Sí, por favor.*

En la fogata, anoche, le dije a Isaac lo frustrada que estoy porque Max no esté tan interesado como yo en aprender lengua de señas. Supongo que una parte de mí está siendo egoísta; quiero que aprenda para que yo tenga a alguien en casa con quien pueda señar cuando acabe el campamento. Pero también quiero que sepa que tiene opciones para comunicarse, sobre todo ante una decisión tan grande como un implante coclear.

—¿Estás bien si te dejo un momento? —le pregunto a Phoebe—. No me tardo.

—Sí, no te apures. Puedo hacer esto por horas. —Phoebe decidió que no quiere hacer algo del tamaño de un brazalete, así que sigue trenzando lo que ahora parece una larga serpiente tejida.

Sigo a Isaac hacia donde está Max.

—*¿Quieres jugar a atrapar la pelota?* —le pregunta Isaac a mi hermano.

De inmediato, Max se vuelve y me mira.

—¿Qué dijo?

Yo niego con la cabeza y señalo a Isaac, que repite su pregunta.

—Ay, vamos, Lilah —se queja Max.

Isaac lo descompone, una palabra a la vez.

—*¿Jugar?*

—No sé qué está diciendo —contesta Max—. Lilah, solo dime.

—¿Tú qué crees que está diciendo? ¿Qué están haciendo todos en este momento? —pregunto.

—No sé. —Max da unos cuantos pasos, mirando alrededor—. No sé, ¿jugando?

—Correcto —digo y seño—. *Jugar.*

—¿*V-o-l-a-r?* —seña Isaac, levantando una de las pelotas de plástico y señalando el bate con la cabeza.

—Anda —digo—. El alfabeto sí te lo sabes.

—¿D? —pregunta Max.

Yo niego con la cabeza.

—*V-o-l-a-r.*

—¿Volar?

—Sí, gracias.

Isaac toma el bate de manos de Max. Le indica con la cabeza que se vaya más lejos en el campo.

—Oh, ¿volar pelotas? —Max corre de vuelta a su posición. Gesticula lanzar una pelota muy alto hacia el campo.

—*Supongo que lo entendió* —me seña Isaac con una sonrisa. Lanza la bola junto a él y la batea sin esfuerzo alguno en dirección a Max. Max corre para atraparla, pero falla. Va tras ella y se la lanza de vuelta a Isaac, que la atrapa con una mano.

Isaac se pone el bate bajo el brazo y seña a Max.

—¿*Otra vez?*

—¿Qué? —grita Max, levantando la mano con un dedo arriba—. ¡Lánzala otra vez!

—Esa es la seña —digo, repitiendo las palabras—. *Otra vez.*

—Ah, sí —dice Max—. *Otra vez.*

Añade otro gesto para indicar el lanzamiento y repite unas cuantas señas más que conoce.

—*Sí, otra vez lanza* —seña, pero intenta hacerlo tan rápido y en medio de toda su gesticulación que termina señando más que nada un revoltijo sin sentido.

—Está bien, hazlo despacio —digo—. Tienes que asegurar primero que sea claro. La velocidad vendrá con el tiempo, lo prometo.

Isaac batea la pelota directamente hacia Max para que pueda atraparla con mayor facilidad. Max se la devuelve, señando emocionado:

—*Otra vez.* —Luego señala al cielo para indicar "más alto la próxima vez".

Isaac me mira orgulloso y asiente hacia Max, como diciendo "Mira eso".

—*Es un inicio* —seño—. *Gracias.*

—Ey, ¿están hablando de mí? —grita mi hermano.

—Sí —digo, sonriendo.

CAPÍTULO VEINTIDÓS

Antes de irme con Isaac después de terminar el día, quiero arreglar las cosas con Simone. A Bobby le dolía la cabeza y se fue a acostar temprano, así que ella está sola en la fogata, leyendo uno de sus libros.

—Ey, no sigues enojada conmigo por lo de la otra noche, ¿o sí? —pregunto, sin rodeos.

—No sé. —Sigue pasando los dedos por la página, pero yo me quedo esperando, así que hace una pausa y levanta la vista—. O sea, yo sé que ahora pasas tiempo con Phoebe principalmente, pero a veces se siente como si tuviera una campista extra en mi grupo, no una consejera más.

—Oh, perdón, debí ayudar más. Trabajar con las chicas más grandes ha sido mucho más fácil que con las pequeñas. Supongo que me extralimité, tomándolo como un descanso o como una compensación por haberme perdido los últimos veranos como campista mayor.

—Y lo entiendo —dice Simone—. Pero por eso estaba enojada esa noche.

—Eso tiene mucho más sentido. Yo sabía que no podía ser por salirme, porque estoy segura de que Bobby y tú lo han hecho.

Pensé que mi comentario serviría para romper la tensión y hacer reír a Simone, pero solo desvía la mirada.

—No sé. Está muy complicado ahora.

—¿Otra vez?

—Pues, es que él quiere volver el próximo verano, y eso si es que hay un próximo verano aquí. Pero me acabo de meter a un programa en la escuela para ser guía y necesito el crédito para graduarme. Definitivamente, no voy a volver. Es más, me tengo que mudar a Minnesota un año entero, así que hay mucho que decidir.

—Es mucho. Me da tristeza que no vuelvas el próximo año. Te voy a extrañar. Pero felicidades por lo del programa. ¿Estás contenta?

—Definitivamente. —Agita una mano—. El momento no es ideal, pero el programa sin duda es algo bueno.

—Qué bien. Me da gusto —digo con sinceridad, pero entiendo que la parte de Bobby es complicada—. Ah..., oye, quería preguntarte si quieres algo de la tienda. Isaac y yo vamos por *snacks*.

—Estoy bien, gracias. —Vuelve a su libro, así que solo me quedo mirando el fuego mientras espero a Isaac. Al final sale de su cabaña.

—*¿Listo para ir a la tienda?* —le pregunto.

—*Por supuesto* —seña Isaac. Natasha y Jaden se acercan juntos al fuego, revisando sus teléfonos. Isaac junta las manos alrededor de su boca y grita para llamar su atención.

—*¿Qué?* —seña Natasha.

—*¿Nos puedes llevar al Super Mart?* —pregunta Isaac. Llegaron juntos al campamento y ahora sé que su amistad va mucho más atrás de lo que había pensado. Aparentemente, la mamá de Isaac, que sí escucha, conoció a los padres sordos de Natasha a través de un grupo de apoyo para familias aprendiendo lengua de señas cuando Isaac apenas caminaba.

Natasha frunce el ceño, señalando a Jaden.

—*Estamos de guardia. ¿No puedes esperar a mañana?*

Le toco el hombro a Isaac.

—*Yo traigo mi carro, ¿recuerdas?*

—*Ah, ¡cierto! Vamos*. —Se levanta de un salto y saca su cartera de la mochila, dejándola junto a Jaden, en la banca.

—¿*Necesitan algo?* —les pregunto.

—*Lo que traigan estará bien* —seña Jaden—. *Si quieren compartir.*

—*Okey, te traigo* —seña Isaac.

Isaac y yo vamos camino al estacionamiento. Lo atrapo mirándome con una expresión divertida.

—*¿Qué?*

Estamos caminando por un sendero apenas iluminado, así que veo las manos de Isaac al señar bajo la luz de la luna.

—*Necesitas tus lentes para manejar* —dice con una sonrisa.

—*Cierto, casi se me olvida.* —Me paso la mochila al frente y saco los lentes de su estuche. Es mucho más cómodo usarlos cuando no traigo también los aparatos auditivos. Usar las dos cosas es mucho peso para mis orejas.

Las estrellas brillan a través de las ramas de los árboles. Cruzamos el pequeño puente peatonal en la arbolada antes de llegar al estacionamiento, en esa transición de vuelta al mundo real. Existe cierta emoción al dejar el campamento con Isaac y solo con Isaac, como si la noche entera estuviera llena de posibilidades. Respiro el aire fresco y seco y bateo un mosquito molesto.

—*O podríamos manejar esta.* —Isaac señala la camioneta del campamento.

—*Nunca más.*

Solo hay siete u ocho carros en el estacionamiento. Abro los seguros de las puertas manualmente y me subo al asiento del conductor. Quito rápidamente una botella de agua vieja del asiento del copiloto y la lanzo a la parte de atrás antes de que Isaac se suba.

—*Es genial que tengas tu propio carro.*

—*Sí, pero es solo porque mis padres no me pueden llevar a la escuela.* —Nunca he considerado este carro algo genial, sobre todo porque mis compañeros manejan carros mucho mejores, pero supongo que así es para un chico citadino que usa el transporte público—. *Preferiría que hubiera un autobús que pudiera tomar.*

—*Sí. Yo tomo el tren.*

Ambos nos abrochamos los cinturones y yo enciendo el carro. Isaac toca la puerta con la mano, buscando las vibraciones.

—*¿No hay música?*

—¿Qué quieres poner?

Por lo general, prefiero que los instrumentos no sobrepasen las voces, y así, una vez que busco la letra, puedo cantar la mayor parte de la canción.

—*Me encanta el m-e-t-a-l.* —Imita ponerse audífonos y sacudir la cabeza adelante y atrás. Le ofrezco el cable para que ponga lo que quiera.

Trato de poner el GPS de mi teléfono, pero casi no hay señal.

—*¿Hacia dónde vamos? No me acuerdo.*

—*Creo que es para allá. Sal a la derecha.*

Me vuelvo para mirar a Isaac mientras me dirige en las siguientes vueltas, y por fortuna veinticinco minutos después llegamos al Super Mart.

Entro al estacionamiento usando mis indicadores de girar porque hay una patrulla en la esquina. Tiene las luces apagadas, así que probablemente está vacía, pero doy la vuelta despacio por si acaso.

—*¿Cómo es posible que ya sean las diez y media?* —Apago el carro y echo las llaves en la mochila.

—*Apurémonos para volver al campamento* —seña Isaac.

Salir de Lobo Gris solo con Isaac fue divertido, pero ahora que estamos en este Super Mart, en medio de la nada, sé cuánto preferiría estar sentada con él alrededor de una fogata. Además, la verdad no dicha es que ninguno de los dos puede permitirse que lo agarren afuera otra vez después de la hora de dormir.

Al salir del carro me sorprende el silencio. Ya he salido de las instalaciones del campamento sin mis aparatos auditivos —en el bar y para comprar cosas—, pero venía con varias personas y se sentía como una extensión del campamento, donde las cosas siguen siendo sonoras y accesibles.

Pero ahí estamos, tarde en la noche, en el estacionamiento de una tienda. A lo mejor debería ponerme los aparatos, ya que todavía los traigo en la mochila. A juzgar por los pocos carros alrededor, hay otros compradores ahí adentro. Entrar sin los aparatos que estoy acostumbrada a usar para funcionar en la sociedad me hace sentir desnuda en público. Isaac seguro percibe mi vacilación. Me toma la mano al entrar.

El Super Mart es un lugar deprimente con su iluminación fluorescente y el aroma a bodega. Hay más gente caminando por los pasillos de lo que sugería el estacionamiento casi vacío. Nosotros vamos a la izquierda, caminando frente a las cajas para llegar a la sección de comida, del otro lado de la tienda, esquivando a algunos clientes con carritos que no hacen espacio para que pasemos.

Nos movemos con velocidad.

—*Yo voy por las galletas* —seño.

Isaac asiente, metiéndose en el siguiente pasillo a la caza de sus Fruit Roll-Ups.

Mientras tanto, hay demasiados tipos de Oreo como para que pueda escoger. Cinco anaqueles, para ser exactos. Me debato entre probar otra cosa que no sean las clásicas con relleno doble cuando siento que hay alguien parado cerca de mí. Me giro y veo a un hombre moverse sospechosamente lento. Nadie pasea a esta hora. Es el momento del día en que uno hace compras rápidas; entras y sales. Pero, en cambio, el hombre se acerca a mí.

Tomo la bolsa de Oreos que tengo directamente frente a mí, sin confirmar de qué clase son, y camino hacia el extremo del pasillo, pero el hombre camina y me bloquea el paso.

—¿Quieres _____? —dice.

No entiendo lo que dice. La cortesía instintivamente me hace querer inclinarme, sacudir la cabeza, disculparme y pedir que me repita lo que dijo. Pero yo no le debo nada de mi tiempo a este tipo. Da otro paso, acorralándome contra el anaquel. Yo niego con la cabeza.

Él murmura otra cosa. Cuando niego con la cabeza de nuevo sube el volumen, pero no se vuelve más claro, hasta que reconozco la frase familiar en sus labios.

—¿Estás sorda o qué?

—*Ya basta, no puedo oírte* —seño.

Al principio, se hace hacia atrás, impactado. Brevemente considero cómo Mackenzie me dijo que finge ser sorda para que tipos molestos la dejen en paz, pero luego el hombre frente a mí curva los labios en una sonrisa estrecha y perturbadora, acercándose todavía más. Puedo oler el alcohol en su aliento.

Empujo al hombre y corro al final del pasillo, donde encuentro a Isaac rodeando la esquina. De inmediato se da cuenta de lo que está pasando y se queda quieto, la mandíbula apretada y los ojos entrecerrados, viéndose tan intimidante como puede mientras sostiene cuatro cajas de Fruit Roll-Ups en los brazos.

Isaac pasa un brazo por mi cintura y el hombre retrocede y se va por el otro lado del pasillo.

—*¿Estás bien?* —Isaac quiere leer las emociones en mi rostro.

—*Vámonos.* —Bajo la vista y veo que las Oreo en mis manos son de pastel de cumpleaños—. Iiiu, no, espera.

Isaac asiente, tomando mi mano cuando volvemos al pasillo para cambiar las Oreo.

—*Mis favoritas son las de m-e-n-t-a* —dice, y ya estoy buscando ese sabor.

—¡*Las mías también!* —Me siento aliviada de estar lejos de ese borracho y otra vez junto a Isaac.

Nos apuramos para salir de la tienda y volver al campamento. Desafortunadamente, tres de los cuatro carriles de autocobro están cerrados y hay fila en el único disponible, con nada menos que ese tipo asqueroso al final.

—*Aquí.* —Señalo la caja normal, donde una anciana atrás de la caja les está entregando su recibo a unos clientes. No hay fila.

Isaac hace una mueca y se tensa, moviendo la cabeza indeciso. Pero cuando alcanza a ver al borracho en la fila de autocobro, avanza hacia la cajera.

Después de poner nuestras cosas en la banda, abro mi mochila para buscar mi cartera, pero Isaac me indica que él invita. La señora rápidamente guarda las cosas en bolsas en la plataforma circular junto a ella y la gira para que las tomemos de salida.

Isaac mete la tarjeta en el lector, pero la mitad de la máquina está tapizada de cinta adhesiva y un letrero indica que la deslices. Entrelazo las manos alrededor de su brazo izquierdo, inclinándome hacia él como una forma de darle las gracias. Me encanta el olor del humo de la fogata en su ropa. Si nos apuramos, tal vez podamos volver a tiempo para acurrucarnos alrededor del fuego.

Después de que Isaac guarda la tarjeta, noto que la señora atrás de la caja está diciendo algo. Isaac me mira, pero tampoco alcanzo a oír lo que dice. Él va a sacar su teléfono, probablemente para usar la aplicación Live Transcribe. Pero seguro nos estaba preguntando si queremos el recibo, así que me adelanto y respondo:

—No, gracias.

Afuera de la tienda me detengo para sacar las llaves, mientras Isaac da unos cuantos pasos con nuestras bolsas, buscando el carro. Estoy a punto de tomarlo de la mano cuando me doy cuenta de que alguien atrás de mí está gritando.

Me estremezco. ¿Es ese tipo?

Pero no es. Es otro hombre, vestido todo de negro, que corre y se va directo hacia Isaac.

—¡Ey! —le grito al hombre mientras me lanzo hacia el frente para alertar a Isaac, pero el hombre me gana.

Agarra a Isaac del hombro y trata de forzarlo a dar la vuelta. Isaac mira hacia atrás, primero al hombre que lo tiene del hombro y le está gritando a la cara y luego a mí, petrificada. Al instante siguiente, Isaac lanza un codazo hacia atrás, golpeando al hombre en la nariz.

Solo cuando el tipo se tambalea hacia atrás, levantando una mano para tocarse la nariz sangrante, es que me doy cuenta del parche en su pecho.

En su uniforme.

Ay, no. Es un guardia de seguridad.

El guardia maldice con fuerza. Isaac intenta caminar hacia mí, pero el hombre lo pesca de la camiseta. El guardia no ha intentado identificarse e Isaac seguro no ha visto el parche, ya que el hombre se le acercó por la espalda y se le fue encima demasiado rápido esta vez. Los dos luchan uno con el otro en la acera. La sorpresa de Isaac se vuelve furia al dejar caer las dos bolsas de comida. Caen al suelo y se salen las cajas de Fruit Roll-Ups.

—¡Para! —Me doy cuenta de que seño la palabra, estrellando mi mano derecha perpendicularmente contra mi palma izquierda.

Isaac intenta darle un golpe. El guardia lo esquiva y le suelta un puñetazo. Isaac levanta la mano para agarrarse el ojo. Al hacerlo, el guardia estira una pierna para tirarlo al piso. Isaac se cae de cara al suelo, raspándose la mejilla y las palmas contra la acera.

Entonces llegan las luces y encuentro la fuerza para meterme.

—¡Basta! —le grito al guardia—. Lo está lastimando. ¡Basta! —Las puertas automáticas se siguen abriendo y cerrando atrás de mí. Estoy parada en el rango del sensor—. ¡Suéltelo!

Pero el guardia mantiene a Isaac contra el suelo cuando la patrulla se estaciona enfrente de nosotros. El oficial se baja, totalmente indiferente. Está recién rasurado y tiene el cabello corto. Camina sin prisa hacia el guardia e Isaac, aferrándose a su cinturón con ambas manos.

—¿Qué está pasando aquí? —pregunta, arrastrando la voz.

—¿Nos puede ayudar? —intento mantener mi voz tranquila, pero se me quiebra—. El guardia lo agarró. Isaac no puede oír lo que está diciendo porque es sordo.

El oficial me mira entrecerrando los ojos y levanta una mano.

—Quédate _____. —Le indica al guardia que se haga para atrás y lo ayuda a levantar a Isaac del piso.

Isaac se levanta y sube con cuidado las palmas raspadas a la cabeza; el manojo de brazaletes de la amistad se le resbala por el brazo. Tiene el rostro pálido, a excepción de las líneas rojas en su mejilla, y el ceño fruncido. Tiene una cortada encima del ojo izquierdo, que ya empieza a sangrar. Está apretando lo dientes y sus ojos, parpadeando con rapidez tanto de dolor como por las luces de la torreta que tiene enfrente, se le llenan de lágrimas.

El guardia dice algo al oficial, pero no sé qué es. O por qué atacó a Isaac. Me acerco.

—Jovencita —la voz del oficial retumba firme.

—Disculpe —digo, dando otro paso. Isaac mueve levemente la cabeza para decirme que no, pero lo ignoro—. ¿Qué está _____?

El guardia sube la voz para hablar por encima de mí, pero por lo menos ahora puedo entender más o menos lo que dice.

—Ellos _____ y luego se robaron _____ cuando lo llamé para _____.

—No nos robamos nada —protesto, pero me ignoran.

El oficial mira a Isaac de arriba abajo y ve su ropa gastada del campamento. Isaac se lleva una mano a la frente y luego frente a sus ojos para inspeccionar la sangre. Lentamente la limpia en su manga, luego levanta un dedo hacia el oficial.

—¿Por qué me estás señalando? —ladra el oficial. El guardia de seguridad se escabulle hacia la pared.

Isaac señala su bolsillo.

—*Mi teléfono* —seña con cuidado, articulando las palabras junto con las señas, intentando que el policía comprenda lo que está diciendo.

—No puede oírlo —le digo al oficial—. Es sordo.

—Ya te dije _____ —grita otra vez, ignorándome todavía.

—*Soy sordo y necesito tomar...* —seña Isaac lentamente, bajando la mano para señalar el bolsillo donde trae el teléfono.

—¿Qué estás haciendo? —dice el oficial. Extiende un brazo y empuja a Isaac contra la patrulla, preparándose para registrarlo.

—¡Estoy tratando de decirle que es sordo! —grito. Si bien sé exactamente qué está señando Isaac, seguro el oficial no tiene ni la menor idea. Tampoco puede leer los labios de Isaac.

—¿Es qué? —El oficial hace una pausa en su cacheo y se vuelve hacia mí.

—*O si tiene papel para escribir...* —seña Isaac con cuidado.

El oficial toma el movimiento de Isaac como una amenaza, lo agarra del brazo, le da la vuelta y lo esposa con las manos atrás de la espalda.

—¡Le estoy diciendo que es sordo! —grito otra vez.

—No te acerques. —El oficial abre la puerta de la patrulla y empuja a Isaac, con sus brazos y su principal método de comunicación atados a su espalda, hacia el asiento. Isaac no coopera.

—No ha hecho nada —digo, mi voz ya ronca.

El oficial lo empuja otra vez.

Isaac está de pie, congelado. Me mira. Tiene lágrimas en los ojos y le tiemblan los labios.

—*No sé qué está pasando* —le digo con señas, tratando de no llorar. Me siento tan impotente.

El oficial arruga la cara y me ve señar con escepticismo.

—¿Es sordo?

—Sí, no puede oírlo —explico—. Y está lastimado porque ese tipo lo agarró y...

—Dile que _____ a la patrulla entonces, en lo que _____ —dice el oficial.

—*Quiere que te subas a la patrulla* —seño, las manos me tiemblan. Estoy tan aterrada de equivocarme ahora, porque lo último que quiero es que el oficial sospeche que estamos mintiendo. Me vuelvo hacia el policía—: Pero en serio, él no hizo nada.

—Todavía tengo que preguntar qué pasó allá adentro —dice el oficial. Su voz se suaviza. Dice otra cosa, pero ya no entiendo nada.

—Pero necesita un vendaje o algo —insisto.

La voz del oficial suena brusca otra vez.

—Entonces deja _____. Lo que ahora necesita es _____. No tengo toda la noche.

—No hizo nada malo. Por favor.

—Lo vi asaltar al guardia de seguridad —dice el oficial, cansado de este intercambio. Toma a Isaac de la cabeza y lo sienta en el interior del vehículo. Después de cerrar la puerta, el oficial mira al guardia, que está parado contra la pared junto a la entrada de la tienda, limpiándose aún la nariz ensangrentada con una toalla de papel.

—_____ la cajera aquí.

El guardia entra deprisa a la tienda. Él agarró a Isaac. Se le echó encima. Empezó todo esto. Él es quien debería estar sentado en esa patrulla.

Me acerco a la puerta del carro para tratar de señalarle a Isaac a través de los vidrios polarizados, pero el policía señala el pilar atrás de mí.

—Párate ahí contra la pared y no te muevas hasta que yo te llame.

Renuente, doy varios pasos hacia atrás.

El guardia de seguridad regresa con la cajera. El oficial se reúne con ellos solo unos minutos, anotando cosas en una libretita antes de que la cajera se aleje. El guardia de seguridad sale, recoge las cosas que Isaac soltó y se las lleva de vuelta al interior. El oficial regresa conmigo.

—La tarjeta _____ —dice.

—¿Qué? —Rápidamente recuerdo cómo Oliver me dijo que esa pregunta podía tomarse como algo confrontativo, así que pongo una mano atrás de mi oreja para captar la mayor cantidad de sonido posible mientras pregunto nerviosa—: Perdón, ¿me podría repetir eso?

—La tarjeta no pasó bien —dice.

—¿No?

—Cuando la cajera les dijo, tu amigo agarró las bolsas y se fue sin pagar.

—Eh... —Mierda. Pero esa no es la pregunta que hacen las cajeras... Por lo general es el recibo. Mierda. Mierda. Mierda—. Es mi culpa. Yo pensé que nos había preguntado si queríamos el recibo. Lo asumí porque, bueno, no la escuché.

—Pensé que él era el sordo. Tú no te ves sorda.

Frunzo el ceño y pruebo con otra frase.

—Parcialmente sorda. Tengo sordera parcial.

—Claro.

¿Acaso cree que estoy mintiendo? Esto sería mucho más fácil de demostrar si trajera puestos los aparatos auditivos. Debí ponérmelos. ¿Acaso no los tengo para eso? ¿Para ayudarme a evitar situaciones como esta en el mundo real? No estoy en el espacio seguro del campamento. Y ahora es mi culpa que Isaac esté lastimado y adentro de una patrulla.

—Mis aparatos auditivos están en mi mochila. Somos del Campamento Lobo Gris. Podemos volver y pagar por las cosas. Puedo... —Traigo mi mochila al frente, pero el oficial levanta la mano que sostiene la pluma, indicándome que pare.

Levanta la libreta.

—¿Tu nombre? —Es la primera de muchas preguntas. Mi nombre, el nombre de Isaac, por qué estamos en el Super Mart tan tarde, dónde queda nuestro campamento y demás. Pone los ojos en blanco cada vez que le pido que repita una pregunta.

Le contesto lo mejor que puedo, aun cuando estoy distraída mirando a cada rato al asiento trasero de la patrulla.

—Por favor, podemos volver a pasar la tarjeta. Solo déjelo salir.

El oficial revisa sus notas y guarda la libretita en su bolsillo.

—Muy bien. Ya nos vamos.

—¿Pero por qué se lo tiene que llevar? Todo fue un error.

—¿Fue _____ error que atacara _____ guardia?

—Ese tipo agarró a Isaac por la espalda. Él no sabía lo que estaba pasando —digo. El oficial se aleja hacia el asiento del conductor de su patrulla. Yo camino tras él, insistiendo—. Necesita un intérprete.

—_____ manejando atrás.

—¿Yo? Yo... Yo no soy intérprete.

—Te estabas haciendo señas con él, ¿no? —El oficial se sube al carro. Yo entrecierro los ojos por las luces de la torreta.

Isaac necesita un intérprete certificado que pueda explicarle cualquier complejidad de lo que se diga en la estación de policía. Si bien soy mejor que nada, no soy eso. Además, estoy bastante segura de que legalmente necesita que le provean un intérprete legítimo en una situación como esta. Dudo que la pequeña estación de policía a donde sea que lo van a llevar tenga uno.

—*Pediré ayuda* —seño, corriendo detrás de la patrulla. Ni siquiera sé si Isaac me puede ver a través de la ventana.

Mierda, supuestamente tengo que ir atrás de ellos. El policía arranca y se va sin esperarme. Busco apresurada mi teléfono y le saco una foto al vehículo, maldiciéndome por no grabar nada de lo que pasó. Corro al carro, pero ya los perdí de vista.

CAPÍTULO VEINTITRÉS

Gary contesta el teléfono medio dormido y yo balbuceo un montón de incoherencias sobre el Super Mart, Isaac y la policía. Me pregunta algo que no entiendo, así que le digo:

—Escríbeme. No puedo oírte —y cuelgo el teléfono.

No me puedo quedar en el Super Mart. Estoy muy alterada. No hay muchos lugares adonde ir, así que manejo unos cuantos minutos hasta Mackie's, me estaciono y miro el mensaje de Gary.

Gary: Quédate donde estás.
Lilah: Estoy en el estacionamiento de mackie's no me podía quedar ahí.

Le mando un mensaje a Isaac, aunque sé que es muy poco probable que lo vea.

Lilah: Lo siento mucho. Todo va a estar bien, te lo prometo. Vamos por ti. Lo siento mucho.

Tengo la radio apagada. Prefiero quedarme sentada en total silencio. Es lo suficientemente tarde para que ya no se pueda consumir nada en el interior de Mackie's. Todavía quedan un carro o dos en el autoservicio. Cuento once carros antes de que el jeep de Gary se pare junto a mí. Me limpio las lágrimas de los ojos y hago mi mejor esfuerzo por dejar de sollozar.

Gary sale del carro junto con Ethan y la enfermera. Debería ir con ellos, pero no logro encontrar fuerzas para moverme. Gary se acerca y toca mi ventana.

—Lilah.

Inclino la cabeza, todavía anclada a mi asiento. Tengo que decirle qué pasó. Tengo que decirle que fue mi culpa. Tengo que decirle que golpearon a Isaac y está solo y necesita nuestra ayuda. Gary vuelve a tocar. Encuentro la fuerza para quitar el seguro, dejando que abra la puerta.

Se acuclilla para quedar a mi altura como si yo fuera una niña de tercero a punto de que el maestro la regañe.

—Hola, Lilah. —Su voz se escucha más suave ahora, pero todavía apremiante. Estaba esperando que estuviera enojado. De alguna manera esto me da más miedo. Significa que esto es muy malo—. ¿Dónde está Isaac?

Ethan y la enfermera están de pie detrás de él. Me aclaro la garganta, pero mi respiración es superficial.

—El policía se lo llevó. —Empiezo a hiperventilar—. Está herido.

—Okey, Lilah —dice Gary, hablando lento y claro. Ethan se para junto a él, interpretando para mí—. ¿Por qué se lo llevó el policía?

—El guardia de seguridad se le echó encima porque pensó que no pagamos —digo—. Pero sí pagamos. Pero la máquina no funcionó. Pero nosotros no sabíamos. Y el guardia estaba peleando con Isaac. Él lo empujó muy fuerte e Isaac se cayó y se raspó todo.

Gary se vuelve para mirar a la enfermera y a Ethan. Me preocupa que haya dejado fuera demasiados detalles.

Me miro las manos y describo la siguiente parte.

—Ahí fue cuando llegó la policía. Luego Isaac estaba señando y le pedía papel para escribir, y el oficial lo esposó.

Gary señala a Ethan con la cabeza.

—_____ un informe para que Lilah lo llene.

Ethan saca una carpeta de su mochila y toma un informe de accidentes. Me encojo al verlo. Ethan me entrega la hoja en blanco y una pluma. Esta situación es tan tensa que mi instinto es hacer una broma.

—Ya vi suficientes de estos —murmuro.

Gary no sonríe.

—Es importante que escribas exactamente qué pasó. —Ethan asiente solemnemente al señar "importante" dos veces.

—¿Ahora mismo? —pregunto.

—Ethan se va a quedar contigo para llevarte de regreso al campamento —dice Gary—. Nosotros vamos por Isaac.

—¿No debería ir con ustedes? —pregunta Ethan.

—Está bien —dice Gary—. Yo _____. Llévate a Lilah al campamento. Y _____ llame a sus padres.

A Ethan se le cae la cara, pero se queda junto a mi carro mientras Gary y la enfermera se van. Gary no sabe señar, y aunque la enfermera sí, no lo domina tanto como Ethan. Gary quiere arreglar las cosas en la estación de policía, pero Isaac tal vez se sienta más cómodo con Ethan ahí. Y yo. O a lo mejor no querrá verme.

Pero necesito verlo.

—Tenemos que ir con ellos por Isaac —digo y seño.

Ethan sostiene la puerta abierta para que me baje del carro.

—Ten, yo manejo —dice y seña.

—¿A dónde vamos? —No quiero ir a ninguna otra parte que no sea con Isaac.

—Deja que yo maneje —dice Ethan con más firmeza.

En lugar de salir, me arrastro por en medio hacia el asiento del copiloto, bajo mi mochila al piso y me acurruco en el asiento.

Ethan se sube y mueve el asiento hacia atrás para que quepan sus piernas.

—Llena la hoja.

La levanto.

—¿Ahora? ¿No puede ser después de que saquemos a Isaac?

Ethan respira hondo. Puedo ver que está temblando, pero su voz es firme cuando dice:

—Ahora.

Así que escribo, tratando de mantener mis palabras legibles. En letra chiquita, relleno la hoja con cada detalle que puedo recordar. La cantidad de veces que le dije al oficial que Isaac es sordo. Que Isaac necesitaría un intérprete. Que el guardia de seguridad asaltó a Isaac sin identificarse primero. No escribo sobre las líneas porque están demasiado separadas. Estoy escribiendo tan rápido que casi no puedo leer ni mi propia letra, pero varios minutos después ya cubrí todo el frente y la parte de atrás de la hoja.

Le entrego todo de vuelta a Ethan. Le da un rápido vistazo a la hoja antes de meterla a la carpeta y deslizarla en su mochila que descansa sobre la palanca, entre nosotros. Se queda mirando al frente, tenso.

Ethan gira la llave. Nada. Lo intenta de nuevo, una y otra vez, y no pasa nada. Aparentemente, dejé las luces prendidas y ahora la batería está muerta.

—Mierda. —Golpea con las manos el volante.

Debí haber sabido que este carro viejo daría problemas durante el verano.

—Lo siento mucho —digo tan quedo que no estoy segura de que me haya escuchado.

Luego de relatar los eventos por escrito en el informe, todo se siente muy real. Isaac debe estar aterrado. Y está solo. Me pongo a llorar. Horribles lágrimas tibias que he estado tratando de contener ruedan ahora por mis mejillas.

—Lo siento mucho.

Ethan se vuelve hacia mí y me toma de los brazos.

—Estás bien. Lilah, todo va a estar bien. —Saca su teléfono y escribe un mensaje largo.

Yo saco mi propio teléfono de la mochila para escribirle a Isaac otra vez.

> **Lilah:** Ya va ayuda para allá. Lo siento mucho. Espero que estés bien.
> Ya van por ti.

Ethan y yo esperamos. El campamento queda a por lo menos veinte minutos de distancia, pero exactamente veintidós minutos más tarde entra un carro a toda velocidad al estacionamiento.

Jaden, Mackenzie y Natasha se bajan. Natasha corre directo a mi ventana.

—¿Por qué dejaste que pasara? —seña y grita—. ¿Qué hiciste?

Yo me encojo hacia atrás, hacia Ethan, que le seña a Natasha.

—*Para*.

Jaden agarra a Natasha y la lleva de vuelta al vehículo. Ethan va con ellos, así que Mackenzie toma su lugar en el asiento del conductor. Se me queda mirando. Aun si es Mackenzie, me gustaría que se acercara y me diera una palmadita en el brazo. La forma como la gente que escucha se te queda mirando sin tocarte, ahora me hace sentir incómoda.

—¿Estás bien? —me pregunta.

—¿Sabes qué pasó? —pregunto.

—Ethan nos dio una versión resumida. Estoy aquí por si necesitas hablar. —Mackenzie espera que diga algo.

Yo me aguanto hasta que me parece insoportable su mirada fija y seño:

—*No tengo ganas*.

A través de la ventana veo a Natasha en el carro de Jaden. Está sentada con los brazos cruzados mientras él seña. Ethan saca los cables de la cajuela y conecta las dos baterías. Jaden se le une.

—Está enojada conmigo. Probablemente me odia —digo. Cualquier esperanza de una amistad se siente perdida. Y no la culpo.

—No te odia. Está asustada —dice Mackenzie y seña—. Lamento que te pasara esto.

—No me pasó a mí. Yo estoy sentada aquí mientras Isaac está lastimado y solo. Y dije que no quiero hablar de eso. —Cruzo los brazos y volteo la cara.

~~~

Una vez que mi carro prende, Ethan se acerca a la ventana.

—¿Te sientes segura de llevarte el carro? —le pregunta a Mackenzie.

—Sí.

—¿A dónde vas? —pregunto.

—Tenemos que llevarle tu declaración a Gary —dice, alejándose para subirse a la parte trasera del carro de Jaden.

Yo abro de un tirón la puerta.

—Entonces necesito ir con ustedes.

Ethan se vuelve, la mandíbula apretada todavía, el ceño fruncido de preocupación.

—Lilah, lo que en serio necesito que hagas en este momento es que te vayas de vuelta al campamento. ¿Okey? Vete con Mackenzie y esperen a que regresemos. Solo están Bobby y Simone ahí, cubriendo la guardia, así que en serio las necesito de vuelta con los campistas. ¿Lo puedes hacer por mí?

—¿Y ellos por qué pueden ir? —Señalo a Jaden y a Natasha, que evitan mi mirada.

Ethan no tiene una respuesta.

—Lo siento, Lilah.

Se sube al carro y se van a toda velocidad.

Mackenzie viene conmigo y me hala con cuidado de vuelta a mi carro, donde mis ojos finalmente se quedan sin lágrimas. Pateo la guantera.

—Todos me odian. Y yo debería estar ahí con Isaac. Pero lo más probable es que también me odie.

—Lilah, nadie te odia. Te lo prometo. Están preocupados. Estás muy alterada. —Mueve en reversa el carro y toma la carretera—. Además, nos necesitan en el campamento. Es un trabajo importante que nos están confiando, ¿sabes?

No me gusta que Mackenzie maneje mi carro y se le ocurran cosas patéticas que decir para tratar de hacerme sentir mejor. No me gusta que Ethan me trate como si fuera una carga. No me gusta la forma en que Natasha y Jaden me miraron. No me gusta cómo sigo viendo la cara de Isaac cuando lo metieron a esa patrulla.

—Tu idea es la peor —digo, apretando los dientes.

—¿Mi idea?

—Aparentar que eres sorda. No entiendes. —Sacudo la cabeza.

—No. —Mackenzie lo dice fuerte y claro.

—No, no lo entiendes. —Ahora estoy gritando—. No lo entiendes y me vuelve loca. Y todo el mundo asume que sabe, pero no saben nada y lo vuelven tan difícil. A veces hacen que todo sea superdifícil. —Luego digo una grosería a todo volumen.

Nos quedamos en silencio el resto del viaje al campamento y durante unos minutos más adentro del carro, una vez que llegamos.

—Lilah, ni siquiera puedo imaginar qué tan horrible fue lo de hoy —dice Mackenzie y seña con una mano—. Tienes razón. Y espero que me disculpes. No sabía tanto como creía de la cultura Sorda y es posible que la usara a mi favor. Estuvo mal. Pero todavía quiero aprender y ser mejor.

Parte de mí quiere buscar pleito. Cómo se atreve a no ceder a mis frustradas ganas de pelear.

—No entiendes. Este lugar es muy importante para mí. Antes de volver este verano no me había dado cuenta de lo importante que era. Y ahora, ¿qué pasará si él no puede volver? ¿Y si yo no vuelvo jamás? ¿Y si ninguno de nosotros regresa? —Me cuesta trabajo hablar a través del hipo por mi respiración entrecortada—. Pero no importa cuánto me esfuerce, siento que nada me sale bien. Y después de esta noche...

—Lilah, ¿de qué estás hablando exactamente?

No contesto. En cambio, me cubro la cara con las manos y sollozo bajito. Se suponía que este verano sería el mejor, no el peor. Y al paso que vamos, ni siquiera tendré oportunidad de tener un mejor verano el año que entra.

—Lilah... —Mackenzie empieza a decir y percibo la inseguridad en su voz. Seña al hablar—: Isaac va a estar bien. Tiene que estar bien.

No digo nada, así que nos quedamos sentadas un rato en silencio.

—Vamos a la cabaña —sugiere Mackenzie.

—Quiero esperarlos aquí a que regresen.

—Ya casi es medianoche —dice Mackenzie y seña—. Es posible que tarden un rato y necesitas dormir un poco.

—No voy a poder dormir. Necesito esperar a Isaac.

—Puedes intentarlo. Anda.

Arrastro los pies, siguiéndola por el sendero hasta que alcanzamos a Simone y a Bobby en la fogata.

—Perdón —susurro, disculpándome con todos como si fuera a borrar lo que pasó esta noche. No estoy segura de si tengo que explicarles, pero la expresión en el rostro de Simone me dice que ya sabe. Las noticias viajan rápido.

Simone me echa los brazos al cuello y me abraza con fuerza.

—Me da tanto gusto que estés bien.

—Claro que estoy bien. Pero Isaac... —Se me ahoga la voz con solo mencionar su nombre.

Simone aprieta su abrazo más.

—Te tengo.

—Se lo llevaron, aunque fue mi culpa. —Sollozo en el hombro de Simone—. Todo fue mi culpa. Debí pedirle que repitiera lo que dijo. No debí decir que no si no sabía. Tenían que llevarme a mí.

CAPÍTULO VEINTICUATRO

Cuando despierto al día siguiente en la mañana, estoy sola en la cabaña. Agarro mi teléfono de inmediato, pero está muerto. Me arrastro hasta la pared y lo conecto, esprando en agonía que se prenda. Según mi reloj son las nueve y media. ¿Y solo me dejaron quedarme aquí? ¿Se supone que alcance a los demás?

No hay mensajes de Isaac cuando prendo mi teléfono. Solo hay un mensaje de Ethan pidiéndome que le avise cuando me levante. Supongo que eso significa que nadie ha llamado todavía a mis padres. Le contesto a Ethan antes de mandarle otro mensaje a Isaac.

Lilah: Espero que estés bien. Por favor, Isaac, déjame saber que estás bien.

Unos minutos después recibo un mensaje, pero no el que quiero. En cambio, es Ethan contestando el que le acabo de mandar.

> **Ethan:** Voy para allá.
> **Lilah:** Dónde está Isaac.
> **Ethan:** Un segundo. Ya llego.
> No te preocupes, Isaac está en casa.

Eso me deja con más preguntas que respuestas. ¿Isaac está en casa? ¿Eso quiere decir que está bien? ¿Por qué no ha contestado mis mensajes todavía?

Tomo mi mochila para sacar los aparatos auditivos. Excepto que, en lugar de volvérmelos a poner, tomo las llaves del carro.

Lo de anoche quizás nunca hubiera pasado si yo hubiera usado mis aparatos, si me hubiera ceñido a los deseos del mundo que escucha. Quieren que nos adaptemos a ellos para que no tengan que adaptarse a nosotros. Yo quería tratar de abrazar mi pérdida auditiva, pero anoche vi por qué no puedo.

Ethan viene de camino a verme. Será mejor que empaque mis cosas y me vaya a casa antes de que llegue.

Me pongo de pie y empiezo a juntar mis cosas. ¿Por qué traje tantas cosas? Olvídalo. No necesito el saco para dormir ni esta ropa vieja para el campamento. Meto lo esencial en mi mochila y la dejo a un lado. Mis padres pueden recoger el resto de mis pertenencias cuando vengan a recoger a Max. Mis padres, agh. Voy a tener que explicarles todo, ¿verdad?

Veo clarito la desaprobación en la cara de mi madre cuando me pregunte si traía puestos los aparatos anoche.

Voy camino al estacionamiento cuando Ethan se estaciona en el carrito de golf.

—¿A dónde _____? —pregunta, confundido.

Le doy la espalda, sin alcanzar a ver el resto de lo que señó.

—Me voy a mi casa. Adiós.

—Lilah, súbete, por favor.

—No, gracias.

Todavía confundido, conduce el carrito lentamente junto a mí, igualando mi paso.

—¿Dónde está el resto de tus cosas?

—No las necesito. Adiós —repito.

Ethan pisa el freno.

—Lilah, vuelve aquí. Tengo que hablar contigo. —Yo sigo caminando hasta que grita—: ¡No te vas a ir! —Pero cuando volteo, su voz es suave y mueve las manos con calma—. A menos que quieras, claro...

Me detengo un momento, luego camino de vuelta al carrito de golf con los ojos bajos.

—¿En serio?

Levanta un plato cubierto con una servilleta que tiene en el asiento junto a él y me indica con la cabeza que me suba.

—Te traje algo de desayunar.

Hay dos rebanadas de pan tostado sin nada.

—Eh, ¿gracias?

Se agacha, mete la mano en la mochila junto a sus pies y saca un frasco de Nutella.

—Oh —digo—. *Así está mejor.* —Rompo el pan en pedacitos y lo meto en la crema de chocolate y avellana.

—Eso pensé. —Ethan maneja a las cabañas mientras yo como en silencio. Una vez que termino, saco mis aparatos de mi mochila y me los pongo en las orejas, solo para encontrarme con un silencio taponado. No traigo baterías de repuesto conmigo—. Agh. Muertos.

—¿Hablas de las baterías anaranjadas? Revisa mi mochila —me ofrece Ethan.

Revuelvo las cosas en el bolsillo de enfrente hasta que encuentro el paquete.

—¿Ya las encontraste? —dice y seña Ethan.

—¿A dónde vamos?

—Por ahí. —dice Ethan, y espera a que me ponga los aparatos antes de seguir manejando por el sendero que rodea las afueras del campamento.

Ya puedo escuchar más sonidos. El crujido de la grava bajo las ruedas. Las aves más sonoras en los árboles. El chasquido de mis dedos al estirar las manos para tronarme los nudillos. El mundo es más ruidoso, pero no estoy segura de extrañar nada.

Sigo ahí, callada al principio, hasta que ya no puedo contener la pregunta que me muero por hacer.

—Entonces, ¿Isaac está bien?

—Su mamá y él tienen que poner algunas cosas en orden —explica Ethan—. Se fue anoche a casa. Creo que su mamá también va a hablar con un abogado para ver qué opciones tienen. Estaba muy agradecida por la declaración que escribiste.

—¿La declaración? ¿Te refieres al informe de accidentes?
—Sí.

De haber sabido que era para Isaac y su mamá, tal vez hubiera puesto más atención a lo que estaba escribiendo. Pensé que lo iban a guardar en una carpeta, en algún lado, para el archivo del campamento.

—Bueno, fue mi culpa. Debí haberme puesto los malditos aparatos. Y esto nunca hubiera pasado.

—Oye. —Ethan frena el carrito de golf y se gira hacia mí. Yo miro fijamente mis zapatos. Él agita la mano para llamar mi atención—. Mírame —dice y seña.

—¿Qué?

—Cuando traes los aparatos puestos, ¿siempre entiendes lo que la gente en la caja dice?

—Bueno..., no.

—No lo escuchas con total claridad, ¿verdad? ¿No te pasa que muchas veces adivinas lo que crees que tal vez dijeron?

—Sí.

—Entonces, ¿por qué hubiera sido diferente? Tal vez la hubieras oído, pero también es muy probable que no.

—Pero en una de esas sí...

—¿La cajera señaló la terminal? ¿Agitó frenéticamente las manos cuando ustedes se iban? ¿Debieron haberle avisado que eran sordos a cualquier empleado que encontraran en el Super Mart? ¿Isaac debería llevar un pin en su camisa que le grite al mundo "Soy sordo" adondequiera que vaya?

Me encojo de hombros porque no estoy segura de cuál es su punto exactamente.

—Fue una situación espantosa, Lilah. A veces suceden. —Respira largo y profundo—. La mala comunicación es una realidad de la vida. Solo nos toca lidiar con ella más seguido que a la mayoría de la gente.

—Seguro. Y ahora Isaac me odia. Es probable que nunca lo vuelva a ver.

—Te prometo, Lilah, que la persona con la que está más enojado en este momento no eres tú. No con la cajera ni con el guardia ni siquiera con el policía, sino consigo mismo.

—Pero él no hizo nada malo.

—Lo sé. —No tenemos nada más que decir hasta que Ethan añade—: Tal vez regrese.

—Yo no volvería.

—¿Te quieres ir, Lilah? —pregunta Ethan amablemente—. Me encantaría que te quedaras, pero solo si quieres.

Encojo los hombros. Por supuesto que me quiero quedar. Pero quiero estar en un Lobo Gris donde lo de anoche no pasó. Uno donde todos podamos disfrutar nuestro paraíso sordo y no tener que pensar en los peligros del mundo exterior.

Pero Ethan quiere que me quede. Es posible que Max se enoje si me voy antes. Y también es posible que al quedarme aquí tenga oportunidad de ver a Isaac otra vez.

—Lo pensaré —le digo a Ethan.

—Okey. Aunque sí tenemos que hablarles a tus padres y contarles lo que pasó. ¿Quieres venir conmigo y lo hacemos de una vez?

Sí, seguro les va a *encantar* enterarse de lo que pasó.

—De una vez.

CAPÍTULO VEINTICINCO

El día lluvioso va con mi estado de ánimo. Phoebe se da cuenta de que algo anda mal y se sienta conmigo en el granero para bailar, donde trenzamos juntas brazaletes de la amistad.

No les di todos los detalles a mis padres en nuestra llamada, pues sabía que se enojarían si se enteraban de que no traía puestos los aparatos en público. Me preguntaron si quería volver a casa después de todo lo que pasó y honestamente pensé que sí. Me iba a tomar el día para pensarlo, pero tomé mi decisión tan pronto vi a Max en la mañana. Nuestro tiempo aquí es importante. Me voy a quedar.

Ethan pasa una película en el proyector. La película de Disney tiene tanto subtítulos como audio descriptivo. También hay juegos de cartas y brazaletes de la amistad y crayones para mantener entretenidos a los niños. Mientras, todos los consejeros caminan como zombis. Todos se desvelaron.

Max viene y se para de brazos cruzados frente a Phoebe y a mí.

—¿Qué pasó? —me pregunta.

No sé qué contestar. Dejo a un lado el brazalete y paso la mirada vacía por todo el granero, observando las distintas actividades. Ya tengo demasiados brazaletes.

¿Isaac todavía traerá el que le hice?

—¿Estás enojada porque Isaac se fue? —Max es muy perceptivo.

—¿Cómo lo sabes?

—Porque en el desayuno unos campistas preguntaron dónde estaba, así que Ethan y Gary anunciaron que Isaac tuvo una emergencia familiar y se fue un ratito a su casa. Entonces... ¿qué pasó?

—Qué entrometido —digo. Phoebe suelta una risita junto a mí. En realidad nunca había escuchado su risa con claridad cuando no traía los aparatos auditivos.

—Seguro —concuerda Phoebe—. ¿Y entonces?

—Eh..., lo que dijo Ethan, una emergencia. Ojalá vuelva pronto. —No tengo ganas de entrar en detalles con mi hermanito en este momento. Así que le digo a Max—: Creo que Bobby te está buscando.

—¿Ya se fue? —pregunta Phoebe cuando Max se aleja—. ¿Ahora ya me puedes contar qué pasó?

—Está bien. —Presiono un botón en mis aparatos auditivos para bajar el volumen y meto la mano en mi mochila para buscar una medicina. Phoebe debió escuchar el traqueteo del pequeño contenedor de plástico.

—¿Vas a tomar una pastilla o algo? —pregunta.

—Sí, me está matando la cabeza. —Me las tomo con un trago de mi botella de agua.

—¿Es porque te están molestando tus aparatos? ¿Por qué te los volviste a poner? —pregunta—. Está lloviendo, de todas maneras.

—Porque debería usarlos, supongo. Espera, ¿cómo sabes que los traigo puestos?

—Porque no has necesitado que repita tanto las cosas hoy —explica, como si fuera obvio—. Pero si hacen que te duela la cabeza y solo estamos sentadas aquí...

—No sé. Creo que siento que debería usarlos, honestamente.

—No es una buena razón —dice Phoebe.

—Okey, tal vez estoy asustada. —En la menor cantidad de palabras posible, le explico a Phoebe lo que pasó la noche anterior.

Phoebe, por primera vez en todo el verano, no tiene una respuesta inmediata. Después de pensarlo un minuto, pregunta:

—¿Te comenté que quiero ir a la universidad en la ciudad?

Un poco sorprendida de lo que dijo, pero feliz de cambiar de tema, digo:

—No, creo que no.

—Mis padres no quieren que vaya porque hay que lidiar con muchas cosas, como las calles y estar sola por primera vez. Entonces, como ellos están asustados, no puedo admitir que yo también.

—¿Tienes miedo? —Por lo general parece que nada tiene la capacidad de perturbar a Phoebe. No es la clase de persona que exhiba vulnerabilidad en ningún modo.

—Por supuesto... Todo lo que sea nuevo tiene el potencial de ser aterrador. Pero ante los cambios, nos adaptamos como las personas discapacitadas han hecho a lo largo de toda la historia de la humanidad, ¿sabes? Modificar, ajustar, transformar, innovar. —Hace una pausa—. ¿Necesitas que siga?

—Crear un mundo más accesible para que podamos prosperar —digo, de acuerdo con ella y entendiendo su punto.

—Nosotros no sabríamos cuáles son nuestras limitaciones si la gente no nos las dijera todo el tiempo.

Una de las campistas de Natasha se acerca mirando la pila de cintas delante de Phoebe.

—¿Puedo buscar un color? —dice y seña. Yo asiento. Después de elegir, la niña levanta la vista hacia mí—. ¡Oh, iguales!

¿Lo somos? No está mirando mis brazaletes y no puedo encontrar una sola prenda que llevemos en común hasta que levanta un dedo y señala mi oreja.

—¡Los tuyos también son morados! —digo, viendo a qué se refería.

—Es mi color favorito. —Levanta su muñeca llena de brazaletes de la amistad, todos en distintos tonos de morado.

—Es un gran color.

En el mundo real siempre percibo cuando otra persona tiene aparatos auditivos. Por lo general, es alguien mayor con un aparatito minúsculo en el oído o un molde escondido con un cable muy delgadito que le rodea la oreja. Pero nunca me pasa desapercibido. Sobre todo cuando se trata de alguien joven, como yo. Suele ser más fácil porque nosotros tenemos una variedad más amplia de colores de dónde escoger.

Siempre siento la tentación de acercarme a un extraño y decir: "¡Ey, yo tengo los mismos!". Pero ¿y si no reaccionan de la misma manera? ¿Y si quieren mantener ocultos sus aparatos y se molestan porque yo los veo a través de su máscara?

El Campamento Lobo Gris tiene que seguir vivo. Es aquí donde podemos encontrar nuestra comunidad, un lugar donde podemos ser nosotros mismos, sin tener que disculparnos.

~~~

Me tomo mi tiempo para llegar a la fogata en la noche. No me emociona mi guardia del viernes sin Isaac. Ya pasaron varios días desde que se fue, pero parece que el tiempo se mueve en cámara lenta. En las duchas, Simone y sus niñas se están lavando los dientes. Natasha me pasa de largo de camino a las duchas. La he estado evitando, lo cual es fácil porque estoy muy segura de que ella me ha estado evitando a mí.

De vuelta en la cabaña, me pongo la pijama y me quedo mirando la sudadera de Isaac, todavía sobre mi cama. ¿Tendré la oportunidad de devolvérsela? ¿Se enojará si me la quedo?

Me pongo la gabardina en caso de que llueva a cántaros otra vez y me llevo mi toalla de playa para poderme sentar en las bancas mojadas alrededor de la fogata. Estoy ahí sentada, sola, unos cuantos minutos. No me puedo quedar en la cabaña del personal ya que sigue albergando campistas después de la tormenta. Me quedo mirando la pantalla del teléfono, todavía sin mensajes. Nada de Isaac.

Me espanto cuando alguien sale de la oscuridad y se para junto a mí. Mackenzie me saluda con la mano antes de extender su toalla de playa en la banca de al lado. Simone y Bobby llegan también.

—¿Quieres jugar algo? Estoy segura de que traje UNO —dice Simone al sentarse junto a mí—. ¿O te presto un libro? Traigo algunos que no están en Braille.

—No. —En este momento no creo poder digerir entretenimiento—. Pero gracias por hacerme compañía.

Se apoya contra mi hombro y nos quedamos sentadas juntas en un silencio cómodo.

Pero el tiempo pasa muy lento. Un minuto —o quizás una hora después— salto cuando suena mi teléfono.

Solo es un mensaje de mi mamá y no tengo ganas de contestar. La única persona con la que me quiero escribir en este momento es Isaac. Así que le escribo.

> **Lilah:** Hola. Sé que no tienes ganas de conversar solo quería asegurarme de que sabes que aquí estoy cuando estés listo.

Casi salto de mi asiento cuando veo tres puntitos bailar en la parte de abajo de la pantalla. Contengo el aliento en lo que Isaac escribe una respuesta, pero deja de escribir y la elipsis desaparece.

Me quedo ahí unos minutos con la esperanza de que mande algo..., pero no hay nada.

~~~

El sábado en la noche me llega un mensaje de Oliver invitándome a ir con él, así que me voy rumbo al lago. Está recostado en uno de los camastros, mirando las estrellas, y me siento en el camastro que está a su lado.

—Ben está haciendo unas ilustraciones en su *laptop*, así que soy todo tuyo esta noche —dice Oliver—. ¿Qué puedo hacer para distraerte?

Levanto la vista al cielo, mirando las nubes moverse encima de la luna.

—No sé. En realidad no tengo ganas de nada.

—¿Tienes hambre? —pregunta.

—No realmente.

—Bueno, yo me muero de hambre, así que puedes robar de mi plato.

—¿Robar qué? —pregunto, pensando que tal vez me perdí algo que dijo.

Pero Oliver se levanta de un salto, agarra su mochila y empieza a caminar por el sendero. Corro tras él, curiosa. No puedo quedarme ahí sentada en este momento, perdida en mis pensamientos.

—¿A dónde vas? —pregunto cuando lo alcanzo—. La verdad es que no tengo ganas de salir del campamento.

—¿Salir del campamento? Nop, vamos a hacer algo todavía mejor.

Damos vuelta al final del sendero y Oliver se va directo a la puerta lateral del comedor.

—¿Tenemos permitido estar aquí a esta hora? —pregunto, mirando a través de la entrada oscura.

—Nop, nos vamos a meter de contrabando. —Luego encuentra una llave en su cordón y abre la puerta—. Los salvavidas tenemos llave porque no siempre comemos en los horarios normales.

Es tenebroso estar en este edificio cuando ya anocheció. Oliver solo enciende uno de los focos en la cocina, dejando el resto del espacio embrujado por las sombras. Nuestros pasos hacen eco en todo el lugar, ya que todas las noches se quitan las mesas y las sillas para poder limpiar.

Oliver se asoma a una alacenita.

—Te voy a preparar mis famosos macarrones queso.

—Querrás decir macarrones *con* queso.

—Nop, la palabra es innecesaria. —Llena una olla grande con un poquito de agua, lo suficiente para algo que solo vayamos a comer los dos. Se apoya en la barra—. ¿Los vas a traer siempre ahora? —Señala mis orejas.

—Ajá. —Me levanto para sentarme en la barra—. ¿No es más fácil para ti? No tienes que aguantar que esté repitiendo "qué" un millón de veces.

—En realidad nunca me importó.

—¿En serio? A mucha gente sí.

—Solo quiero que te sientas cómoda haciendo lo que sea que quieras hacer —dice, todavía asegurándose de mirarme de frente al hablar.

—Gracias, Oliver.

Suelta los tallarines secos en la olla y busca en el refrigerador de tamaño industrial un poco de crema, mantequilla y queso.

—Y fuera de eso, ¿estás bien? —pregunta, girándose para asegurarse de que pueda seguir viendo su cara cuando lo dice.

—Sí, supongo que sentí que había avanzado mucho descubriéndome a mí misma este verano, y todo se esfumó en una sola noche.

—No, no lo veas así.

—Es difícil no hacerlo —admito.

—Todavía nos queda mucho del verano por delante —dice—. Y tienes toda tu vida por delante. Te puedes seguir encontrando una y otra vez. Lo importante es que seas coherente con lo que te dice tu corazón.

—Guau, qué poético.

—He estado leyendo un montón de las antologías poéticas de Ben últimamente. —Se aleja para revolver el agua hirviendo.

Considero lo que dijo Oliver. Antes de este verano, usar mis aparatos no era algo negociable. Me los pongo diligentemente cada mañana sin cuestionarlo. Nunca se me hubiera ocurrido que pasaría casi todo un mes sin ellos. Pero puedo hacerlo. Tengo la opción... y muchas más opciones en mi futuro. Hay una multitud de formas en las que puedo explorar mi identidad y decidir cómo quiero existir en este mundo.

Oliver cuela la pasta y mezcla los ingredientes.

—Muy bien, bájate, saca un par de tazones y prepárate para la mejor comida de tu vida.

Nos llevamos nuestra comida con queso y nos sentamos afuera, en el porche del comedor, mirando el adormecido campamento que no puede esperar para cobrar vida de nuevo en la mañana. Me baño en la brisa fresca de la noche y encuentro paz en este momento, y más al probar el primer bocado de esta deliciosa comida.

—*Qué bueno está* —seño, asintiendo mientras mastico. Antes de que pueda decir nada en voz alta, Oliver se adelanta.

—Eso quiere decir "bueno", ¿cierto? —dice, sonriendo—. Lo sabía.

CAPÍTULO VEINTISÉIS

Natasha manotea para llamar mi atención desde el otro lado del fuego. Es una noche fría de un martes, pero nuestra cabaña del personal sigue con ocupantes, así que las opciones para reunirnos al terminar el día son limitadas. Desde mi banca en el lado opuesto la miro a través de las llamas.

—*Ey, necesito hablar contigo* —seña Natasha. Me pongo nerviosa porque no estamos precisamente en los mejores términos ahora—. *Me quiero disculpar.*

Yo niego con la cabeza.

—Está bien.

—*No. Por esa noche.* —Desvía la mirada un segundo antes de añadir la voz. Ha pasado exactamente una semana desde que Isaac se fue del campamento y hemos evitado hablar del asunto hasta ahora—. Es solo que me asusté. Isaac ya me explicó más de lo que pasó, así que quería disculparme.

—Está bien, en serio —le aseguro, concentrándome en el hecho de que ella sí ha recibido mensajes de Isaac. Pero me siento aliviada al pensar que, aun si no quiere comunicarse conmigo, por lo menos sigue en contacto con sus amigos—. Es probable que hubiera reaccionado igual.

—Sí —dice y seña—. Y noté que ya no usas tanto las señas.

—Ah, no sé. Supongo que es así porque estoy trabajando más con los campistas ciegos. —Pero al hablar con Natasha dejo las manos a los lados, como si estuvieran demasiado pesadas y no las pudiera levantar—. Y entonces..., ¿has tenido noticias de Isaac? ¿Está bien? Le mandé un mensaje, bueno, varios.

Natasha me mira con una expresión de pena porque lo sabe.

—Estoy segura de que te contestará pronto.

Ethan se acerca, acompañado de una muy entusiasta Mackenzie y de Jaden, y pide la atención de todos.

—¿Todos están aquí? —Mira alrededor de la fogata para confirmar—. Déjenme mandarle un mensaje a Simone y a Bobby superrápido.

—¿Qué pasa? —le pregunto a Ethan.

—Esperemos a que todos lleguen —dice Ethan y seña.

Mackenzie deja su *laptop* en la mesa de picnic. Gary estaciona el carrito de golf justo cuando llegan Simone y Bobby. Todos estamos sentados, esperando el anuncio de Ethan.

—¿Qué quieren primero, la buena noticia, la noticia increíble o la mejor de todas? —pregunta.

—¡Todas! —grita Bobby.

—Okey, vamos con lo primero —dice Ethan y seña—. Para empezar, las donaciones iniciales que recibimos gracias a todos nuestros familiares y amigos, así como el impulso de los seguidores de Mackenzie —Mackenzie asiente, habiendo esperado con ansias que le dieran el crédito—, ¡nos aseguraron suficientes fondos para empezar a reparar el daño de la tormenta!

—¿Podremos recuperar la cabaña del personal? —pregunta Simone—. ¿Ya no tendremos que juntarnos aquí, en el frío?

—Tomará tiempo arreglar el techo de las dos cabañas, ¡pero en nada se verán mejor que nunca! —anuncia Gary con orgullo.

—Ahora, la noticia increíble. Yo diría que empata con la mejor de todas —dice y seña Ethan—. No es cien por ciento seguro aún, pero me escribió Isaac ¡que volverá al campamento pronto!

Se me acelera el corazón de la emoción y de la tristeza. ¿Vuelve a Lobo Gris? ¿Pero ha estado en contacto con todos menos conmigo?

—Y, por último, pero sin dudas no lo menos importante... —Ethan le indica a Jaden que cuente la siguiente parte, vocalizando lo que Jaden seña—. *Entonces, compartí el video, luego mi primo lo compartió, luego el amigo de mi primo lo compartió y anoche ¡_____ hizo una donación enorme!* —Seña muy rápido y me siento tan abrumada por la noticia que no alcanzo a entender el nombre cuando Ethan lo interpreta.

Simone asiente hacia mí.

—Es esa famosa actriz sorda, ¿cierto?

—Diablos, vaya que es pequeña la comunidad sorda —dice Bobby.

—Y que ella lo compartiera nos consiguió todavía más donaciones —dice Ethan— y despertó mucho interés en el campamento. Afortunadamente, Isaac ya había reconstruido nuestro sitio web y teníamos un formulario de contacto y de inscripción.

—Sí, es algo muy bueno que haya más dinero —interviene Gary— porque parece que vamos a necesitar más cabañas y más personal para una tonelada de nuevos campistas.

¿Más personal? ¿Más campistas? Entonces, obviamente quiere decir que volveremos el próximo año, ¿no?

—Según mis cálculos —dice Gary, con Ethan interpretando aún—, tenemos el dinero para cubrir, ojalá, los próximos diez años.

Continúa, compartiendo detalles de todas las renovaciones que Ethan y él tienen en mente para el campamento, por ejemplo, limpiar senderos adicionales para ir a caminar y añadir una cancha de basquetbol o una red de voleibol.

—Y definitivamente estamos pensando en alguna clase de salida para celebrar el final del verano —añade Ethan—. Haremos algo todavía más grande y mejor de lo que hemos hecho hasta ahora.

~~~

No participo en la actividad de la piscina hoy, pero estoy al pendiente de los campistas desde la comodidad de una silla de playa, mirando de contrabando mi teléfono tanto como puedo. Si me hubieras dicho siendo campista que llegaría el día en que voluntariamente dijera que no a nadar, no lo hubiera creído. Pero ya nadé tanto este verano que me caería bien un respiro.

Siento mi mochila vibrar en mis piernas, así que saco mi teléfono de la malla lateral. Entrecierro los ojos para leer la pantalla a través del fuerte sol, imaginando que recibí un texto de Isaac, pero no es más que una notificación irrelevante. Ya pasaron dos semanas desde que se fue y estoy desesperada por saber de él, pero empiezo a pensar que no pasará. He visto mis esperanzas perdidas ya tantas veces que casi no creo el mensaje que aparece en mi pantalla.

    Isaac: Hola

Una palabra. Eso es todo lo que recibo. Una sola palabra sin signo de exclamación ni nada... ¿Qué se supone que haga con eso? ¿Está molesto, enojado, cansado, aliviado o qué?

    Lilah: ¿Cómo estás?

Se me acelera el corazón y se me retuerce el estómago en una bola de nervios y ansiedad mientras espero.

    Isaac: Estoy bien. ¿Tú cómo estás?
    Lilah: Bien.

Yo también le contestaré mensajes de una sola palabra. Pero él no contesta. Después de algunos minutos, cedo.

Lilah: Te extraño.

Escribe durante mucho tiempo. Estoy apretando el teléfono aun cuando debería ser más discreta porque no está bien visto mandar mensajes durante las horas laborales. Cada segundo que espero crece mi certeza de que me va a decir que ya no quiere verme. Pero luego recibo un párrafo que tengo que releer tres veces para poderlo procesar.

> **Isaac:** Perdón por no contestar tus mensajes. Ha sido… difícil. Estaba enojado con todo y con todos. En serio, es muy frustrante cuando me pasan estas cosas, y sin importar lo que haga siento que reacciono totalmente mal, sobre todo cuando se trata de errores de comunicación. Necesito espacio para calmarme y pensar.

¿Necesita espacio? Se fue hace tantos días. Supongo que eso significa que no va a volver al campamento después de todo. Pero ¿quiere decir que ya tampoco me va hablar? Todo lo que saqué de su respuesta es que no me extraña.

Miro los minutos pasar sabiendo que necesito guardar mi teléfono y observar a los campistas. Mi mente está acelerada cuando Ethan se acerca y me toca el hombro. Yo parpadeo rápidamente para esconder las lágrimas y dejo caer el teléfono en mis piernas.

—Perdón —digo—. Me meteré ahora mismo a la piscina con los campistas.

—De hecho, ven conmigo un momentito —dice, señalando hacia el carrito de golf al otro lado de la reja.

—Sé que no debí estar en el teléfono, pero...

—Lilah, relájate —dice Ethan, recogiendo mi mochila por mí—. No estás en problemas, te lo prometo.

Nos lleva a las cabañas y sentado ahí, en una banca de picnic cerca de la fogata, está Isaac. Pero trae puesta una camisa casual y pantalones, no su atuendo usual del campamento.

—¿Ya volvió? —pregunto.

Pero Ethan solo sonríe.

—Los esperamos en el comedor para la comida. No lleguen tarde.

—*Te he estado esperando* —seña Isaac—. *Antes de ver a nadie.* —Trae una gasa encima de su ojo izquierdo. Los raspones de la mejilla ya están desapareciendo, pero todavía se ven. Debe ser doloroso. Se ve como si hubiera estado en una pelea. Lo estuvo.

—*¿Por qué estás aquí?* —Me detengo a unos pasos de él, plantándome firmemente en el suelo, pero sin acercarme más. Bajo las cejas y cruzo los brazos sobre el pecho.

—*Volví.*

Entrecierro los ojos y levanto una mano para señar.

—*¿Definitivamente?*

Él asiente, pero nota que miro su ropa con escepticismo.

—*Mi mamá y yo desayunamos antes de venir.* —Isaac señala su teléfono—. *¿Recibiste mi mensaje?*

Yo asiento, mirándome los pies. Tuvo razón de irse, pero me dejó fuera y luego me manda este mensaje que me asusta. No estoy segura de dónde estamos ahora, así que reprimo el deseo de correr y abrazarlo.

—¿*No quieres verme?*

Isaac sacude la cabeza muy rápido y se acerca hasta quedar parado frente a mí.

—*Ya no estoy enojado* —seña.

—*Pero estabas enojado.*

Inclina la cabeza y asiente con solemnidad.

Se me llenan los ojos de lágrimas otra vez.

—*¿Conmigo?*

Ahora es su turno de mirarse los pies. Apenas deja que su dedo se mueva hacia mí cuando seña:

—*Contigo. Conmigo. Con todos.* —Mantiene la cabeza agachada, pero levanta los ojos para mirarme—. *Mi mamá estaba muy triste.*

Me siento avergonzada de lo molesta que he estado con él. Isaac ha estado lidiando con problemas de verdad en los últimos días. Aun así, me dejó fuera. Lo único que necesitaba era un mensaje para saber que estaba bien.

—*Yo también estaba triste.*

Arruga la frente y se forman pliegues en la gasa de su frente. No me gusta verlo así.

—*Es mi...* —Respiro hondo, frustrada de que mi lengua de señas siga siendo tan precaria que no pueda tener esta conversación—. *C-u-l-p-a.* —Lo deletreo lentamente y con intención, porque no quiero tener que repetirlo si me tiemblan mucho las manos.

Pero Isaac agita las manos.

—*No. No tuya. Ni mía tampoco.*

—*Okey.* —Todavía no sé qué quiere. Ni siquiera sé si él lo sabe—. *¿Me voy?*

Abre los ojos, confundido.

—¿Por qué?

—Dijiste que necesitas espacio.

Sacude la cabeza y saca su teléfono. Frunce el ceño leyendo su mensaje y escribe de nuevo.

> **Isaac:** Cuando me enojo necesito espacio para calmarme, pero ya no estoy enojado. Volví porque quiero pasar el resto del verano aquí. Contigo. Pero entiendo si tú sigues enojada conmigo.

Le da Enviar, pero estoy lo suficientemente cerca como para leer por encima de su hombro. Lo llevo de vuelta a la banca, donde nos sentamos uno junto al otro.

—*Pero no estoy enojada contigo* —seño—. *Nunca lo estuve.*

Él sonríe y se recuesta en la mesa, así que me acerco más a él y lo beso suavemente en la mejilla, cuidando no tocar los rasguños.

—*¿Tú mamá te ayudó?* —pregunto.

Él asiente y se inclina hacia mí, pero yo extiendo las manos para señar más.

—*Estuvo mal. Deberíamos compartir la historia e-n l-í-n-e-a* —seño—. O algo —digo, subiendo los hombros. No sé cómo tomar acción en una situación así.

—*¿En línea? No. Nunca* —seña—. *A la gente le gusta mirarme. Una vez un tipo tomó un video de mi mamá y yo señando. Cuando voy a algún lugar, la gente se me queda mirando como si fuera un animal del zoológico. No necesito que la gente sepa de esto. No soy una de sus historias tristes. Y no soy su*

_____. —Yo inclino la cabeza, así que deletrea la palabra—. I-n-s-p-i-r-a-c-i-ó-n.

—*Entiendo*. —Y así es. ¿Quién sabe cómo reaccionaría el internet? Probablemente encontrarían una forma de culparnos a nosotros. Muchas veces, cuando la gente se siente inspirada por una discapacidad, lo que realmente piensa es "Guau, me da tanto gusto que esa no sea mi vida".

—*Y tenemos el video para recaudar fondos. La gente lo encontraría, y mis redes sociales, y todo de mí, ¿y por la peor noche de mi vida? No quiero eso.*

Lo abrazo. Esta vez, el que se aparta es él.

—*Casi se me olvida. Te traje esto.* —Mete la mano en su bolsillo izquierdo y saca una bolsa de jelly beans de pay de queso con fresas y me la entrega—. *No son fáciles de encontrar.*

—¡*Mis favoritos! Te acordaste.* —Yo me vuelvo hacia mi mochila y saco el brazalete verde que le hice durante mis actividades el día que llovió—. *Te hice otro.* —Me encojo de hombros, contenta de tener algo que ofrecerle a cambio. Le ofrecería un millón de ellos si pudiera.

De inmediato extiende la muñeca hacia mí.

—Es tu bienvenida oficial —digo al atar las tiras.

—*Perfecto.* —Sonríe señalando la bolsa de jelly beans sobre mis piernas—. *¿Puedo probar uno?*

—*¿No los has probado?*

Niega con la cabeza y abre la boca.

Subo los ojos, riéndome. Dejo unos cuantos jelly beans en su mano y me acerco a besarlo en los labios.

—*Me da gusto que hayas vuelto.*

Él asiente y se lleva el dulce a la boca.

—*Okey.* —Se encoge de hombros.

—*¿Okey? ¿Solo okey?*

—*Están buenos, pero no son M y M de chocolate.*

—*Si tú lo dices.* —Nos quedamos sentados en un cómodo silencio, acurrucados juntos—. *¿Vamos al comedor?* —pregunto renuente, pero estoy segura de que quiere ver a sus otros amigos.

—*En un minuto.* —Me pasa un brazo por los hombros y nos quedamos justo donde estamos—. *Yo también te extrañé* —seña al fin.

CAPÍTULO VEINTISIETE

Para celebrar el regreso de Isaac, todos los empleados nos reunimos junto a la fogata para hacer s'mores al final del día.

Con las cosas ya arregladas entre Natasha y yo, me doy cuenta de que hay algo importante que tengo que preguntarle, ya que es la única consejera con un implante coclear. Necesito más datos sobre cómo es tener uno antes de que Max tenga que tomar su decisión.

Ethan ya me contó parte de la experiencia de Natasha, pero quiero que ella me diga por qué se puso el implante. Parece raro que su familia entera sea sorda y ella eligiera hacerse la cirugía. Las familias sordas suelen emocionarse cuando sus hijos son como ellos, pero muchas veces dan a luz a niños que escuchan, como la amiga de la universidad de Mackenzie, que es CODA. Así que la mayoría de los niños que conozco con implantes tienen padres que escuchan.

Natasha está parada del otro lado de la fogata. Acerco mi malvavisco a las llamas y llamo su atención.

—¿Te puedo preguntar... —digo, y luego rodeo el fuego para sentarme con ella— por qué te pusiste tu implante coclear? —De inmediato me aterra la expresión en su rostro, así que añado rápidamente—: Mis padres creen que mi hermano necesita uno.

—*Nadie necesita uno* —seña, haciendo énfasis en la palabra "necesita". Acerca su vara para inspeccionar su malvavisco.

—¡Sácale un video a Max cuando se lo pruebe! —interviene Mackenzie—. ¿Han visto esos videos de "bebés que escuchan por primera vez"?

—Me chocan —dice Natasha y seña, queriendo asegurarse de que la entendimos con toda claridad. Respira hondo—. Un implante coclear no arregla todo. Es un procedimiento quirúrgico tras el cual tuve que enseñar a mi cerebro a escuchar al mundo. Mi oído no se restauró mágicamente y quedó igual que el de una persona que escucha.

Mackenzie se encorva hacia adelante, dejando que su malvavisco se queme.

—Cuando lo pones así... —dice y seña—. Honestamente, debí asumir algo así. Si te disgusta tanto, ¿por qué te lo pusiste? —Me da gusto que Mackenzie esté aquí para hacer las preguntas difíciles.

Natasha respira profundo.

—Hace unos años me harté del mundo. Toda mi familia es sorda: mi madre, mi padre, mis hermanos y hermanas, mis tíos, primos, abuelos. Todos. Algunos podrían usar aparatos auditivos, pero no acostumbran a ponérselos y se comunican solo con señas. Les da orgullo ser sordos, como debe ser.

Hace una pausa y me mira.

—*Cierto* —seño, sin querer interrumpir su historia.

—Pero me sentía demasiado frustrada fuera a donde fuera —dice Natasha—. Cómo tenía que depender de intérpretes. Cómo la gente nos trata de forma diferente. Y cuando mi papá tuvo que ir al hospital..., eso fue lo que derramó el vaso para mí.

Isaac regresa después de ensamblar su propio s'more.

—*¿Hablando de tu implante?* —le pregunta a Natasha. Tomo su aparición como una excusa para ir por suministros y preparar rápidamente mi s'more.

Natasha continúa.

—Quería más independencia y a la vez pensé que sería una forma de obtenerla. Pero cuando decidí hacerlo, mi familia se enojó, sobre todo mi papá. Dijo que ya no sería lo suficientemente sorda. Siempre repetía que "podemos hacer todo menos oír". Para él, que yo quisiera algo para ayudarme a oír era una traición.

—Pero sigues siendo sorda —digo y seño. Sé que yo me preocupo constantemente por no ser lo "suficientemente sorda", pero no entiendo cómo es posible que Natasha también.

—*Sigues siendo sorda* —seña Isaac al mismo tiempo que yo.

—Lo sé —continúa Natasha—. Y aun con el coclear, necesito intérpretes. Puedo "oír mejor" ahora, pero de todas maneras no lo suficiente como para no requerir otros recursos.

Y fue muy pesada la recuperación después de la cirugía. Me preocupaba que fracasara la operación. A veces estos implantes no funcionan. De todas maneras estaba la posibilidad de que no sirviera. Pero me recuperé del procedimiento y mi papá se ablandó con mi decisión, aunque todavía se comportaba como diciéndome "te lo dije". Ya me acostumbré a escuchar un poco más el mundo a mi alrededor, pero no uso el procesador todo el tiempo. Prefiero el silencio. Pero hasta que este mundo se vuelva mucho más amigable para los sordos, supongo que me da gusto tener la opción.

Sé exactamente a qué se refiere.

—¿Eso quiere decir que te da gusto habértelo puesto?

Natasha arruga la boca.

—Si te soy honesta, si pudiera regresar el tiempo y hacerlo otra vez, creo que no lo haría.

—¿En serio? —pregunta Mackenzie.

Natasha se encoge de hombros.

—Ya lo tengo, así que mejor lo uso cuando me dé la gana. —Se vuelve para mirarme—. No sé. ¿Qué piensa tu hermano?

—No estoy segura —digo y seño—. Necesito hablar con él de eso.

Natasha está de acuerdo y seña con empatía:

—Hay tantos niños a los que les ponen el implante superchicos, sin consentimiento.

Isaac me mira.

—*¿Tu hermano?*

—*Su oído izquierdo podría usar un implante* —seño.

—*Enséñale lengua de señas* —seña Isaac—. *Como lo hicimos jugando beisbol.*

—*Yo todavía estoy aprendiendo* —seño.

Por más que me encantaría que mi familia dominara la lengua de señas, la posibilidad de que eso suceda se ve muy distante. Es difícil imaginar la lengua de señas como parte de mi mundo real, en lugar de solo existir en el campamento.

—¡S'mores! —Ethan se nos une en la fogata después de terminar temprano sus tareas de hoy.

—¿No te vas a acostar temprano? —pregunta Mackenzie.

—Nah —dice y seña Ethan, tomando un malvavisco y ocupando un lugar junto al fuego—. ¿Cómo perderme esta celebración?

—¿Crees que debería decirle a mi hermano que no se ponga el coclear? —le pregunto a Natasha.

Mientras lo pondera, Ethan opina.

—¿Para Max? ¿Por qué no? Mi gemela tiene uno y le encanta.

—¿En serio? —No sabía que tuviera hermanos, ya no digamos una gemela.

—Sí, se lo puso bastante joven —dice y seña con una mano—. Yo tengo los dos aparatos auditivos, pero ella tiene un coclear. Escucha perfecto del otro oído.

Ethan se levanta para prepararse su s'more, así que espero a que se siente de nuevo. Natasha también siente curiosidad.

—Pero ¿tu familia no seña? —pregunta Natasha.

—Oh, no. —Ethan sacude la cabeza al darle una gran mordida al s'more—. Solo yo. Fui a una escuela para sordos toda mi vida, pero mi hermana quería ir a una escuela regular.

—Interesante —digo y seño—. Mi hermano no ha aprendido mucha lengua de señas todavía. Le estoy intentando enseñar conforme yo aprendo.

—*Y yo te ayudaré* —ofrece Isaac por segunda vez. Se desliza más cerca de mí en la banca.

—Ey, te volviste a poner tus aparatos —dice y seña Natasha, señalando mis oídos.

—Sí. —Me volteo ligeramente hacia Isaac, pero miro el piso a sus pies.

—*Es cierto* —Isaac hace eco de la observación—. *Me encanta el morado.*

Sacudo la cabeza mientras Natasha pone los ojos en blanco.

—¿Apenas te das cuenta? —pregunta Natasha—. ¿Cómo es posible?

Está a punto de regañarlo más cuando Jaden aparece y se sienta junto a ella. Bobby y Simone vienen también en nuestra dirección. Me acurruco junto a Isaac y comparto otra sonrisa con Natasha del otro lado del círculo. Es una de esas noches con "todo el personal alrededor del fuego". Ya las extrañaba.

CAPÍTULO VEINTIOCHO

El sol no se pone aún, pero estamos preparando una fogata de viernes por la noche en el lago, con todo y una historia en lengua de señas. Lo más probable es que Jaden vuelva a contar su broma de King Kong Sordo. Gary está sentado en el carrito de golf revisando unos papeles y me pide que vaya.

—¿Cómo has estado, Lilah?

—Ha sido un verano loquísimo, pero las cosas van bien. —Estiro los brazos con nerviosismo, mirando cómo los faros del carrito dibujan una larga sombra detrás de mí.

—Me da gusto oírlo. He estado haciendo números después de nuestro nuevo éxito con la recaudación de fondos. ¿Tienes algo planeado para el próximo año?

—Pues, aún no.

—¿Te interesaría ser consejera senior?

—¡Sí! —digo de inmediato—. Claro, si se puede. No estoy segura de haber sido exactamente la mejor consejera junior que este campamento haya visto. Y sigo trabajando en mi lengua de señas.

—¿Estás bromeando? Lo has hecho muy bien. Ayudaste a crear el video para recaudar fondos, por un lado. Un excelente liderazgo. No te vamos a dejar ir tan fácilmente. Has hecho un gran trabajo con los campistas, en especial ayudando a los que no dominan las señas. Confío en que, con unos veranos más trabajando aquí, te expresarás fluidamente. No puede ser de otra manera. Vamos, hasta Bobby y los salvavidas ya se saben un montón de señas. Mientras, yo me las he arreglado usando al personal como intérprete. —Se detiene, rascándose la barba—. Ahora, no creas que se me olvidó cierto incidente después de horas.

—Nunca más —digo, negando solemnemente con la cabeza. ¡Pero lo hice! Logré asegurar el puesto de consejera senior. Aunque fue un verano largo y en ocasiones difícil, lo hice.

—Como yo lo veo, serás el problema de Ethan —dice Gary—. Yo ya no estaré aquí el próximo verano.

—¿Por qué no?

—Es hora de pasar la batuta. Además, Ethan está más que listo para hacerse cargo. —Gary parece totalmente despreocupado por esto.

Ethan conoce Lobo Gris al derecho y al revés. Fue campista desde los seis años, consejero junior y consejero senior, y ahora subdirector. Se lo merece, y tendremos nuestro primer director con una discapacidad en la historia del campamento.

—Seguro está muy emocionado —digo—. ¡Pero te extrañaremos!

—Encontraré la manera de darme una vuelta y ver cómo va quedando la remodelación. Me da mucho gusto por todos ustedes. —Gary me sonríe con alegría—. ¿Alguna duda sobre el trabajo?

—Eh, no sé. —No estaba esperando esta conversación en este preciso instante.

Gary vuelve a mirar sus papeles y luego me sonríe otra vez.

—Si se te ocurre algo, házmelo saber y ya. Ethan te contactará con los detalles en la primavera.

—¿Todavía tengo que ir a alguna entrevista o...?

—Esta fue la entrevista. Ya lo hablé con Ethan. Le encantará que hayas aceptado.

—Excelente.

—Ahora, ¿te importaría mandarme a Phoebe para acá? Tengo otra pregunta para ella.

Sorteo a algunos de los niños más chicos que están correteando y vuelvo hacia donde Phoebe me espera en las gradas.

—Hola, Gary tiene algo que preguntarte.

—Uh, ¿crees que sea sobre lo del próximo verano? —Ya está temblando de la emoción.

—Es posible. Ethan me preguntó hace tiempo si estarías interesada. Respira profundo —digo, tomándola de los hombros para calmarla—. ¿Quieres que te guíe hacia allá?

—¿Está justo por ahí? —Señala con la cabeza en esa dirección, desdoblando su bastón—. Yo voy.

Espero pacientemente en lo que Phoebe llega y platica unos minutos con Gary. Viene sonriendo de oreja a oreja cuando regresa.

—¡Excelente! ¡Estás viendo a la consejera junior del próximo año!

—¡Sí! —Me estampo en ella con un abrazo—. Más vale que te asignen a mi grupo.

~~~

Vuelvo a aplicarme un poco de repelente en espray antes de mi penúltima guardia del verano. Cuando llego a la fogata, Isaac ya prendió el fuego. Está sentado en las rocas, picando la leña con una vara larga.

—*Te ves contenta* —seña cuando me acerco.

—*Recibí buenas n-o-t-i-c-i-a-s hace rato.* —Lanzo mi mochila encima de la mesa de picnic sin importarme que siga húmeda con la poca lluvia que cayó en la tarde.

—*Puede deletrearse como n-o-t-i-c-i-a-s o ser similar a "informar"* —seña para mí, llevando sus manos dobladas cerca de su cabeza hasta extender las palmas—. *¿Qué pasa?*

—*¿Adivina quién va a ser consejera senior el próximo verano?*

—*¿Tú?*

—*Sí* —seño, haciendo un bailecito de camino hacia él. Traigo su sudadera puesta y levanto los brazos aleteando las mangas de la emoción.

—*¡Qué genial! Me da mucho gusto por ti.* —Me ofrece ayuda para sentarme en las piedras junto a él. El fuego calienta mis pies.

—*¿Y tú qué?* —pregunto, subiendo los ojos a él.
—*¿Yo qué?* —seña, ladeando la cabeza—. *¡Me da emoción!*
—*¿Vas a regresar?*
Echa más palitos al fuego.
—*No puedo.*
Esperaba esta respuesta, pero eso no lo vuelve más fácil de digerir.
—*¿Por?* —Mantengo la seña unos cuantos segundos, aunque ya me imagino. Pero si regresó para estar aquí todo el verano este año, ¿por qué no querría volver para el siguiente?—. *Podríamos estar otra vez juntos todo el verano.*
—*Tengo beisbol* —seña—. *Para la universidad. Ya fue bastante difícil organizarme este año.*
—*Oh.* —No me esperaba esto, pero sabía que jugaba. Intento pensar de qué manera puede volver—. *Quizás puedas venir de visita una semana.*
—*Quizás.* —No parece seguro.
—*Te vas pronto a la universidad, ¿cierto?*
—*El último domingo.*
—*¿Cómo puede ser el domingo el último día de campamento? ¿Este domingo?*
Prácticamente ya no nos queda tiempo juntos. ¿Se va a ir directo al aeropuerto? Pensé que tal vez podríamos encontrar la manera de vernos algunas veces después de que terminara el campamento.
Arruga la boca y asiente con lentitud.
—*¡Pero!* —Abre mucho los ojos con emoción—. *Ethan está planeando una sorpresa en la ciudad el sábado en la noche para cerrar el verano.*

—*Sí, recuerdo que lo dijo.*

—*Sí. Será genial.*

Levanto la cabeza y miro el cielo oscuro de la noche. Ojalá el verano no fuera tan corto.

—*¿A qué universidad vas a ir? RIT, ¿cierto?*

—*No.* —Niega con la cabeza—. *Gallaudet.*

—Oh —digo, asumiendo que irá porque un montón de consejeros han estado allí antes—. *Pensé que estarías en Nueva Y-o-r-k, pero Gallaudet está en D. C., ¿cierto?* —Sea como sea, me queda muy lejos.

Isaac asiente buscando algo en su mochila. Me empuja el hombro, así que me enderezo y noto que sostiene dos Fruit Roll-Ups.

—*¿De dónde?* —pregunto.

Él sonríe.

—*De mi mamá.*

Levanta la mochila. Está atascada de barritas. Su mamá se aseguró de que no tuviera que ir a comprar nada más.

—*Es un montón. Nunca te lo vas a acabar.*

Le da un mordisco y sube los hombros.

—*Más para el avión.*

—*Cierto, después del campamento.*

—*Sí, después del campamento* —repite.

El fuego empieza a apagarse, así que Isaac se inclina hacia adelante y le lanza otro pedazo de leña. Yo observo cómo las llamas lo consumen. Isaac se va a la universidad después de esto. Siempre supe que pasaría. Puedo ser realista. Nuestros días están contados.

—*Es tan pronto* —seño.

Me pasa un brazo por los hombros. Estiro las piernas hasta que mis pies quedan cerca del fuego. Me recuesto contra Isaac mientras termino el Fruit Roll-Up que había estado colgando peligrosamente de mi boca.

Lo extrañaré. Extrañaré a la persona que soy cerca de él.

Puede sentir mi aprensión y se inclina hacia mí, plantando un beso dulce en mi frente. Pasamos el resto de la noche abrazados enfrente del fuego, en lo que yo cuento las horas que nos quedan juntos.

~~~

Consciente de que volveré el próximo año, intento no estar demasiado triste al acercarse el final de este año, pero es difícil no sentir nostalgia cuando todo se convierte en lo último. Nuestra última salida a la playa. La última caminata por el sendero. La última vez que jugamos entre grupos en el campo. La última vez que nadamos en la piscina. La última vez que el chef nos sirve alguna clase de engrudo para cenar. La última noche que Isaac y yo bailamos juntos en el granero, olvidándonos del mundo a nuestro alrededor.

Sin importar qué tan repetitivas parezcan algunas cosas después de todo un verano: las mismas canciones cantadas en todos los concursos de talento, los mismos clavados de bomba en el lago y, pronto, las mismas despedidas entre lágrimas que inevitablemente asolan cada campamento al final de la temporada... Es difícil no estar tristes porque esta temporada ya casi termina. Decirle adiós a Lobo Gris nunca será fácil.

Y así como así pasa otra semana, y el último viernes ya está aquí. Se supone que Isaac y yo estamos de guardia, pero Gary y la enfermera se ofrecen a estar atentos cerca de las cabañas, permitiéndonos vagar por el campamento con el resto de los consejeros. Isaac y yo esperamos en la fogata a que lleguen Ethan, Jaden, Natasha, Simone, Bobby y Mackenzie.

—¡Vayamos al lago otra vez! —dice Ethan y seña.

—Pero no al puente. —No creo poder soportar un segundo salto este verano.

—*Podríamos aventarnos desde el m-u-e-l-l-e* —ofrece Isaac.

—Eso estaba pensando —dice Ethan y seña—. Solo una noche casual en el lago. Ya les dije a los salvavidas. ¡Vámonos!

Nos tomamos nuestro tiempo para llegar hasta el agua. El sendero ya me es tan familiar que puedo anticipar cada giro y cada letrero sin tener que ver por dónde voy.

Oliver y Ben ya nos están esperando en la reja.

—Ethan ahora sí nos avisó que iban a venir —explica Oliver.

—Para que puedan participar —digo.

—Pero desafortunadamente no se puede alargar mucho —dice Oliver, frunciendo el ceño—. Tenemos que tomar el tren mañana muy temprano.

—¿Qué tan temprano? —pregunto.

—Como a las cinco en punto —dice Ben.

—Muy temprano. Guau, ¿esta es la última vez que los voy a ver? —Me da tristeza que se vayan.

—Nop, porque seguiremos por ahí —dice Oliver—, viajando por Estados Unidos un rato antes de que salga nuestro viaje internacional desde Chicago. Vamos a estar de vuelta por aquí en un mes y nos tienes que acompañar a cenar.

—¡Sí, suena perfecto! Así me pueden contar todo de su viaje. Aunque seguro lo veré todo en Instagram primero.

—¿Vas a volver el próximo verano? —pregunta Oliver.

—Sí, ¡consejera senior! —digo—. ¿Y tú?

—Ese es el plan —dice Oliver—. Por lo menos para mí.

Ben asiente evasivo.

—¡Qué alivio! Parece que muchos no van a volver. Me da mucho gusto que tú vayas a estar aquí —digo. Isaac me está esperando cerca del agua, así que termino de despedirme por ahora—. ¡Los veo luego, antes de que nos vayamos!

Vuelvo con Isaac, que nos guía hasta la orilla del muelle.

—*¿Tienes miedo esta vez?*

—*Solo un poco* —seño, pensando en el fin del verano en lugar del salto físico al agua, pero feliz de agarrar su mano con fuerza de todas maneras.

Se inclina hacia mí y me besa la punta de la nariz. Luego saltamos.

Después de subir, Isaac y yo vadeamos hacia la zona poco profunda, cerca de los demás consejeros. Sigue siendo muy honda para mí, así que brinco en puntas de pie para mantener la cara fuera del agua. Isaac me alcanza para mantenerme a flote. Lo miro de frente y descanso los brazos en sus hombros, envolviendo su cintura con mis piernas.

Transcurren una hora o dos y finalmente llega el momento de volver a las cabañas. El resto de los consejeros están listos para salir.

Pero Isaac no se mueve todavía.

—*No me quiero ir.*

—*Yo tampoco.*

—*¿Por qué tiene que ser la última noche del campamento?*

Lo tomo del cuello para acercarlo y darle un beso. Uno que espero le haga saber cuán contenta estoy de tenerlo aquí y que nunca quisiera dejarlo ir.

—*Extrañaré esto* —seño.

—*Yo también.*

CAPÍTULO VEINTINUEVE

La mañana está fría y nublada después del desayuno, pero todos le sacan el mayor provecho a la última hora antes de que los recojan. En la zona verde afuera de las cabañas, los niños intercambian datos de contacto, terminan sus brazaletes y juegan en pequeños grupos. Este podría ser el momento perfecto para llamar aparte a Max y hablar con él. Más vale tarde que nunca. Pero me cuesta más trabajo del que pensé porque quiere echarse a correr y pasar el resto del tiempo con sus amigos.

—¿Max? —grito, llamando su atención.

—¿Qué? —pregunta, volteando molesto a mirarme.

—Eh, ¿mamá te dijo que quizás te pondrían un implante coclear?

Se encoge de hombros y da un paso hacia atrás. ¿Me escuchó?

Pongo mis dedos sobre un costado de mi cabeza.

—¿El implante coclear?

—Ajá —dice, haciendo la seña para "sí" con la mano—. Mamá y papá quieren que me lo ponga.

Encajo los talones en la tierra. Eso era exactamente lo que me preocupaba.

—Pero ¿tú lo quieres?

Vuelve a subir los hombros.

—Necesito poder oír, ¿no?

Max solo tiene once años. Sigue siendo un niño. Por supuesto que va a hacer lo que sea que le digan nuestros padres, sobre todo si un médico ya le dio un sermón sobre cómo así podrá tener una vida "normal". ¿Qué niño no quiere ser normal?

—Pero hay otras formas —digo—. Puedes seguir con los aparatos auditivos y aprender a señar.

—Nah, eso no va a funcionar. —Seña—: *No, no, no.*

Yo sonrío, sacudiendo la cabeza.

—¿Ves? ¡Ya estás aprendiendo! Ayudará.

—No ayudará. —Desvía la mirada y se va caminando hacia sus amigos, que están sentados en un círculo en el pasto.

Yo lo sigo y toco su brazo para que me mire de nuevo.

—¿Por qué no?

—¡Porque se me olvida! Y nadie lo usa afuera del campamento. —Niega con la cabeza, como si no pudiera comprender por qué toco el tema siquiera.

—Puedes practicar —insisto—. Todos podemos aprender y usarlo juntos como familia.

—Yo hablo con otras personas, como en la escuela. ¿Cómo les voy a señar? No van a aprender.

—No lo sabes.

Pero yo sí. Entiendo por qué está enojado, tanto que puedo ignorar su insulto barato. A lo mejor sus amigos aprenderían un puñado de palabras, o al menos googlearían palabrotas para reírse. Quizás hasta sus padres los inscribirían en clases de lengua de señas. Pero ¿realmente los chicos se comprometerían a aprenderla? Y sobre todo si esperan que el niño con sordera parcial les lea los labios.

Supongo que estudiar un nuevo idioma puede ser pedirle mucho a la gente. Entiendo por qué podrían pensar que requiere mucho esfuerzo, pero esto hace que su falta de interés por aprender se sienta realmente como una falta de interés en ti.

Toco el brazo de Max otra vez. Me aparta de un manotazo, pero por lo menos se vuelve a mirarme.

Ladeo la cabeza al hablar.

—Lo único que digo es que no tienes que hacerte la cirugía si no quieres.

—Pero tengo que hacerlo. —Aprieta los dientes, molesto por mi insistencia.

—No, no tienes por qué.

—Sí. No entiendes —dice, haciendo una mueca de enojo.

—¿Por qué no entendería?

—Porque no somos iguales. —Cruza los brazos y desvía la mirada otra vez—. ¡Porque estoy más sordo que tú!

Tiene la misma expresión que vi en el rostro de Natasha incontables veces. Si Max me hubiera gritado de esta manera hace unas semanas, me habría lastimado. Lo tomo de los hombros haciendo que me mire.

—Oye, estamos en las mismas tú y yo. Sí, tu pérdida auditiva es un poquito más severa que la mía, pero no mucho. Todavía pasamos por las mismas cosas. Estamos en la misma familia. Vas a las mismas escuelas con muchos de los mismos maestros que ya tuve. Soy tu hermana mayor, así que soy la que tiene que pasar por todo primero. Tú puedes aprender de mis errores y beneficiarte del hecho de que ya eduqué a algunas personas en nuestra vida a lo largo del camino.

Pone los ojos en blanco, pero relaja los brazos.

—Está bien.

—Prométeme que lo pensarás. Está bien si quieres un implante. En serio. Solo quiero asegurarme de que sea tu decisión.

—Dije que está bien.

Ya está a varios pies de distancia y sé que no tendré su atención por más tiempo.

—No lo hagas porque los doctores quieran que lo hagas, y ni siquiera porque mamá y papá quieran. Hazlo porque es lo que tú quieres. Lo que crees que hará que todo sea mejor para ti.

—Okey —dice sin más.

—Y toma el tiempo para pensarlo. No tienes que apurarte a decidir.

—*Okey-okey* —seña Max con una sonrisa pícara, tratando de meter una broma al final de mi sermón.

—¿Me lo prometes? —pregunto. Necesito estar segura de que lo entendió.

—Sí, como quieras. —Da unos pasos lejos, pero se gira otra vez hacia mí con los ojos bien abiertos—. Lo prometo.

~~~

Es hora de irnos al estacionamiento y despedirnos por última vez de los campistas. Phoebe me deja rodar su maleta al frente. Faltan algunos minutos para que comience la ventana de salidas, pero sus padres llegaron temprano y ya están esperando.

Su papá toma la maleta mientras su mamá me asfixia en un abrazo.

—Gracias por ayudar a nuestra niña —dice.

—Nah —digo, insegura de qué responder—. Fue divertido.

—Puse un audiolibro para el camino —dice su mamá, volviendo al asiento del copiloto.

—Seguimos en contacto, niña —le digo a Phoebe.

—Tendré tu edad en como… tres meses.

—Pues yo tendré dieciocho en como… un mes —digo—. Te veo el próximo verano. No se te olvide darles la gran noticia a tus padres.

—Claro —dice Phoebe.

—Añádeme en Instagram o Twitter o lo que sea. Si tienes… —dudo. No estoy segura de que tenga redes sociales.

—Sí, las uso. Los lectores de pantalla existen, ¿sabes? Asegúrate de añadir texto alternativo para describirme tus fotos.

—Añadiré un "Hola, Phoebe" al final.

Alza los brazos al aire, muy abiertos.

—Oye, estoy aquí, tratando de darte un abrazo superraro de despedida.

La tacleo.

—No vivimos muy lejos, ¿sabes?

Una vez que se va me quedo en el estacionamiento un rato, sintiéndome innecesaria en gran medida. Los niños más chicos explotan de energía mientras sus padres claramente estaban esperando que estuvieran exhaustos.

Dulce y Blake me encuentran para despedirse.

—A lo mejor seré su consejera el próximo año —digo y seño, y les da gusto.

Como ya llegaron los padres de Dulce, le doy un gran abrazo y recibo una grata sorpresa cuando Blake se acerca a ella para hacer lo mismo.

—*Te veo el próximo año* —seña Dulce a Blake.

—¿Qué dijo? —pregunta Blake, dándome un codazo.

Me da gusto transmitir el mensaje.

—Te veo el próximo año.

—Eso pensé —dice Blake, despidiéndose con la mano al verla irse.

A pesar de llegar tarde, Blake no es la última campista a la que recogen. Su papá sale de la camioneta y se rasca la cabeza.

—Ja, no llegué tarde esta vez.

—Hola, papi —dice Blake, saludándolo y usando la seña para "padre" contra su frente.

—También aprendí un poco de lengua de señas —le dice su papá. Levanta un pulgar, hace la seña de paz, se da una palmadita en la cabeza y se toca la nariz. Muy chistoso. Me siento orgullosa de que Blake no se ría.

—Sé que nada de eso está bien —dice Blake.

—Pon tus cosas atrás —le grita su papá—. Fue un viaje muy largo para venir y será todavía más largo para regresar.

Ethan ayuda a Blake a meter sus cosas en la cabina de la camioneta. Blake abre la puerta del copiloto, pero corre de vuelta hacia mí y hacia Mackenzie una vez más antes de irse.

Max es uno de los últimos campistas en irse, ya que mis padres probablemente querían darle todo el tiempo que fuera posible aquí, dado que se perdió un mes completo.

—¿Manejas hoy de regreso? —me pregunta mi papá mientras esperamos que Max se despida.

—Mañana. Vamos a ir a Chicago para celebrar el fin del verano.

—Qué divertido —dice mi mamá—. Y ya veo que te pusiste los aparatos.

Ignoro su comentario, consciente de que ya no planeo usarlos todo el tiempo, sobre todo cuando me esté relajando en casa. Ya aprendí lo agradable que es poder apagar el mundo a mi alrededor. Pero no tiene por qué enterarse en este momento.

—Mamá, he estado pensando y creo que deberían esperar un poco antes de que Max se ponga un coclear. Denle tiempo para pensarlo.

—Pero el doctor dice.... —empieza mi mamá, pero yo la interrumpo.

—Max necesita una mejor razón para hacerse la cirugía que "mis padres querían" —digo, antes de tranquilizarla—.

Creo que sí quiere. Y está bien. Solo denle más tiempo para pensar. Por lo que he escuchado, muchos niños se los ponen porque era lo que sus padres querían, no porque ellos quisieran.

Mi mamá se queda callada un rato.

—¿Sabes? Cuando nació, uno de los doctores nos dijo que tal vez nunca hablaría.

—¿Hubiera sido tan malo? —pregunto—. Ser sordo no es algo que se tenga que componer.

—Ya lo sé, cariño. Uno ve las cosas mucho más claras en retrospectiva —continúa mi mamá—. Pero da un poco de miedo como madre primeriza. Tú recibiste tu diagnóstico a las dos semanas de nacida.

—Pensé que había reprobado el examen auditivo recién nacida.

—En una de tus revisiones de seguimiento —dice mi mamá—. Yo ya sabía que respondías a mi voz, por lo menos cuando hablaba fuerte. Sabía que sería un reto, pero me sentía más preparada de alguna manera. Ya te conocía. Y así fue. En el momento que te pusimos los aparatos auditivos, te fue bien. Pero con Max nos dijeron todo esto en el momento que lo tuve en mis brazos por primera vez. Al ir creciendo no todo fue tan sencillo como contigo.

—No fue sencillo para mí —digo.

—Lo sé. —Mi mamá medita sus palabras—. Pero nunca estuve demasiado preocupada por ti.

—¿Te hubieras preocupado más si hubiera tenido una pérdida profunda?

Mi mamá duda. No puedo más que imaginar su preocupación en aquel entonces; todo un recuerdo distante ahora.

—Probablemente. Pero hubiéramos encontrado la forma.

—Ojalá me hubieran dejado aprender lengua de señas. —Para dejarlo muy claro, añado—: Que toda nuestra familia aprendiera.

—No era algo que necesitaras.

—Hay varios niveles de necesidades —digo. Mi familia siempre ha tratado los aparatos auditivos como los anteojos. La diferencia es que los anteojos son un equipo correctivo, mientras que los aparatos auditivos solo son un apoyo—. Estoy retomando muy bien la lengua de señas. Me ayuda mucho. También ayudará a Max.

Mi mamá asiente. Entiendo que debió haber sido aterrador tener no uno, sino dos hijos sordos, sobre todo cuando nunca habían conocido a alguien que tuviera una pérdida auditiva. No la culpo por querer lo que consideraba lo mejor para nosotros, criándonos para pasar por gente que escucha. Es lo que el capacitismo ha demostrado como la "mejor jugada". Pero yo quiero usar lengua de señas.

Parece que mi mamá está a punto de decir otra cosa cuando Max viene corriendo hacia nosotras.

—¿Podemos pasar a Portillo's a comer? —les pregunta a mis padres—. Ah, y Lilah va a ser consejera senior el próximo verano —dice, dándoles la noticia antes de subirse a la miniván.

—¿Te dieron el trabajo? —pregunta mi papá.

—Sí.

—Qué emocionante —dice mi mamá—. Parece que tendrás que seguir practicando tus señas.

—Ese es el plan. —Luego, como ha sucedido todo el verano, Isaac aparece a mi lado. Me empuja el brazo para que lo presente—. Él es Isaac —digo y seño—. Isaac, ellos son mis padres.

—Hola, Isaac —dice mi mamá.

Isaac seña cuando mi papá se acerca a darle la mano.

—¿Qué dijo? —pregunta mi papá.

—Dice mucho gusto en conocerlos —digo. Demuestro cada seña para que mis padres la copien—. *Mucho. Gusto. En. Conocerlos.*

Isaac sonríe ante su esfuerzo.

—*Manejen con cuidado* —les seña, notando que llegan los padres de otros de sus campistas a recogerlos—. *Nos vemos en un rato* —me seña a mí con una sonrisa antes de echarse a correr.

—¿Qué dijo esta vez? —pregunta mi papá.

—Ah, que manejen con cuidado —traduzco.

—Se ve agradable —dice mi mamá, sonriendo—. Ya veo por qué tienes todavía más ganas de mejorar tu lengua de señas.

Me sonrojo y digo:

—Es uno de los múltiples motivos.

CAPÍTULO TREINTA

Ethan nos junta después de que se van los últimos campistas.

—Muy bien, ya casi es la una —dice y seña—. Tenemos que recoger todo y empacar. Pero quiero anunciarles nuestros planes para la noche. —Hace una pausa para dar un efecto dramático—. Tuvimos donativos específicamente para nuestro fondo de celebración de los consejeros, así que vamos a volver a hacer la noche de recompensa al final de la temporada. Para agradecerles a todos el trabajo tan duro que hicieron este verano, compramos boletos para el concierto en Wrigley Field.

—*Fantástico* —le seño a Isaac, que asiente con entusiasmo.

Esa tarde, cuando abordamos el Amtrak, Natasha intercambia asientos para que Jaden y ella se puedan sentar directamente frente a Isaac y a mí.

—*Odio esta camiseta* —seña Jaden. Trae puesta una de las camisetas con #44 Rizzo que ella suele usar de pijama grande, pero a él le queda un poco apretada.

—*Tienes que usarla* —dice—. *Vamos a W-r-i-g-l-e-y.*

—*No me gustan los Cachorros* —seña—. *¡Ninguno de ustedes trae camisetas de los Cachorros!*

—*A mí me gustan* —seña Isaac.

—*A mí también* —seño yo.

—*Y ya la traes puesta* —seña Natasha.

Algunas personas en el tren nos están mirando. Me molesta por un ratito, pero pronto estoy tan metida en nuestra conversación que ya no noto a nadie. Es agradable no tener que luchar por oír algo por encima del ruido del tren.

Con Issac cerca, en sintonía con mi comprensión, me siento segura. Nunca me siento perdida en la conversación cuando él está conmigo.

Al fin se alcanza a ver el horizonte. Me encanta ir a Chicago. Los edificios altos, el tren elevado, los viejos puentes históricos y la brisa fría que sube del lago. La única cosa mejor que la vista desde el tren a la ciudad es manejar de noche por la Avenida Lake Shore, cuando todo el paisaje queda iluminado con las luces de la ciudad mientras el lago es una extensión de oscuridad hacia el este.

Llegamos a Union Station con algunas horas que matar antes del concierto y tomamos el L a Wrigley. Siento que ya me puedo mover yo sola en el mundo real con los consejeros más grandes..., hasta que se dirigen a un bar con guardias de seguridad en la puerta.

Natasha y Jaden siguen conversando con señas mientras le entregan sus identificaciones falsas al guardia. ¿El objetivo es distraerlo lo suficiente para que no se dé cuenta de que las credenciales son falsas? ¿O quieren que piense que comunicarse con ellos será demasiado rollo para que no se moleste en rechazarlos? Sea como sea, funciona.

De pronto pienso que no estoy segura de que Mackenzie ya tenga veintiuno, pero entra al bar también, junto con Ethan, Simone y Bobby, dejándonos a Isaac y a mí parados en la acera.

—*No tengo una f-a-l-s-a* —seño.

—*Yo tampoco* —seña Isaac.

—*¿Qué hacemos?*

—*Conozco un lugar* —seña Isaac.

—¿Están bien? —pregunta Ethan. Cuando Isaac asiente, vuelve a sacar su propia identificación y entra.

Isaac toma mi mano y cruzamos la intersección. Wrigleyville no está tan llena de gente como en los días en que hay partido..., o por lo menos no todavía. Queda tiempo antes de que abra el concierto, aunque la multitud se empieza a juntar poco a poco. El ruido y las pláticas son abrumadoras. Me estoy readaptando aún a usar los aparatos auditivos, que consideré dejar en el campamento. Estaré señando con Isaac toda la noche y no hacen mucha diferencia cuando se trata de escuchar música fuerte. Pero sentí que la mejor decisión esta noche era ponérmelos.

Isaac me guía hacia un edificio de ladrillo de dos pisos decorado con iconografía de beisbol en la fachada. El restaurante tiene un bar grande, pero Isaac sube las escaleras, directo hacia unas jaulas de bateo.

—*Uy, sí, divertido* —seño cuando suelta mi mano.

—*¿Yo las pelotas, tú las sodas?*

Me giro para ir por nuestras bebidas, pero me toma del brazo.

—*Luego. Juega primero.*

Se mete en la caja de bateo y elige una configuración en la máquina de pelotas. Está a punto de meter el dinero cuando se gira y se da cuenta de que estoy afuera. Me indica que vaya con él.

—*No, no. Sería un d-e-s-p-e-r-d-i-c-i-o de dinero.*

—*Ningún desperdicio* —seña, llamándome otra vez—. *Ven.*

Con cierta reserva, abro la reja y me acerco. Toma un bate de la parte de atrás y me lo entrega, ayudándome a encontrar mi posición en el plato.

—*¿Lista?*

—*Supongo.*

La primera pelota viene hacia mí. Agradezco que haya configurado la máquina en lento. Hago contacto con la pelota, enviándola rebotando por la jaula. Bateo unas cuantas veces más y le pego a la pelota varias veces, pero también se me van otras por completo. Salgo de la caja y de vuelta a Isaac.

Vuela otra pelota hacia el plato, rebota una vez y cae con un golpe seco contra el fondo.

—*No, no* —seña Isaac—. *Yo te ayudo.*

Me gira con cuidado de vuelta al plato, parándose detrás de mí para que no esté tan cerca del trayecto de la bola.

Envuelve sus brazos alrededor de mi cuerpo cuando levanto el bate y pone las manos encima de las mías. Aunque hemos pasado entrelazados gran parte de las últimas semanas, mi piel aún hormiguea con su contacto.

Cuando viene la siguiente bola, hala el bate hacia atrás y le da un leve toque, moviendo nuestros brazos hacia adelante, lo que manda la bola muy alto a través de la caja. Hace lo mismo en los siguientes lanzamientos hasta que la máquina se apaga, indicando el final de mi turno.

Su brazo me rodea todavía, así que me giro para abrazarlo. Me aparto y seño:

—*Muy bien, tu turno. Adelante, presume.*

Isaac sonríe enorme. Enciende la máquina a una configuración más rápida.

—*Es más seguro si esperas afuera.*

Me salgo de la caja y lo miro. Es cauteloso para no arriesgarse a más lesiones este verano, pero manda a volar cada una de las bolas con un sonoro clanc. Se forma una pequeña línea de sudor a un costado de su frente, pero la limpia con el dorso de su brazo sin que se le vaya un *swin*. Tiene la mandíbula tensa, y su expresión es seria y concentrada, pero su cuerpo relajado hace que todo parezca sencillo.

Isaac termina su serie y sale conmigo. Empuja hacia atrás un pequeño rizo que se había caído sobre el último vendaje que le queda en la frente.

—*Veo por qué tienes que ir al campamento de beisbol en la universidad el próximo verano.*

Se encoge de hombros, pero sé que le gusta haberme impresionado.

Compramos sodas y para cuando nos vamos ya no hace un calor abrasador y el sol empieza a ponerse detrás de los edificios. Pasamos el control de seguridad, mostramos los boletos y caminamos hacia el vestíbulo del estadio atestado de gente. Isaac entrelaza sus dedos con los míos, así que señamos con una sola mano.

—*¿Dónde quedan nuestros asientos?*
—*Por acá.*

Isaac y yo zigzagueamos a través de la gente y llegamos a una puerta que lleva al campo, donde está el escenario. Esperamos en una corta fila para mostrar nuestros boletos otra vez. Reviso mi teléfono y veo mensajes recientes en mi chat con Kelsey y Riley.

> **Kelsey:** Lilah, ¿ya volviste? ¿O sigues en el campamento?
> **Lilah:** En realidad, ahora mismo estoy en el centro, en un concierto con los demás, ¡para celebrar el final del verano!
> Llego a casa mañana en la tarde.
> **Riley:** No sabía que la gente sorda fuera a conciertos...

Seguido de otro mensaje solo segundos después.

> **Riley:** Perdón, no fui grosera, ¿o sí?

Yo me río y levanto el teléfono para enseñarle el mensaje a Isaac.
—*Quieren saber por qué la gente sorda va a un concierto.*

Isaac sacude la cabeza, también pensando que es gracioso.

—¿*Porque nos gusta la música?*

—*Exacto.*

El resto de los consejeros está en el lado opuesto del diamante, en la puerta de enfrente. Isaac los saluda del otro lado del campo.

—*Nos vemos enfrente* —seña a lo lejos.

Se para cerca de mí de nuevo. Los raspones en su mejilla ya desaparecieron, pero yo recuerdo exactamente dónde estaban. Levanto la mano y acaricio con suavidad la zona alrededor.

—¿*Todavía te duele?* —seño con una mano.

Isaac se encoge de hombros.

—*Estoy bien.* —De pronto hay un brillo travieso en sus ojos y guía mi mano hacia su frente. Baja su brazo y seña—: ¿*Recuerdas cuando me pegaste ahí?*

Jugamos tira y afloja. Se siente como si hubiera pasado una vida entera desde las primeras semanas del campamento.

—*Ya no está morado, ¡lo prometo!*

Arquea las cejas y se muerde el labio.

—¿*Un beso para que me sienta mejor?*

Me paro de puntas y envuelvo el costado de su cabeza con la mano para atraerlo hacia mí. Le doy un besito en la frente, otro en la mejilla y otro en los labios.

—*Mucho mejor* —seña.

—*Bien.*

Nos conducen hacia el campo unos minutos después, guiados hacia la hilera de puertas que está delante, prácticamente en el escenario.

—¿*Emocionada?* —pregunta Isaac.

—*¡Sí! Nunca he...* —No estoy segura de cómo señar el resto, así que gesticulo dramáticamente hacia el escenario—. ¡He estado tan cerca!

Estamos al frente de la zona acordonada, justo detrás de donde se parará el intérprete de lengua de señas. No hay intérprete para la banda que abre en este momento, pero estamos tan cerca del escenario que sigue siendo divertido verla, aun si no entiendo una sola palabra.

Los demás consejeros nos alcanzan. Nos quedamos de pie platicando y viendo a la banda. Siento una vibración en mi teléfono y lo abro en una notificación de Instagram de Kelsey. Es una foto de ella y Riley en una fogata en la casa de alguien, rodeadas de un montón de compañeros de la escuela, y me etiquetaron en el pie de foto porque "me extrañan" en la fiesta.

Isaac se da cuenta de que mantengo la foto abierta unos cuantos segundos más de lo normal. Le da la espalda al escenario y gesticula que nos tomemos una selfi. Volteo la cámara y sonrío. Isaac se apoya en mí y toma un par de fotos más. Dudo qué mensaje poner, así que le muestro la foto a Isaac a ver qué opina.

—*Tal vez "Orgullo Sordo"* —seña. Lo escribo todo en minúsculas, pero Isaac me da un empujoncito—. *Puedes hacer _____, Sordo* —seña, levantando su dedo pulgar e índice contra un dedo estirado de su otra mano.

No estoy segura de entender qué está señando, así que le entrego mi teléfono y él hace el cambio, poniendo la S mayúscula: "Sordo".

—¿*Lo puedo usar?* —Me quedo mirando la palabra. Luego dejo salir la pregunta que ha estado en un rincón de mi cabeza todo el verano—. *¿Soy lo suficientemente sorda?*

¿Necesito su afirmación? ¿He estado buscando aprobación para adoptar la palabra "sorda" como mía, preocupada de que no cumpla con algún criterio específico, no tenga una pérdida profunda, no domine lo suficiente la lengua de señas, no enfrente algunos de los mismos obstáculos en la vida porque hablo?

Isaac me mira y asiente animándome.

—*Hay distintos niveles de sordera: l-e-v-e, m-o-d-e-r-a-d-a, s-e-v-e-r-a y p-r-o-f-u-n-d-a.* —Sacude un poco la mano después de señar tanto con los dedos. Yo sonrío.

—*Es tu decisión. La gente piensa cosas distintas. Algunos prefieren poner la mayúscula en Sordo* —seña, demostrándolo al levantar un dedo índice y señar la *S* a la vez que la otra mano repite la seña para indicar la mayúscula—. *O solo sordo, o con sordera parcial.* —Encoge los hombros—. *Pero sea como sea, todos son sordos y todos pertenecen.*

—*Es lindo saber eso. Es solo que a veces se siente como si no todos pensaran así.*

—*La gente piensa muchas cosas. Importa lo que tú piensas. Tu _____, tu decisión. I-d-e-n-t-i-d-a-d* —seña, para asegurarse de que entendiera la letra *I* contra su palma abierta.

Porque es justo eso. He sido sorda desde que nací, tan simple y tan sencillo. Y conforme vaya envejeciendo, más será una broma mi pérdida auditiva para algunas personas, de la misma forma que las personas mayores son ridiculizadas por necesitar estos dispositivos. Yo tengo que sentirme orgullosa de mi identidad, sea cual sea la forma en que elija compartirla con el mundo.

—*Pertenecer.* —Le sonrío a Isaac, uniendo las dos manos en forma de *F* para repetir una de las señas que usó él antes—. *Me gusta esta seña.*

Isaac sonríe y saca su propio teléfono.

—*Tomemos otra foto.* —Me da un beso en la mejilla y captura el momento.

Mientras tanto, mi teléfono demanda atención conforme van entrando varios "me gusta" y comentarios a mi foto. A lo mejor se debe a que no he publicado realmente nada en todo el verano. Las respuestas de mis amigos básicamente se resumen en "¿Cómo estás tan cerca del escenario?" y "¿Con quién estás?".

Al fin es momento del concierto principal. El sol ya se escondió, la banda que abrió termina su actuación y la intérprete ocupa su lugar enfrente de nosotros. Nuestro grupo entero aplaude y agita las manos haciendo el aplauso en lengua de señas.

—*¡Gracias!* —le seña Natasha a la intérprete.

—*Está certificada como intérprete sorda* —me explica rápidamente Isaac.

—Oh —digo—. O sea, ¿es sorda?

Él asiente y echa un vistazo rápido alrededor, señalando del otro lado a la intérprete que sí escucha y le transmite información a la intérprete sorda certificada en el escenario.

—*Más estilo. Mejor lengua de señas.*

Las luces parpadean al mismo tiempo que sentimos la pesada vibración de la música indicando la llegada de la banda al escenario. Estamos parados junto a una gigantesca bocina que hace temblar con fuerza el suelo bajo nuestros pies.

El escenario queda alto enfrente de nosotros, así que tengo que estirar el cuello para ver el espectáculo. Hacia el final del concierto, hay algunas personas a nuestra derecha subidas en los hombros de otros para tener una mejor vista. Simone le grita algo a Bobby y él la ayuda a subirse a sus hombros.

Isaac me toca.

—*¿Quieres también?*

Asiento encantada. Isaac se encorva hacia el suelo y me ofrece una mano para ayudarme a subir. Se endereza lentamente, levantándome por los aires. Se para muy firme, sin moverse en lo absoluto, y abraza mis piernas para agarrarme bien. Es la mejor manera posible de experimentar un concierto.

La intérprete se ha estado moviendo sin parar durante todo el concierto, dándole a sus señas tanta vida como le es posible. Y cuando empieza una canción que conozco bien, seño con ella, dejando que mis manos vuelen, pero cuidando de no moverme tanto que Isaac pierda el equilibrio. Para algunas de las otras canciones, pude ver en mi cabeza la lengua de señas; pero al cantar con esta pienso que tal vez ya lo tengo. Es posible que al fin esté entendiendo esto de perder el oído.

CAPÍTULO
TREINTA Y UNO

No puedo creer que ya es la última mañana. ¿No llegué a Lobo Gris hace una semana o dos? ¿Cómo es posible que haya pasado un verano entero? No estoy lista para dejar este lugar ni a estas personas.

Tenemos que dejar las instalaciones antes de las diez, así que Ethan nos dice que lo encontremos en el puente peatonal hacia el estacionamiento.

—Hay algo que quiero que vean —explica.

—Como seguro notaron, el contratista vino desde temprano para encargarse de algunas reparaciones rápidas a las cabañas —dice Gary—. Pero le pedí que pusiera esto primero. Solía ser el sello de la vieja gloria de nuestro campamento.

Salimos del área arbolada hacia el estacionamiento, donde se alza por encima de nuestras cabezas un inmenso arco recién hecho con un orgulloso y amigable lobo justo en medio. Escrito en español y en lengua de señas se lee: CAMPAMENTO LOBO GRIS.

Se me llenan los ojos de lágrimas.

—Me encanta. Y sé que a todos nuestros campistas, viejos y nuevos, también les encantará el próximo año.

—Pienso lo mismo —concuerda Ethan—. Saquémonos una foto todos juntos debajo.

Nos reunimos para documentar nuestros últimos momentos de la temporada, con una sonrisa enorme hacia la cámara que está apoyada contra el espejo lateral de la camioneta del campamento, esperando a que se dispare el flash.

Luego Gary corre para preparar otra toma, por si acaso. ¿En qué campamento acabará Gary el próximo año, ahora que le está cediendo la batuta a Ethan? ¿O colgará su camiseta teñida una temporada? Estoy segura de que el uniforme *de facto* de Ethan será un clóset entero de prendas de Orgullo Sordo.

—¡Tomemos una haciendo caras! —dice y seña Mackenzie, porque es Mackenzie. Ya me dijo que volverá y me ofreció que hagamos videollamadas para "practicar nuestra lengua de señas juntas". No estoy segura de que lo haga, pero aprecio la oferta.

Desafortunadamente, ni Simone ni Bobby planean volver..., o al menos no el verano entero. Quizás vengan de visita o como voluntarios unos cuantos días, o a dejar invitaciones para la boda. Quién sabe con estos dos.

Natasha y Jaden se quedarán en la ciudad unas semanas antes de irse a la universidad. Me invitaron a salir con ellos y con Ethan. Estoy muy aliviada de que ya no sientan que entorpezco la conversación o de que, por lo menos, me hayan tomado el suficiente cariño para que no les importe.

Si tan solo Isaac tuviera más tiempo antes de irse a la escuela... Está de pie junto a mí, poniéndome orejas de conejito detrás de la cabeza, pero pronto estará a mil millas de distancia, en la Universidad Gallaudet, en Washington, D. C. Cuando terminamos de sacar las fotos, Isaac me abraza.

—*Te voy a extrañar* —me aparto y seño, esforzándome por no llorar.

—*Yo también te voy a extrañar*. —Me abraza con más fuerza, pero no dice nada más.

Parece que nuestro futuro se queda en el aire. ¿Estamos rompiendo? ¿Alguna vez "anduvimos" o fue solo un romance de verano? Tengo tantas ganas de que esta no sea la última vez que lo vea.

—*¿Me mandas mensaje?* —pregunto, expresando apenas el masivo rango de emociones que experimento en este momento, pero ojalá él pueda leerlo en mi rostro.

Me aprieta más.

—*Por supuesto.*

Se agacha para besarme. Tomo su rostro entre las manos para acercarlo al mío. No estoy lista todavía para dejarlo ir. Hemos pasado por muchas cosas juntos este verano. No es justo que ahora sea el tiempo lo que nos separe. Quiero un mes más aquí o una semana, diablos, aunque sea un día más. Cualquier cosa con tal de sentarme bajo las estrellas, cerca del fuego, con Isaac junto a mí.

Pero la vida tiene que seguir.

CAPÍTULO TREINTA Y DOS

Llevo un mes en casa, pero me ha tomado tiempo integrarme de nuevo con Kelsey y Riley después de un verano entero inmersa en la cultura Sorda.

En el camino de regreso, tras pasar juntas la tarde del viernes después de la escuela, por fin decido hablar con ellas sobre lo que necesito.

—Me pueden tocar para llamar mi atención. O sea, en lugar de decir mi nombre un millón de veces.

Tuve que mencionar este punto porque he estado tocándolas instintivamente para llamar su atención y ya se empezaban a enojar. Pero eso abrió la conversación y me metí en el tema de otros arreglos, como dejar que me siente en medio. Poner subtítulos sin quejarse cuando vemos la televisión. Replantear cosas que tengan que repetir, en lugar de solo dejar de lado el tema y que yo me quede sin saber de qué hablan. Cosas básicas que serían un gran principio para una amistad más accesible.

Al empezar estaba nerviosa porque Kelsey y Riley estaban sentadas en silencio en el asiento de alante, con la mirada al frente. Pero Kelsey rompió el silencio.

—Todo eso tiene sentido. Lamento que haya sido tan difícil para ti antes.

—Sí, cosas como la cafetería a la hora del almuerzo siempre van a ser imposibles —digo—. Así que algunas veces estaré en silencio y no pondré atención a la conversación, pero eso no quiere decir que las esté ignorando o quiera ser grosera. Y tener el volumen bajo de la radio cuando vamos manejando estaría bien —digo, señalando con la cabeza el estéreo frente a mí.

—¿Todo el tiempo? —se queja Riley, pero la tranquilizo de inmediato.

—Definitivamente podemos poner la música a todo volumen cuando estemos cantando algo. No te preocupes.

—Perfecto —dice Kelsey, sonriendo al frenar delante de mi casa.

Me dejan y entro justo a tiempo para cenar. Han pasado dos semanas del semestre de otoño, semanas en las que también tuvimos las primeras dos clases del curso de lengua de señas que mi familia empezó a tomar.

—Platos en la mesa, por favor —dice y seña mi mamá cuando entro a la cocina.

—*¿Vas a ayudar?* —le pregunto a Max.

—*No* —seña. Está revisando una pila de tarjetas, practicando las palabras que aprendió en la mañana—. Estoy ocupado estudiando.

Ojalá sea un atisbo de lo que vendrá. Para que señar me funcione bien, necesito que la gente a mi alrededor señe también.

Sin embargo, no me engaño. Aprender una lengua es difícil: toma tiempo y compromiso. Una clase introductoria no implica que todos vayamos de camino a señar fluidamente. Pero es lo que quiero, así que voy a continuar y animarlos para que lo hagan también. Así es como quiero abrazar mi discapacidad y el acceso que necesito. No pierdes el oído, ganas ser sordo.

Max ya decidió hacerse el implante coclear, y su procedimiento está agendado para inicios del próximo verano, con la idea de que tenga tiempo suficiente para recuperarse, así como tiempo para reentrenar su cerebro y que pueda usar el nuevo aparato antes de que empiecen las clases. Se perderá una temporada de deportes y otro mes del campamento, pero no muchas clases, lo que obviamente fue idea de nuestros padres. Para irse a lo seguro, decidió solo ponérselo de un lado, aun si su otro oído alguna vez es candidato en el futuro.

—Parte cíborg —dijo con una sonrisa cuando nos compartió su decisión.

Después de cenar, nos quedamos sentados en la mesa. Mi papá llama mi atención.

—Tu teléfono —dice y seña.

—Oh. —No me había dado cuenta de que estaba vibrando, pero me sorprendo todavía más cuando veo por qué. Es una videollamada.

De Isaac.

Nos mandamos algunos mensajes de ida y vuelta después del campamento, pero en general no he sabido mucho de él, ya que probablemente ha estado muy ocupado empezando la universidad. Pero ¿me llama ahora de la nada? Corro a mi recámara y respiro hondo antes de contestar.

—*Oh, hola* —seño, sosteniendo el teléfono enfrente de mi cara.

—*Pensé que tal vez necesitabas a alguien con quien practicar tus señas* —sonríe Issac. Está llamando desde su *laptop*, sentado con las piernas cruzadas en su nuevo dormitorio, con un póster de los Cachorros en la pared detrás de él.

Sonrío.

—*No sé, Mackenzie se ofreció.* —Sacudo la cabeza y me siento en mi cama, recostándome contra la pared. Sostengo el teléfono entre las rodillas para poder señar con las dos manos.

—*No te preocupes, señamos y perfeccionamos tu lengua de señas. Todos quedarán impactados en el campamento el próximo verano. ¿Y quizás también puedas venir pronto a conocer Gallaudet?* —Arquea las cejas, interrogante, y puedo ver que espera con ansia mi respuesta—. *Sería genial enseñarte el lugar.*

—*Me encantaría.* —Sonrío, y me acomodo para seguir platicando—. *¿Y qué hay de nuevo?*

Mis manos vuelan sin dificultad y puedo ver que, aun si no es verano y ya volví a la realidad, la persona que yo era en Lobo Gris sigue existiendo en la punta de mis dedos. No es solo la fluidez, sino la seguridad. Sé quién soy. No necesito escuchar más ni demostrar mi sordera.

Puedo unir esos dos mundos. Con ser yo misma, estoy completa.

NOTA DE LA AUTORA

Cuando era chica, en lugar de luchar por participar en conversaciones habladas, huía de las interacciones. Me podías encontrar en un rincón, devorando un libro y buscando la cómoda claridad de la palabra escrita.

No obstante, muchas veces quedé decepcionada con la representación que encontraba ahí. En las escasas referencias a aparatos auditivos, los dispositivos solían pertenecer nada más a personajes mayores, a quienes los protagonistas engañaban o ridiculizaban. O si un personaje joven tenía alguna discapacidad, solo existía en la historia para provocar lástima o requerir la ayuda del héroe. ¿Por qué no había una protagonista que fuera una niña como yo? ¿Por qué nuestras experiencias no podían sustentarse solas?

La mayoría de los niños sordos tienen padres que escuchan. Desde que nacemos, tenemos todo en contra para obtener acceso al lenguaje o a una comunidad. De hecho, la historia misma de la lengua de señas está plagada de obstáculos. La oralidad continúa entrometiéndose en el acceso temprano al lenguaje para los niños. Y los líderes de movimientos eugenésicos, incluyendo a Alexander Graham Bell, han querido prohibir desde hace mucho que la gente sorda se case o socialice o siquiera nazca.

Por ende, es cuestión de orgullo que la cultura Sorda exista a pesar de todo.

Como le pasó a Lilah, algunos de mis primeros acercamientos a la comunidad y a la lengua de señas fueron gracias a un campamento de verano para sordos. *Hazme una seña* de ninguna manera representa a todas las personas con una pérdida auditiva, ya que ninguna novela sería capaz de englobar la variedad de orígenes e historias. Mi única esperanza es que les dé a los lectores una ventana hacia la profundidad y las complejidades de la cultura Sorda, así como una comprensión de por qué yo y tantos otros nos sentimos orgullosos de ser Sordos.

Para todos mis lectores sordos, espero que tengan presente que su experiencia con la sordera es válida, sea como sea que se identifiquen o elijan comunicarse. Y si quieren que la lengua de señas sea parte de sus vidas, nunca es demasiado tarde para aprender. Con todos los obstáculos que enfrentamos, no sorprende a nadie que muchos de nosotros luchemos por entender cuál es nuestro lugar en el mundo... Pero, te lo prometo, tú perteneces a él.

AGRADECIMIENTOS

Llevar estas palabras de mi cerebro a tu librero fue posible gracias a muchas personas maravillosas.

Mi increíble agente, Kari Sutherland, que cubrió más papeles de los que creí posibles durante mi búsqueda de un representante. Aprecio tu ojo editorial y tu disposición a compartir experiencias personales. Gracias por ser una defensora tan apasionada de mi trabajo. No puedo esperar ver qué nos depara el futuro.

Por supuesto, mi fantástico editor, Polo Orozco. Desde nuestra primera plática, de inmediato me hizo clic tu retroalimentación y supe que realmente elevarías esta historia. Gracias por tu entusiasmo y tus brillantes aportaciones.

También me siento muy agradecida con todas las personas cuyo esfuerzo y dedicación ayudaron a construir la versión final del libro que estás leyendo hoy: Cindy Howle,

Ariela Rudy Zaltzman, Misha Kydd, Laurel Robinson, Kaitlin Yang, Christina Chung, Amy White, Natalie Vielkind y Elsa Sjunneson. Y en Penguin, por todo su apoyo, agradezco especialmente a Jen Loja, Jen Klonsky, Shanta Newlin, Elyse Marshall, Felicia Frazier, Emily Romero, Christina Colangelo, Alex Garber, Carmela Iaria, Helen Boomer, Kim Ryan y sus equipos.

Mi agradecimiento a Singed Ink y a mis amigos escritores y artistas sordos. Gracias por ayudarme a pensar en señas que pudieran funcionar simultáneamente para que ambos personajes estuvieran usando lengua de señas en la ilustración de la cubierta. (Para los que sientan curiosidad, las señas son "¡cierto!" e "interesante"). Gracias también a la comunidad dentro de Disabled Kidlit Writers y al apoyo de Lillie Lainoff.

Aiden Thomas, muchas gracias por ver el potencial de esta historia. Sin tu mentoría, este libro no estaría donde está hoy. Y gracias a todos aquellos que leyeron versiones de este manuscrito, en particular Briana Miano, Brighton Rose, Gigi Griffis y A.J. Cosgrove.

Rebecca Johns, tu clase fue determinante en mi vida. Te estaré eternamente agradecida por mostrarme que era capaz de escribir suficientes palabras para llenar una novela. Y a todos mis profesores y compañeros en DePaul, gracias por estar ahí al inicio de esta aventura editorial, sobre todo Ava Tews y Savy Leiser, que leyeron materiales, y Jane Fox, que me encaminó desde un principio hacia la dirección correcta diciendo que mi concepto era "definitivamente una historia para jóvenes".

Mis Slack'ers, hemos pasado muchas cosas juntos. Estaré eternamente agradecida por su amistad y su apoyo. No sé qué haría sin nuestro hogar en internet. Y Alexa Landis, gracias por siempre estar a un rápido mensaje de distancia.

Al campamento Lions, gracias por muchos veranos transformadores y por siempre recibirnos a mi hermano y a mí con brazos abiertos. Prometo que mi tiempo ahí nunca fue tan accidentado como el de Lilah. A la señorita Joy y el equipo de Children's, gracias por promover la comunidad y hacer que nuestras citas fueran un encanto.

A mis padres, gracias por todos los viajes a la biblioteca, por leer en voz alta, por mi fiesta de cumpleaños número doce con temática de libros, y mucho más. Y a mis abuelos, me da mucho gusto haber tenido la oportunidad de compartir este logro con ustedes. Su amor y su apoyo significan todo para mí.

A @Cara.toons, eres mi crítica número uno. A Mark, gracias por darme una clasificación favorable en tus lecturas recomendadas. A Luke, lo siento, no hay críptidos aquí... ¡Tal vez la próxima vez!

A Mika y Zuko, por siempre acurrucarse a mi lado durante las sesiones de edición que acababan tan tarde.

Y, sobre todo, a Gabe. Nunca me hubiera imaginado todos los obstáculos que la vida me pondría enfrente en el camino hacia la publicación de este libro. Sin ti, nunca hubiera llegado a la meta. Gracias.